意林
励志 典藏
系列

◆─ 一 则 故 事 ， 改 变 一 生 ─◆

JIANZI
RUWU

见字如晤

《意林》
图书部
编

陕西新华出版传媒集团
未来出版社

图书在版编目（CIP）数据

见字如晤 / 《意林》图书部编. —— 西安：未来出版社, 2019.11
（意林励志·典藏系列）
ISBN 978-7-5417-6833-0

Ⅰ. ①见… Ⅱ. ①意… Ⅲ. ①中国文学—当代文学—作品综合集 Ⅳ. ①I217.1

中国版本图书馆CIP数据核字(2019)第233016号

见字如晤
JIANZI RUWU   《意林》图书部 / 编

编　　者：《意林》图书部	总 策 划：李桂珍
执行策划：陆三强　杜普洲	丛书策划：唐荣跃　徐　晶
丛书统筹：赵党玲　肖桂香	责任编辑：张晟楠　胡顺越
特约编辑：肖桂香	美术总监：资　源
美术编辑：许　歌　刘海燕	封面设计：资　源
封面供图：摄图网	技术监制：宋宏伟　刘　争
发行总监：樊　川　王俊杰	宣传营销：陈　欣　贾文泓
出版发行：未来出版社	地址邮编：西安市丰庆路91号（710082）
电　　话：029-84288355	印　　刷：天津中印联印务有限公司
经　　销：全国各地新华书店	开　　本：710mm×1092mm　1/16
印　　张：15	总 字 数：294千字
版　　次：2019年11月第1版	印　　次：2019年11月第1次印刷
书　　号：ISBN 978-7-5417-6833-0	定　　价：39.00元

1 致过去

跟过去告别，幸福并不会缺席

目录

2 致现在

愿所有相遇，都恰逢其时

目录

3

致未来

愿你千帆过尽，归来仍是少年

目录

1

致过去
ZHI GUOQU

跟过去告别，幸福并不会缺席

快乐的人没有过去，不快乐的人除了过去一无所有。——理查德·弗兰纳根

时间永远是旁观者，所有的过程和结果，都需要我们自己承担。——张爱玲

生活中发生的事，如果合乎理想，是我们福气，如不，当作经验。——亦舒

时间的朋友：

以回望的姿态，

去凝固住往日时光的瞬间

　　或许我们最大的敌人是时光，它流逝得让人毫无察觉，它无情得让人没有挽回的余地，它让我们的人生总留有或多或少的遗憾；或许我们最珍贵的宝物亦是时光，它记录着我们经历的点点滴滴，把故事汇成记忆，提醒我们不忘初心，勇敢前行。

　　如果我们是时光旅客，可以穿梭在过去的时光里——那些我们怀念着的、狼狈的、闪耀的、留有遗憾的过去。百转千回终究抹不去岁月留下的印记，这一次，我们打开月光宝盒，在流逝的时光里，以文字来邂逅那个曾经渺小的也强大的自己。

时间的心跳

◇华明玥

在老顾眼中，时间不是均匀地一去不回，时间有脾气，有青春和老迈之分，有果断、迟疑与摇摆不定。钱钟书对方鸿渐家中老钟的妙喻，甚得老顾之心：那架每个钟点走慢七分钟的计时器，"无意中包含对人生的讽刺和感伤，深于一切语言，一切啼笑"。对了，老顾一辈子都在修钟表，在钟表匠用的长臂灯下工作了35年。

就像看电影的人这十年在猛增一样，戴名表的人这几年也在猛增，加上不少钟表鉴赏家醉心于收藏百年前的镶翠嵌钻及珐琅烧制的名表，老顾每天都在加班加点。他不得不在家也辟出了一个专门属于他的工作间，里面除了一张窄床以外，就是一张定制的两头沉的写字桌，像大画家的画案一样恢宏，上面放满了待修的钟表，以及镊子、锉子、尖嘴钳和放大镜，连墙上也挂满老钟。有意思的是，它们并不像操练的士兵一样，步调整齐，而是像散漫的骑士或诗人一样，各行其是地走着，每过十几分钟，就有老钟打鸣报时。老顾的老伴从来受不了在这房里待上半天，因为钟表们淘气地吵个不休，老顾却不嫌这些嘈嘈切切烦人，他是钟表匠啊，在他眼里那些钟表发出的噪音，就像孩子病愈后的吵闹声一样，声如天籁。

看老顾修钟表绝对是享受。把钟表正面朝下放倒，像取下珠宝箱盖那样取下钟表后盖，把长臂灯拉近点儿，检查发黑的铜齿轮，手指捅进钟表里，搓开那些碍事的油泥，可以清清楚楚地看到经过烧烤和千锤万打的金属零件，有着异样美丽的蓝绿色和金紫色波纹。寻找钟表的病灶在哪里，拨弄大齿轮、均力圆锥轮和擒纵轮，看看它们是否梦幻般地咬合到位；把鼻子贴得更近，近到可嗅见金属零件上丹宁酸的酸味，把发黑的零件放进氨水里清洗，捞出来时，鼻子烧得慌，眼睛流泪，而透过泪光，可以看到它们闪亮新生。锉锉轮齿，在轴衬上打孔，循着记忆将所有的零件一一按拆卸的相反顺序，安装回去。

当老顾组装完毕，他会用拇指拨一下最大的齿轮，俯耳去听。若钟表发出带铜音的鸣儿嗡儿声，老钟表就修好了；若是声音还嘎吱嘎吱的，那就要耐着性子从头再来。

这年头，还有谁会舍不得一块坏掉的表呢？但老顾听到过的表主人的故事却很动人。

一位留守妈妈，自独生子出国后，天天要枕着儿子中学时代戴惯的那块表入睡，一日听不到那表均匀有力，甚至是带点儿刺耳地走着的声音，就莫名心慌。表坏掉的那天，她一天一夜都在打儿子的手机，竟一直没人接，于是寝食不安，猜度儿子是否摊上了什么大事。事后儿子道歉说，他只是出去参加一个主题派对，走得急，忘了带手机而已。母亲一身的汗才落了下来，发誓要修好那块秃头秃脑，像中学生一样没有任何装点的机械表。

还有一块表，属于一位正在筹备婚礼的男子，他遭遇了惨烈的车祸，表上的指针就停在撞击的那一刻。长辈们想把这块表随逝者一起安葬，或者，就让它停在那个伤心时刻，成为缄默的哀悼。但是，他的未婚妻把他的表要走了，她只要了这一样东西，她要修好它，重新带着它启程。

老顾永远忘不了那女子来取表的情形，她把表放在耳边聆听，瞪大眼睛，努力不让满眶热泪流下来。表重新行走了，那是来自另一个时空的心跳吗？如此清晰有力，不徐不疾，安人心神，有体温有血肉，它仿佛是在说，一切总可以修复，只要你有信念，希望就能完好无损。

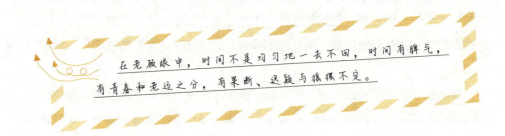

在老顾眼中，时间不是均匀地一去不回，时间有脾气，有青春和老迈之分，有果断、迟疑与摇摆不定。

每一件
小事都
又烦又重要

◇沈嘉柯

有一年冬天，我到北京忙工作。那天清晨我很早起床，看一下行程，有点儿皱眉。上午先要去中央人民广播电台录制一个节目专访，下午再赶到北京师范大学开一个讲座，晚上还要参加腾讯星光大赏活动。

每一场活动都很重要，时间都很紧凑，并且都是安排好的。工作人员很早就发短信息催问我："沈老师起床了吗？我已经出发来接您了。"我当时独自坐在酒店，看着北京灰蒙蒙的天空，忍不住叹了一口气，这真的是"你我皆凡人，生在人世间，终日奔波苦，一刻不得闲……"

感叹归感叹，事儿还是要做。偌大的北京城，堵起车来，可是很糟糕的。好不容易赶到央广大楼，距离约定录节目的时间只有十分钟了，陪同我的工作人员也急得满头大汗。在电台大楼里面经过了三道安全检查，来到了录播室，主持人海涛却对我说："放心，不用急，我们随性聊一聊。"

如此这般，甚好。我们聊鲁迅对金钱的看法，聊家人的寻常趣事……不知不觉聊了一个多小时，因为彼此都很放松，过程更是令人十分开心。

至于大学里的讲座，来听讲座的人，有学生，也有教授，交流起来收获了诸多惊喜。譬如现场来了三位老阿姨，她们相约一起来听人文讲座，吸收知识，最终结伴投身公益志愿者组织。轻松聊下来，时间过得飞快。

晚上进了星光大赏的会场。平心而论，我对于明星与娱乐圈，一直心存偏见，觉得他们就是凭借美色皮囊博取名利，各种庸俗桃色绯闻闹腾，经年累月，永不间断。可是在现场近距离看着这些明星的一举一动，我忽然理解了那些疯狂热情的粉丝。他们真的风姿万千，或英俊洒脱，或妩媚鲜妍，或诙谐幽默，一开口就能逗人笑。这些人物细细琢磨，真的都很有意思，聊一聊就能窥探到行业圈子里的人情世故。

一天的事情通通做完，深夜再回到酒店，四肢疲乏，人也有些劳累，但我心中一片平和畅快。我突然觉得，人生中要做的事情，千万不能把它当作任务来完成，顺其自然，从容面对，似乎更有乐趣。

前段时间，看到动画大师宫崎骏的一段访谈视频。宫崎骏老先生一边手绘图画的线稿，一边嘟囔着："烦啊，好烦……真的好麻烦！"我当时忍俊不禁，笑了半天。

宫崎骏老先生70多岁了，享誉世界，他的那些富于瑰丽童心的作品，打动无数人，也包括我。然而，他接着说："有什么好烦？总之就是好烦啊！但在世上做着重要的事情，总是会很烦。"

是啊！人生如此，没有人能够免除烦恼。但是，别看宫崎骏嘴上抱怨，其实他却十分享受创作。这就是人，看似矛盾，其实统一，这也是"观照自我"，以出世的心，做入世的事。

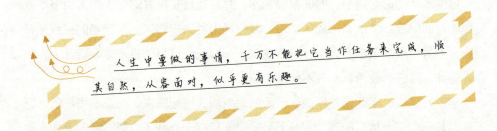

人生中要做的事情，千万不能把它当作任务来完成，顺其自然，从容面对，似乎更有乐趣。

我的青春期很『刘海』

◇ 张佳羽

初二那年，我正式步入青春期，莫名地开始注重个人形象。

穿衣，排斥邋遢，至少要干干净净。衣服上的图案也要跟得上潮流。

那时候，我们总是变着法儿地跟学校的规定作对。不爱穿整套校服，只着必备的校服上衣；下身嘛，牛仔裤成为我们热衷的搭配。

穿牛仔裤也是有学问的。对自己的身材一直不满意的我，给腿部划定了几种"牛仔雷区"：不挑选颜色太浅的"水洗白"，显腿粗；不穿颜色过重的"搬砖黑"，很俗气；"锥子型"牛仔裤需要搭配高帮鞋，可以拉长腿型；"瘦腿型"牛仔裤可以把裤腿底端稍稍挽起来一些，比较洋气……

那时，我突然很挑剔，动不动给校服"找碴儿"，总觉得运动式上衣的拉链拉高了很丑，显得我们很不青春。我和很多女生一样，不会把校服拉链拉到锁骨位置，充其量也就与胃部平齐，或者更低。因为我们认为，这样有两大好处：一呢，可以把里面衬衣的图案露出来；二呢，可以显得脖子颀长。大家一个学一个的样儿，照猫画虎，如法炮制。

仅仅这些还不够，对于发型，我也狠心地做了改变。

从小学开始，就一直扎着高高的马尾辫的我，到了初二，倔强地要与过去决裂。全因为妈妈无意间打趣的话激怒了我："这姑娘一看就傻呵呵的，没心眼儿。"我没心眼儿吗？都怪这忽闪忽闪的土老帽儿发型。

我渐渐不满意镜子里的我，讨厌这种"傻呵呵"的高马尾辫——显脸大，没个性。终于在某天中午放学后，我鼓起勇气，由若干支持我"起死回生"的同学摇旗呐喊，迈着舞台小品步，以一种恐龙灭绝也不低头的气势进了理发店。

向理发师比画，向发型图谱讨范例，我要剪一个当下最流行的刘海。理发师一手执梳，一手执剪，很专业地"咔嚓咔嚓"一顿狂剪，从我脑瓜顶上匀下来一堆他认为多余的头发。逝发如乌雪，纷纷眼前落。我吓得赶忙闭住眼睛，生怕看见这"手起刀落"的过程。我在心里祈祷："千万别下错剪啊，生生误了我迫切需要的洋气。"

我还有一怕呀，怕直面自己擅自做主的改变，到底是好是孬。天知道，地知道，浮云知道——就我不知道。

我在心里一遍一遍地默念着："阿弥陀佛，千万别给剪毁了！有刘海一定比原来好看，比原来好看，比原来好看……"直到理发师在空中自豪地咔嚓了几下剪刀，似乎宣告"大功告成"；又用梳子细细地将我的脑门梳了好几下，摆出架势端详我的头，我才敢眯着眼偷看镜子。

镜子里的我，额头上诞生了一个厚重又时髦的大刘海，刘海的长短刚好能贴在眼皮上，脸的侧面还各有一撮修饰脸型的"副刘海"，显得脸小了一圈。

整个造型，和以前的大不相同，我高兴得"吼吼吼"！我再也不是"大脸猫"了！我要欢呼，我要歌唱，我要走秀，我再也不是"傻呵呵"的了！我，终于算得上是正儿八经的初中女生了！

在回学校的路上，我又忐忑又欣喜，怕同学们会认不出我，也期待着接受他们的赞美。

结果，由于我找的那家理发店离学校比较远，坐车回去还遇到大堵车，下午的第一节课已经上了五六分钟，我才风尘仆仆地赶到教室。

背到家了。这第一节课，巧不巧妙不妙，正是班主任的数学课。一进门，所有人的目光都扫射在我身上，分明在提示："你死定了！"我瞬间红了脸，结结巴巴，不知该说些什么。班主任还不忘"神补刀"："哎呀，我都差点儿没认出来，以为日本的樱桃小丸子来了。"

"哈哈哈……"同学们哄堂大笑，笑声震天，梁上落尘。我感觉自己的脸红得发烫，似乎有火苗在腾腾燃烧。我低下头，双手搓着衣摆，快速回到自己的座位上，恨不能找个地缝钻进去。

半晌，越想越委屈，我就想让自己变好看点儿，怎么了，不行吗？想好看有错吗？想好看有罪吗？

带着些许的不甘心，我悄悄问同桌："我这个发型……有那么好笑吗？"他端详了良久，把头凑过来小声说道："很好看啊！""那大家笑什么？""笑你美了发型，误了上课，被老师打趣了一番。"嘻嘻，听他这么一说，我心里舒服多了。

我已无心听讲，满脑子都是我的新发型。想再仔细看看，却找不到镜子，东张西望，总期望从某个地方闪出一面镜子来。哦，想起来了，一楼的大厅里有面大立镜。快下课吧，老师，求求您啦，下课吧，让我去好好欣赏一下我的整体造型……

我不知道我的青春期到底带给了我一种怎样的情绪，剪完刘海之后，我开始变得敏感起来。以前从来不在身上带小镜子的我，为了让自己的发型随时随地保持完美，特意买了一块小镜子16小时带在身上。为什么是16小时而不是24小时？因为还有8小时的睡觉时间。

一遇到刮风，我会下意识地捂住刘海，不让它被吹乱，风越大，我护得越紧。以至于，连我都觉得自己是一个"护头妹"。在风静处，掏出小圆镜，左比比右照照，生怕有一根头发乱了阵脚，破坏我整体的美感。

因为太注重自己的外表了，导致我上课时注意力集中不起来，学习成绩因此一滑再滑。

爸妈很发愁，但又不知道其中的原因。他们猜想，我会不会在学校"早恋"了？老师说："早恋猛如虎，好学生变豆腐。"

家长就是这么可爱，他们有时候认定的一些事情，其实根本不存在，但他们一定要像侦探一般，搜寻证据来证实自己的推论。好几次放学，我爸都会在学校门口等我一起回家，他表面上跟我说今天只是下班早，顺道过来接我；实则左顾右盼，看看以我为中心的"方圆几里"内，有没有出现和我"搭调"的"可疑男生"。

刚开始，我和我爸走路回家显得很拘谨，男同学给我打招呼，我也低着头不太敢回应。我爸就怀疑那些同学里，肯定有我"早恋"的对象。他采用不露声色的"侦察"手段，进行观察排除，欲找出"真凶"。但几天过去，一无所获。

有一天晚上，我在家做完作业准备去洗漱，路过爸妈的房间，就听见我妈在屋里出主意："你下次再去接她的时候，仔细看看有没有男生一直瞄着她又不说话，或者她一见着哪个男生就低头，八成就有猫腻！""好，好，我过两天再去接她的时候，就照你说的办。"我爸若有所思地应和着。

好呀，还不甘心哪！非要给我整出个"早恋"来，看我不整整你们。我蹑手蹑脚地回到自己房间，心中一个大计划应运而生，就等我爸下次去接我了。

没过两天，我爸又出现在学校门口，还是以"下班较早顺道接我回家"为由。这次，我可不老老实实地跟在他身边走了，我一会儿跑到前面去架着我们班男生的脖子，一会儿又跑到后面去和其他班的男生打打闹闹，还拉着同级的女生一起开男生的玩笑，最后再拉几个人去我爸面前介绍介绍。

这么一来，我爸也蒙了：这是什么情况？怎么和老婆说的不太一样？但是他还是要保持一副"我不能乱了阵脚"的样子，点头微笑着和我的同学打招呼。

看到我爸强颜欢笑的样子，我心中窃喜，故意在岔路口与同学分别时，对着男生大喊："嘿，哥们儿，明天见！"同学们向我招手，嘻嘻哈哈地四散"逃遁"，各回各家。

我也推搡着我爸往回走，我爸忍不住问我："平时没见你这么'拉风'啊，和什么样的同学都能玩，男女不分，没有重点？""那是，我也有小秘密，还能什么都让你知道啊。没有重点，都是重点！"

从那之后，爸妈对于我早恋的猜疑彻底打消了。我也将心思收了收，回归学习。不过啊，一刮风就捂住刘海的毛病，是改不掉了。

我一直以为，进入青春期的我会像别的孩子那样，一碰就炸，一遇到敏感问题摔门就走。但我真不是这样。我不想去尝试那种"宣示个人主权不可侵犯"的暴戾态度，一个是我的家教不允许，另一个是我真的没有那样做的勇气。爸妈来这么一出"侦探记"，我也从此学会了智取，遇到问题不是大声狡辩，而是想办法去证实根本就没有。

虽然我还是不明白，青春期到底带给了我什么，可能我经历了一个"很无趣"的青春期吧。但我有一种感觉，属于我的那朵花，还未完全开放。

我也从此学会了智取，遇到问题不是大声狡辩，而是想办法去证实根本就没有。

不被期待的快乐

◇吴淡如

我认识一对兄弟，哥哥是知名企业的科技人才，弟弟是摄影师。

兄弟俩虽然生长在同一个家庭，但两个人的个性、口才截然不同。哥哥很会说话，很有领导能力，书也一直读得很好，各方面才艺都很突出，运动方面也很出色。弟弟跟哥哥念同一所学校，比哥哥低一个年级，压力一直很大，老师们都会说："啊，你是谁的弟弟对吧，你哥哥怎样怎样……"

更糟的是哥哥还长得比他帅哩。

不只在学校有压力，在家里也一样。闯了一点儿小祸，妈妈会不经意地说："跟你哥哥学学，你哥哥从不让我操心的。"拿了中不溜的成绩单回家，爸爸也会摇摇头说："咦？你哥哥没怎么念书，成绩就很好呀。书有那么难念吗？"

他不是不努力，可是无论他怎样努力，就是没有办法赢得"你跟你哥哥一样优秀"的口碑。

青少年时，他有点愤世嫉俗，跟着变得越来越喜欢教训他的哥哥。有一阵子他不太讲话，暗讥哥哥："哼，有一天你会聪明反被聪明误。"

虽然，他心里还是很以哥哥为荣的。

哥哥一直光芒万丈，像一座明亮的灯塔，而他只是一束虚弱的烛火罢了。哥哥考上明星高中，大学也念了第一志愿。而他竟然连一所公立高中都考不上。

爸爸说："好吧，家里只要有一个人念大学，我就不算辜负老祖宗了。"随便他怎样。他便选了他唯一感兴趣的高职美工科。

哥哥又念了硕士，进入一家电子公司，成为科技新贵，让父母引以为豪；他高职毕业后发现自己对摄影比较有兴趣，就应征了几家公司，变成一个摄影师的助理。爸妈对于他，好像形同"放弃"似的，只要他"现在可以养活自己，将来可以养活妻小就好了"。

后来，他当上了某电视公司的摄影记者，每天为了追逐新闻，冲来冲去，很少和哥哥联络。他29岁、哥哥30岁那年，有一天，平常在科技园区忙得没日没夜的哥哥，忽然回到家来，对他说："喂，爸妈要拜托你照顾了，我辞了职，想到法国去学现代艺术。"

哥哥说，他已经累积了足够多的钱。前一阵子，他因为过度加班忙到昏倒，被送到医院，差点儿"过劳死"，这使他悟到，人生有限，他不能一直没有自己。30岁了，他觉得自己有了足够的积蓄，留下来的股票够给爸妈养老的。他想了很久，想要"为自己活"，选择一条他真正想走的路。

啊？他听得嘴都歪了。哥哥的梦想是学现代艺术？

"为自己活？"难道，英明的、不可一世的哥哥，不是一直都在为自己活吗？哥哥那么优秀，一直有许多选择的权利，不是吗？

"不，我一直活在别人的期望下，没有办法做我自己。"哥哥说，"我一直很羡慕你可以念美工科。以前看你在赶美术作业时，我都一边在念教科书，一边在嫉妒你：你真好，可以选择自己的兴趣。你那么自由，那么快乐。"

听了这话，他三分骄傲，七分心酸。骄傲的是，他竟然曾经让自己心目中的英雄暗暗羡慕过；心酸的是他了解，如果不是因为哥哥比他优秀那么多，承担了那么多父母的期望，他哪能安安稳稳地做自己。

"原来，不被注意有不被注意的舒适和快乐。"他说。

"我一直是在他的阴影下乘凉，却只会抱怨他遮住了我的阳光，并没有想到，因为他的存在，我才没有被晒伤。"

原来，不被注意有不被注意的舒适和快乐。

别怕道歉，其实人类天生爱原谅

◇张树婧

有一句暴露年龄的歌词是这样唱的，"道歉是最难的词"，出自英国摇滚明星艾尔顿·约翰1976年的一首歌。但是，《自然人类行为》杂志的一项研究发现，我们不愿意相信别人天生就是坏人，即使曾经做过某些不道德的事，一旦对方有了悔改之意，立刻就会改观印象。

心理学家解释说，这种宽恕可能是因为考虑到草率否定一个人，会失去很多人际交往带来的好处，那么权衡利弊之下，宽恕其实更有利。

这项研究由耶鲁大学、牛津大学和伦敦大学学院共同进行。研究发现，善于发现别人优点，看到别人好的一面是人类的天性，我们会倾向于相信一个平时品行端正的人确实内心正直，而对于做了出格事情的人，只要他们稍加悔改我们就会立马改观印象。

耶鲁大学的助理教授茉莉·克罗克特说："大脑会以一种容易宽恕的方式形成社会印象，人们有时候表现得不如人意，但是我们的大脑会及时更新对方糟糕的表现。"否则，如果对别人的认知还停留在其错误的时刻，我们可能会过早地结束人际关系，错过这段社会关系带来的诸多好处。

研究人员表示，宽恕对发展和维持社会关系至关重要。这不仅仅是原谅了他人，更重要的是也原谅了自己。

而且，人们对第一印象就很好的陌生人，观念不会轻易更改。相反的是，就算对对方第一印象有点儿糟糕，却不会如此根深蒂固，反而会因为一点儿小事就发生改观。

　　由于人类是社会性动物，需要维系广泛的社会关系，这种社会属性让我们容易忽视别人的小缺点和小问题。就像古话说的那样"水至清则无鱼，人至察则无徒"。所以，其实对不起没有那么难说，在我们内心纠结的时候，可能对方早已经原谅了我们。有些不必要的矛盾就是由误解产生的，说开了就好了。

宽恕对发展和维持社会关系至关重要。这不仅仅是原谅了他人，更重要的是也原谅了自己。

承认吧，
你的人设
不比明星少

◇ 王霜霜

　　人设者，面子也。如果说明星立人设是为了商业考量，那普通人的人设则更多是为了面子。好面子是中国人的传统，但并不是中国特色，外国人也好面子。法国作家莫泊桑的小说《项链》就讲述了一个小公务员的妻子为了在一次晚会上装点门面，向朋友借了一串项链，不料项链丢失，她只得借钱买了新项链还给朋友，后为了偿还债务，整整劳苦十年的故事。国外把打造人设称为"印象管理"。

　　总之，大家都希望把自认为最好的一面展现给别人，这在古今中外，没有太大差异。明星因为生活在聚光灯下，一举一动都被放大，因而很容易被人扒到漏洞，导致所谓的"人设崩塌"，但普通人的"虚伪"程度一定就输给明星吗？明星打造的健身达人人设、开心果人设、知识分子人设，哪一类在朋友圈找不到对应呢？只能说，人生如戏，全靠演技。无论演戏的，还是看戏的，一旦认真，你就输了。

"我希望别人看到的我"

　　"无利不起早"，人为什么要费尽心力地创造人设呢？一些是出于实用目的。典型的如明星，打造一个"学霸""老干部""好男人"人设，可以增加记忆点，获得观众好感，赢得相应的戏约和商业代言机会。

　　普通人打造人设也可以获得现实的利益。"人们可以通过人设，为自己增加社交筹码、美誉度等。打造人设，就是为了向所有人或者某个对象说明——我是谁，我有什么，我值得被你喜欢，你要喜欢我"。某种程度上，人设可以当成一张自定义的名片和柔性简历，给当事人带来现实的利益。

当一个人想进入某个团体或圈层时，常常会人设先行。比如，一个有钱人想进入文化圈，就可能会经常晒名人语录、书单，在公开场合对文化事件发表看法，结交文化名人等，为自己打造知识渊博、博古通今的知识分子人设。

另一种情况下，人设就像安慰剂，有时的确会给人带来一些满足感。

心理学家胡慎之认为，从心理学上说，自我可被分为真实自我、理想自我、投射自我三个层面。真实自我就是指个体实际拥有的自我概念，即现在是什么样的人；理想自我指个体想达到的自我；投射自我，则是个体认为的别人眼中的我。而人设就是理想自我和投射自我的结合，即"我希望别人看到的我"。

真实自我和理想自我之间的差距，常被当作衡量心理是否健康的指标。当一个人觉得自己的真实自我和理想自我存在差距时，常常会产生自卑、沮丧、羞辱等情绪。为了释放这些情绪，人体会启动一些自我保护机制，比如美化和撒谎。

比如一个胖女孩发朋友圈之前，往往会把自己的照片修得瘦瘦的。瘦是她身材的理想状态（理想自我），她希望、幻想以瘦的形象出现在别人眼前，刷新大家对她的认知。因此，她可能会设法给自己打造一个人设。著名的典故"东施效颦"，就是典型的丑女孩幻想改变自我、实现逆袭，但最终失败、为人取笑的故事。

现代的女孩们比东施幸运得多，社交网络的发达给每个人建立人设提供了展示平台，同时由于互联网的欺骗性，让你无法确认电脑那边和你聊天的是一个人还是一条狗。这意味着，每个人都可以在网络上装扮自我，建立人设。

打造人设是门技术活儿

打造人设是正常的心理需求，但无数人设崩塌的案例，也显示出这是一项高危活动，是个技术活儿。为什么有些人的人设让大家信以为真，有些人的却成为人们茶余饭后的笑柄呢？

为了在别人面前形成一个良好的印象，每个人都会刻意管理自己的行为。但个人对他人行为的反应，却不是简单的刺激—反应模式。

人们更倾向于相信你自然流露出的、未加人为操纵的那一面。比如你想炫富，如果简单粗暴地在社交媒体晒出一块劳力士手表，评论往往酸声一片，"越缺什么，越炫什么"。但若你的照片展示的是和妈妈在一家装饰考究的餐厅用餐，点单时，"无意间"露出了手腕上的名牌手表，配文是"难得清闲，带妈妈吃点儿好的"。这样，你不仅同样实现了显示自己经济实力和社会地位的目的，还会在吃瓜群众心中形成孝顺、品位不俗的印象。

正如那句被公认的真理：高端的装，往往是"装于无形"。既要显得控制，又要显得未加控制，才能使人设玩家获得更大益处。

还有一些人乐于在社交媒体晒自己最具优越感的一面。长此以往，这一面就成了你的最大标签，如文艺青年、健身达人等，叫作"强人设"。建立"强人设"的好处是可以迅速提高个人识别度。但强人设也有缺点，就是容易让人形成刻板印象。

"人设越深刻，内心越寂寞"

不被人讨厌是人的生存本能，但如果人过分被"被人喜欢"这一欲望裹挟的话，就会慢慢成为讨好别人的精神奴隶。每个人都是复杂的，当我们选择一个单一人设，为满足别人的需求而活时，势必压抑掉人性中的其他部分。但这些部分不会消失，要么在另外一个场景下释放；要么潜伏在我们身上，日后蠢蠢欲动。

那么，人设起到的也许只是麻痹作用。阿德勒在《自卑与超越》里写道，人的一生是与自卑感做斗争的一生。当一个人采用不切实际的方法试图摆脱自卑感时，"不但不利于消除自卑感，反而使自卑感不断累积"。所谓"人设越深刻，内心越寂寞"，大抵就是这个道理。

无论公众人物还是普通人，人设崩塌都是一个毁灭性的打击。"它是什么感觉呢？就是我在心里建造的大楼塌掉了，能感受到的是满目疮痍，一片废墟，这是很痛苦的"。

这个形象带给你多少力量，脱离它就会有多少恐惧。

但生活总免不了演戏，戏剧家莎士比亚曾说过"全世界是一个舞台，所有的男女都是演员"。电影《至暗时刻》里有这样一场戏：丘吉尔准备出去跟人论战之前，来到一面都是帽子的墙边，说了一句台词，台词大意是"今天我扮成哪个角色出去见人？"

强悍如丘吉尔也有这样的困惑。那么问题来了，作为一个普通人，你选择做自己，还是做人设？ 🖊

如果再也
见不到你，
那祝你
早安午安晚安

◇孙晓丹

亲爱的奶奶：

您好吗？

一个月了，我还是不能相信您已经离开了这个世界。可能我真的太年轻，难以承受这样的生死离别，我一度认为死亡遥不可及，所有人都能永永远远在一起，您却第一个对我们说了再见。

2019年，您82岁了，身体很硬朗，只是耳朵有些背。您每年冬天都要打疏通血管的点滴，这一年却自我感觉良好，执意拒绝。我们知道您不想住院，不想麻烦儿女，也就没有坚持。寒假我从学校回家，每次去看望您，您总追着我问："晚上住下来跟我一起睡吧？"我却嫌麻烦，今天推明天，想时间还多着呢。

菜肉价格猛然提了好几个度，储藏室里堆着提前准备好的鞭炮，新桃换了旧符，那红色好亮，闪得我眼花。冬天眼见着就要过去，大年三十的集市上您还为晚上的饺子买了新鲜的芹菜，可酷爱芹菜肉馅水饺的我，却因为发高烧，在大年初一早上缺了席，只好打电话向您拜年。电话里您一直反复问我："那你今天不来了吗？"这样回想起来，一切都很正常。一天后，我去看您，从您手里接过红包。因为发烧感冒，您还不停地劝我多喝水，吃青萝卜，告诉我二姐姐要领男朋友回家，到时候您给我们一起做风干鸡扒米饭。

大年初三18：30，二伯来电话说您中风摔倒了。这一天晚上，我第一次经历救护车停在自己家门口，不知所措。我在前面带路，拼命地快走，害怕耽误一点点儿时间。救护车把您拉走了，其他人都跟着去医院了，我留在家陪着爷爷。23点，爸爸妈妈回来说CT显示脑部没有出血，情况看起来不错，估计住院半个月左右就可以回家。我对妈妈说，明天换个人在家陪爷爷吧，我也想去医院看看。这一夜，从未失眠过的我，就这么干瞪着眼睛到了凌晨三四点。可我没想到您就这么悄悄地走了。

我和爷爷一起给家里的红色对联敷上了白纸，这白色也好刺眼，我的眼泪滴滴答答地打在手背，好冷。

您在的时候从来不让我们姐妹三人下厨房，每次都是自己做好了饭才叫我们，偶尔帮您刷个碗，您就开心得不得了。一条毛巾洗得又硬又破也不舍得扔，秋衣秋裤补了一个又一个补丁，买了新衣服给您，您总说年纪大了没必要穿新衣服。您自己没怎么上过学，一生吃了许多没文化的亏，最常对我们说的话，就是好好学习才能有出息，学习成绩好您就高兴。可我还没完成学业开始挣钱，您怎么能违背诺言先离开了呢？

奶奶，我真的好想您。再也没人像您一样，为我留着生日蛋糕，害怕坏掉，用尽了各种方法储存；再也没人告诉我"我看了你那儿的天气预报，和家里差几度呢"；再也没人偷偷塞钱给我，告诉我不要节约，要吃点儿好的；再也没人告诫我"不要谈恋爱哦，等着我给你介绍"。时光为什么不能倒流啊？为什么没有后悔药可买？我真的不会再敷衍，再不会对您的话不以为然；即使您不让我进厨房，我也一定在您旁边和您聊聊天、开开玩笑；那条破毛巾我一定偷偷给您换成新的，不笑话您小气；我一定会好好学习，取得比原来还优秀的成绩，让您挺直腰杆炫耀一番。

奶奶，您还欠我一顿风干鸡扒米饭呢，您不会忘了吧？天气已经越来越暖和了，再等下去风干鸡就长毛了。真想再吃一顿芹菜肉馅的饺子啊。

孙女：小丹丹

2019年3月8日

可能我真的太年轻，难以承受这样的生死离别。

走运的你
与不走运的你

◇岑嵘

　　A中学是我们市里最好的中学之一，毕业的学生大都出类拔萃。那年升学考试，我差两分没能被录取，为此一直耿耿于怀。每次经过这所学校时，我都会想一个问题，如果那一年考试时某个选择题我没有选错误的D，而选了正确的C；或者批作文的老师心情好那么一点点儿，那么我的人生或许会完全不同。

　　这样的节点也许就是所谓的人生转折点吧，我把这想象成一个平行世界，那么在平行世界那一端那个幸运的我，人生会有怎样的不同？

　　这个看似永远无法解答的谜，经济学家却出人意料地给出了答案。

　　经济学家把一些重要事件产生的分叉，用一个专业名词来命名——"断点回归"。即任何时候都有一个精确的数字（一个断点）把人们分成两个不同的群体，经济学家可以对极为接近截止点的人们的人生结果，进行比较或回归分析。

　　纽约史岱文森高中是一所让人梦寐以求的学校，这所学校的学生大多能考上全美排名前20的名牌大学，然而，要进入这所高中并非易事，因为只有5%的考生能考上这所高中。

　　一个叫耶尔马兹的少年和当年的我一样，遗憾地差了两分没能被这所高中录取。耶尔马兹当然永远没有办法回到少年时代的那次考试并且拿回那两分，然后比较一下两者的人生有何不同。我们想当然的办法是，比较上了史岱文森高中的学生和没上史岱文森高中的学生的人生差异。显而易见，从史岱文森毕业的学生更多地考上了名牌大学，因为能进入这所高中的学生，都是当年经过激烈竞争的优胜者，他们在总体素质上比其他学校的学生更好，这是顺理成章的事，因此这并不能真正说明问题。

更精确的比较是什么呢？经济学家需要找到两个几乎完全相同的小组，这个时候，"断点回归"派上用场了。

麻省理工学院和杜克大学的经济学家阿蒂拉·阿卜杜勒卡迪罗格鲁、乔舒亚·安格里斯特和帕拉格·帕塔克等人组成了一个团队，他们比较了"断点"，也就是史岱文森高中录取分数线分数上下的学生的最后结果。这些经济学家研究了数百位像耶尔马兹一样因一两道题而错过史岱文森高中的学生，然后将他们和数百名考试成绩稍好，因为多对了一两道题考上史岱文森高中的学生进行比较。他们评判成败的标准是这些学生的大学预修课程分数、学术能力评估测试分数和最终进入大学的排名。

研究的结果让人吃惊。几位经济学家发现，分数线两边的学生最后的大学预修课程分数和学术能力评估测试分数都难分高下，所就读的大学也都是排名相当的名牌大学。

这几位经济学家评价道：史岱文森高中不会使你在大学预修课程考试中表现得更好，也不能让你最终考上更好的大学。竞争激烈的入学考试席位的价值似乎并未体现出来，入选的精英学子在这里学业进步的程度并不足以证实学校的优势。

我们再看另一个例子。美国哈佛大学毕业生进入职场10年后的年薪平均达12.3万美元，宾夕法尼亚大学的毕业生进入职场10年后的年薪平均达8.78万美元。尽管两所都是很好的学校，但显然能够上哈佛似乎更能让人走向成功，因为哈佛大学总体生源质量比宾夕法尼亚大学要好。

经济学家斯泰西·戴尔和艾伦·克鲁格用了同样的方法来研究精英大学与毕业生未来收入潜力之间的关系。他们发现，当两组背景相似的学生都被哈佛大学录取，然而，其中的一组最终选择了宾夕法尼亚大学时，其结果和史岱文森高中的研究惊人相似，两组学生的职业收入难分伯仲，如果以未来的收入作为衡量标准，他们也大致相近。

上述研究表明，如果真有平行世界，在某个重要节点走运的你（比如幸运多了一两分考上心仪的学校），并不意味着从此会比那个不走运的你更成功，只要你不气馁，不怨天尤人，两者的差别其实最终是微不足道的，一时的幸运与否并不会决定你的人生成败。

心是任性的小动物

◇沈奇岚

我拥护了"任性"这件事情许多年之后,突然有一天发现了"承受"的迷人之处。

这简直是一件不可思议的事情。任性的好处实在太多了,凡是从中受益过的人都明白那种说走就走的快感。可懂得承受的人脸上有种奇妙的光芒,举手投足间有种额外的说服力。

面对选择犹豫时,我总会说那句百试不爽的法宝:"Follow your heart（跟随你的心）。"这句看上去很勇敢的口号背后,隐藏着巨大的风险。人们总以为这句话中最重要的词是"心"（heart）,可心是任性的小动物,虽然有极好的直觉,但本质上是趋利避害的。心向往温暖甜美的地方,追求赞美和掌声,讨厌委屈和冷漠,甚至有时是偏执而盲目、柔软而脆弱的。

这句话真正的重点是"follow",是追逐,是行动,是为了选择不断付出。哪怕"心"的选择是放弃百万年薪去创业,是义无反顾辞职走天涯,持久地"follow"才是这句话的真谛。

走阳关大道是安全的,每个人都渴望在宽阔的人生之路上一往无前。可那条路上永远都是拥挤的、不得安宁的。于是我们的心就会不安分起来,东张西望,像一只小动物一样,跳出我们的怀抱,撒开腿奔跑。很多人不理睬这只小动物,继续往前赶路。他们觉得人生不会因为缺失这只任性的小动物而有缺憾。直到后来,他们才发现心口缺了些什么,却怎么也找不回来了。

也有不少人追着自己的心，偏离了安全的主路。我们的心总是比我们跑得快，它在前面领路，不管前方有没有荆棘，只凭着直觉向前冲。这一路，它一定会受伤、会流血、会痛苦、会停顿、会彷徨，甚至会迷失方向。有些人就抱起它，带着它回到大马路，继续和众人一同赶路。那些不再理想的理想主义者悲愤地指责现实让他们头破血流，但依然有少数人抱起受伤的心，看看远方的山，继续走——如果那是心要去的地方，他们绝不动摇。

心是那么娇嫩宝贵的小动物，照料好它才是我们的任务。我有一个朋友，人又美又聪明，只是有些小娇气，曾因一件极小的事情和老板闹了别扭，觉得委屈，断然辞职。后来遇到她，发现她回了原公司，比从前更努力地工作，甚至不闹小脾气了，俨然一个勤恳的好员工。问她怎么舍得放下任性去做这样的改变，她笑笑说，明白自己要什么了，那点委屈也就能承受了。

"忍受"，是站在了压力和磨炼的对立面，因为必须"忍"。而"承受"则是接纳，是消化，是把那些磨炼和压力变成养分，是明了并接受一个事实：我们想要的那个东西，除了华丽甜美的那部分，也包括了糟糕和辛苦的部分。

任性有任性的潇洒，承受有承受的光芒。我十分尊敬那些有清晰目标，并为之默默承受、坚持并付出的人，他们不抱怨，做的就是"做"。对于其他更轻松、更舒服的选择，他们的态度是，与我无关。

"Follow your heart"意味着照料好那只任性的小动物，意味着好好选择一件想做的事情，做到底，不许逃。

那些知道自己的心在哪里，要去何处的人，才是值得尊敬的人。🖋

心是那么娇嫩宝贵的小动物，照料好它才是我们的任务。

少年时，
都想离家出走

◇骆以军

　　我好像从小就有离家出走的怪癖。读小学二年级时，没有任何原因，只是一时异想天开，便策划了一次离家出走的行动。

　　很多细节我都忘掉了，只记得那天我如常去上学，但书包里装的是两只我最爱的破布熊，还有一小块拼图——那是一幅台湾地区拼图中的台中那一块，上面只写了"合欢山"。我还拉了一个伙伴一起"逃跑"，跟他说："我们去合欢山吧。"我可能还偷了爸妈一些钱，但我们两个小孩要如何搭车去台北火车站，然后坐火车去台中，再从台中搭车去合欢山，整个过程我完全没概念。

　　某一堂课后，我们躲在了校园一处楼梯间死角的一个大箱子后面。上课许久，老师发现两个小朋友不见了，便发动同学们出来找寻，我们没出校园就被逮住了。

　　莫名其妙地出了这件事，我被我妈揍了几下。她平日很少揍我，一般都是我爸出手，但这事她不敢让我爸知道，如果我爸知道会把我揍个半死。但我想，我妈心中应该有一种疑惑的伤心吧——孩子对父母有多不满，为何小小年纪就想离家出走？

　　很多年后，我长大了，读了昆德拉的《生活在别处》，才明白人类潜藏着一种想去远方的无名冲动。我小时候的台湾社会相当封闭保守，我们生活的那个永和小镇过于平静，我总幻想着打破这种平静，去探求外面新奇魔幻的世界。

　　其实，后来在许多个放学途中，我都在蛛网状的永和小巷弄里穿绕。那时还没有楼房，都是黑鱼鳞瓦的日式房屋以及墙头探出桂花、杜鹃花或木瓜树枝的人家。我脑海中也常浮现离家出走的想法。只要在某处拐角走跟平时相反的路线，会不会走进另一个世界？我也常在午休时趴在教室课桌上因睡不着而浮想联翩：幻想世界遭受外星人攻击，全部的人像木头人一样静止不动，时间被冻结了，只有我意外地成为唯一不受这种攻击影响的人。所以，只有我一个人在完全静止的街道上晃荡，我可以任意进面包店拿我爱吃的放了樱桃的巧克力蛋糕。说起来，一个小孩对无限自由的想象，真是贫乏得可怜。

高中有一段时间，我交了一些"坏朋友"，抽烟、打架、鬼混，在父母眼中就是学坏了。有一次，我和几个哥们儿闯了祸，勒索了一个我们觉得很"叽歪"的同学。这件事后来被教官发现了，要给我记大过。我父亲是个很正直的人，我做这样的事他肯定觉得丢尽了我们骆家祖先的脸。于是，我就和一个哥们儿一起离家出走了。

我们先去找同学借了一千块新台币，仓皇搭火车南下，想到南部找个工厂做工，有一天闯出名堂再衣锦还乡。我们坐车到苗栗，在一间小旅馆住了一夜，钱就不够再往南走了。于是这个哥们儿打电话给他的一个笔友，向她借了一千块钱。那是个新竹女中的女孩，于是我们又搭车到新竹跟这个从未见过面的女生拿钱，再继续南下。然后，我们在彰化投奔一个朋友的朋友，他说会帮我们找工作。但才待了一晚，我那个哥们儿就想家了。最后，我们灰头土脸地返回台北，结束了这次莫名其妙的离家出走。

那趟旅程中，我们穿着卡其布制服，背着书包，在火车站或客运站等车，那画面就像侯孝贤的《风柜来的人》或贾樟柯的《小武》，灰暗、凌乱、贫乏。

很奇怪，等长大了，真的离开家了，却又别有一番滋味。父亲十多年前过世了，母亲也老了，一直在逃离的那个家，最终变成了幻影。对不可知的世界充满憧憬和幻想，总想不惜流浪去看看。然而在长时间的漂流后，怕了那种随波逐流的渺小和易碎，就又渴盼有个家了。🌰

我长大了，读了昆德拉的《生活在别处》，才明白人类潜藏着一种想去远方的无名冲动。

聪明人
为什么会
做傻事

◇贝小戎

一个二年级的小学生很贪玩，学习成绩退步。他的老师觉得很可惜，不解地问他和他爸爸："这么聪明一孩子，为什么要干傻事呢？"这个说法很苏格拉底，苏格拉底就坚定地认为，"知识即美德"，一个人如果真的聪明，真的有知识，他应该知道哪些行为对自己有利，哪些行为对自己有害，从而做出正确的选择，趋利避害。但现实是，聪明的人往往会做出对自己不利的选择。

英国科学记者大卫·罗布森写了本书，叫《智力陷阱：为什么聪明人会做傻事》。在他看来，做傻事的聪明人包括乔布斯、爱因斯坦、柯南·道尔和一些诺贝尔奖得主。乔布斯患病后拒绝接受手术，而是相信一些健康骗局和流行食谱；爱因斯坦晚年把时间都花在了他的同事驳斥过的大一统理论上；柯南·道尔相信仙女和通灵术，1917年，两个少女用仙子跳舞的假照片骗了他。

聪明人做傻事这种现象其实很普遍，有一个成语叫"聪明反被聪明误"，解释是"自以为聪明反而被聪明耽误或伤害了"，出自苏东坡的诗《洗儿》："人皆养子望聪明，我被聪明误一生。唯愿孩儿愚且鲁，无灾无难到公卿。"

有心理学家把愚蠢的行为分为三种，其中最傻的是第一种，高估自己的能力，比如喝醉了还以为自己能够开车；或者一个小偷想偷手机，结果偷了一个GPS（全球定位系统）设备。第二种是因为上瘾或者沉迷而无法控制自己的行为，比如因为沉迷于玩游戏而取消跟朋友的约会。第三种是因为大意、马虎，比如给车胎充气充得太多，上路后反而爆胎了。

聪明人做傻事的原因之一是懒，不愿意吃苦，不愿意努力，用功被视为愚笨的标志。用心理学术语来说，叫低估了坚毅的作用。聪明人老早就能感觉到困难，而越往后坚毅和修炼越重要。聪明人做事情时，一有点儿成绩就会受到夸奖，结果他们很享受这种感觉，就会避免去做自己不会马上做得好的事情。

罗布森说，聪明人更有可能相信假新闻和阴谋论，因为他们思维能力更强大，反而会让他们把自己不正确的信念说得更合理，为自己的直觉辩护时花样更多。

一个人越聪明、越有知识，他们为自己辩护时的论证越让人信服。

当一种说法让人觉得流利（容易接受）、熟悉时，我们往往不去注意它的细节，而是只注意它的主旨。智力和教育能让一个人躲过错误的说法吗？这要看一个人的思考风格。有些人很吝惜自己的认知能力，他们也许在考试时愿意动脑子，但平时就靠直觉和本能处理问题。

《愚蠢悖论》一书的作者马茨·艾尔维森说，智商高不等于聪明。智商测试只能反映分析性智力，这是找出固定模式、解决分析性问题的能力。大部分智商测试都无法反映人类智力的另外两个方面：创造力和动手能力。

创造力是应对新情况的能力，动手能力是解决实际问题的能力。

认真思考很费劲，提出难题也不受欢迎，聪明人很快就明白了这一点，所以他们干脆随大溜。

智力就像汽车的发动机，马力越大，你的速度越快。但方向和路线正确，你才能更快地到达终点，不然你可能在绕圈子甚至掉下悬崖。类似的，聪明的大脑也许能帮助你更快地处理信息，找到解决方法，但是如果推理方向受到你的偏见的影响，思考速度只会让你错得更厉害。加拿大学者格罗斯曼提出，我们在思考别人的困境时更明智，所以在思考个人或政治问题时，可以想象成是在讨论别人的事情，这种"自我远离"策略可以减少偏见，让人的头脑变得更开放。

专业知识会让一个人变得更顽固，以为自己有权利变得头脑封闭，排斥跟自己相悖的观点。比如它会造成"诺贝尔病"，诺贝尔奖得主在后期往往会提出一些奇怪的理论，诺贝尔奖得主的身份导致他们否认那些跟他们的意见相反的最基本的证据。

有时候，聪明人做傻事可能是因为他们周围的文化，比如在职场上。当一个小组里有一两个过于热心的人主导着对话，这个小组的表现还不如所有人获得平等机会的小组。🌑

心静下来，
就闻到了
香气

◇林清玄

阳明山有一个白云山庄，在仰德大道旁，我下午的时候常常去。

白云山庄有自制的兰花茶，香气浓厚，滋味甘醇。点一杯兰花茶，从大片的落地玻璃窗俯视着因拥挤而相叠的城市，心情就会随着午后常来盘桓的苍鹰飞翔。

白云山庄的兰花茶好，是由于它盛产好的兰花。

所有的花中，我最喜欢莲花和兰花。莲花的品相庄严，兰花的形貌尊贵；莲花的香味醇郁，兰花的香气清雅。而莲花与兰花都一样被用来象征心的纯净与思想人格的芬芳。

兰花因尊贵、美丽的气质，给人一种"贵气"的印象，人们常会误以为兰花是很贵的，其实不然，一盆兰花大约只有一束玫瑰的价钱，玫瑰花只有三四天的生命，兰花却可以在案头放一整个季节，凋谢了之后，隔年还会再开。

在白云山庄里，兰花好，兰花茶也好，最好的是卖兰花的人。

兰花园的主人是一位已过中年的妇人，是那种非常亲切非常温暖的人，即使在五十米之外，她也会露出毫无矫饰的璀璨笑容。

也许是长期照养兰花的缘故，她就像一株优雅的香水文心兰，即使是冬天，香气也会弥漫在冰冷的空气中。

兰花园主人非常有礼谦和，每次见面，都使我想念起过世的妈妈。

她很爱兰花，这一点很像妈妈。

她很有耐心，这一点也很像妈妈。

"我喜欢有香气的兰花。"我说。

"没有香气的兰花就是比有香气的美一点儿，这是不能两全的。"

她说："有香气的兰花可以放在卧室，卧室需要香味。无香气的就摆在客厅，客厅需要气派。"

有一天黄昏，我陪怀着身孕的妻子上山喝兰花茶。

喝完茶，我们像往常一样去逛兰花园，园主依然以灿烂的微笑欢迎我们，说："你们辛苦了。"

她向我们介绍新开的几种有香气的兰花，她一边说，我一边仔细地嗅闻空气，却什么香气也闻不到。

"好像什么香气也闻不到。"我说。

她笑着说："心静下来，就闻到了香气。兰花的香，不是用鼻子闻的。"

善解的妻子用力握了握我的手。

我收回鼻子，收摄心神，空气中的香味仿佛立刻苏醒。原来，兰花香虽然飘浮于空中，但点燃香气的火柴，名字叫"静心"。

爸爸曾经严肃地告诫我，寻找空谷幽兰，最要注意的就是百步蛇。

"兰花与百步蛇有什么关系呢？"我问爸爸。

爸爸说，野兰花与百步蛇生长的高度、纬度、温度、湿度都是一样的，因此传说兰花长得最美的深山，也正是百步蛇最多的所在。

"所以，找到最美丽的兰花时，要先看看脚下！"爸爸说。

"野兰花与百步蛇"的意象深印在我的脑海里，它不只是山野生活真实的告诫，也是实际人生的智慧之言，生命里最美好的事物就如同深山中的野兰花，往往开在百步蛇环伺的山谷。但是，从来不会有采兰人因为百步蛇，就失去寻找兰花的坚持与勇气。

勇气与坚持都是不会随波逐流的，勇气与坚持都需要在最纷乱的时候，保持静心。

保持静心，心静下来，就闻到了香气。

生命里最美好的事物就如同深山中的野兰花，往往开在百步蛇环伺的山谷。

那封情书
如今
去了哪里

◇徐纪婧

那个女孩很倔。

那是她读四年级时的一天。她坐在靠窗边的位置，那个下午阳光很好，放学后她在教室里写作业，教室里只有她和前排的几位同学。走廊上还有人在打打闹闹。

那个女孩低着头，专注地看着作业本上的每个字，像往常一样。

"嘿！"女孩放下笔，循声抬起头，是一个熟悉的同学。"这是别人让我给你的，你看完就明白了！"说完，同学便笑着走了，留下女孩一个人。女孩看着桌上同学留下的东西，是一封信，信上……画着一颗大大的红心！女孩顿时面红耳赤，拿起信封，却不敢再多看一眼。女孩往窗户的方向望了望，又往前排望了望。女孩仔细地观察着每一个同学，再三确认没有人往自己这边看，这才松了一口气。

"嗯，没有人发现，没有没有。"女孩极力地控制自己的情绪，但身体仿佛并不愿意听她的指挥。

女孩感觉自己的脸颊烫得像刚出笼的包子，不仅烫，还很红。她拿信的手也不自觉地颤抖着。她看看抽屉，不行，有点儿危险；再看看书包，不行，回家会被妈妈发现。"怎么办？还有哪里……"女孩的目光四处飘飞，最终落在了身后的垃圾桶上。

女孩没有再犹豫，迅速起身，走近垃圾桶，再次转身时手上的信已经不见了踪影。女孩回到座位上，拿起笔，却听到"吧嗒"一声，笔掉在了桌子上。女孩迅速抬起头，目光又一次扫过同学们，确认没事后，她再次拿起笔，从刚刚停下的地方接着写。突然旁边走过一个同学，女孩看见同学手里拿着一团废纸，她的心骤然一紧，低下头，目光一直尾随着那个同学。那个同学在离垃圾桶还差几步的时候停下了脚步。女孩把一只脚从座位上伸出去，准备起身。同学以一个投篮姿势将纸团投进了垃圾桶，转身走了。于是女孩转身，重新拿起了笔。这时女孩才发觉，自己的后背已经满是汗水，靠在椅子的靠背上，竟然还有些发冷。

过了一会儿，教室里的同学更少了，可是女孩的心情仍然不能平静，再三纠结之后，她放下笔。女孩走近垃圾桶，盯着它，似乎想用目光穿透最上层莫名出现的层层碎纸片直达下层。她围着垃圾桶踱步，像是在寻找什么。她心跳加速，看着秒针一圈一圈地转动，她等不了了。女孩蹲下身子，又站起身，最终又蹲下身子，背对着前排的同学，伸手拨开垃圾桶表层的纸片，每一次扒拉她的内心都无比忐忑，汗水沿着脸颊滴到地上。她最终咬咬牙站起身来，拿上书包，离开了教室。

7年之后，又是一个阳光明媚的下午。那个女孩已经是一名高二的女生，坐在不同的教室里和7年前一样的位置，还是窗边。可是高中教室的窗户修得很高，女孩已经看不见窗外的同学，也再没有人从窗外给女孩丢情书了。

女孩托着下巴，看着自己手中的笔，她的心里有遗憾也有美好。曾经的那封情书早已不知去向，女孩也没办法知道信的内容。

但还有一件事她很想做——跟那个给自己写情书的男孩道个歉，也道声谢。想着周末将要和那个男孩时隔多年再一次聊天，不觉嘴角上扬——女孩又一次有了脸红的感觉。 ◕

她的心里有遗憾也有美好。

守规则的动物

◇冯仑

我很多次去非洲看动物。在南非，当地人告诉我们，看见狮子千万别动，你一动就有危险。

可大家想想，人为什么一见到狮子就跑呢？因为我们假定它是要吃人的。但当地有经验的人告诉我们，其实它看不见你，它的视网膜分辨率很低，你要不动，对它来说就像一棵树，它对你一点儿兴趣也没有。你一动弹，它认为你是个大家伙，像山一样压过来，它一紧张，就要扑向你。狮子四五天吃一餐40磅左右的鲜肉，吃饱以后对人一点儿兴趣都没有，即使饿的时候也尽量不吃人，因为人肉不好吃，它不习惯，而且从没吃过。就像现在我让你吃老鼠肉，你从没吃过，多数情况下也会拒绝。

有一次我们坐的车停在路上，狮子就在边上蹭，吓得我们都不敢动。这狮子看车底下阴凉，就躺底下歇息了，我们等了好久，狮子才溜达走了。我们等它走得看不见了，开着车撒丫子就跑。一路上走走歇歇，确实也没有遇到过危险。

有时候人与人之间也是这样，你用自己的眼光假定一件事情，然后做出反应，结果错误的举动会招致对方更坏、更激烈的反应，你有可能就会有危险。

看见狮子千万别动，你一动就有危险。

被『逼』出来的诺贝尔奖

◇戴坤旭

1904年的一天，德国化学博士弗里茨·哈珀正在实验室进行实验，助手递给哈珀一封邮件，内容是一个让他用实验数据来判断"从氮气和氢气合成氨"是否具有现实可行性的研究课题。尽管有一笔不菲的研究经费，接到课题的哈珀却没有一丝喜悦，因为他个人感觉这是不可能实现的。

哈珀接到这个课题后，就和他的助手开始着手进行实验。通过改变温度和压强，使用不同的催化剂等，不断改变反应条件，一次又一次地实验。经过近三年的研究，合成氨的最大转化率也只有0.012%，显然，这样的转化率不可能有生产价值。哈珀陷入苦恼之中，他准备把这个数据作为无法实现的结论依据而终止这项研究。

当时名声显赫的化学家能斯特，计算出的合成氨转化率理论值比哈珀的实验结果低很多，他公开指出哈珀的实验存在问题。这让当时默默无闻的哈珀深受刺激，只好一次次重复之前的实验，只是这次的结果更为精确，也相当接近能斯特的理论值，但仍比能斯特的理论值高些。

实验值和理论值有一定偏差一般都会被大家接受，但能斯特不这么想，他进一步公开质疑哈珀的结果。学界大佬的苦苦相逼给哈珀带来了巨大的压力。哈珀和助手能做的，就是按照能斯特的方式进一步改进实验，试图证明自己并没有出错。

一次又一次的实验后，终于在一次他们改变的压强和温度条件下，合成氨的转化率达到了8%，这远远超出了能斯特计算出的理论值。而在1909年7月2日进行的展示实验中，合成氨的转化率竟然达到了10%。

巴斯夫公司的卡尔·波什根据哈珀的生产原理，在1912年制造出了工业生产氨的设备，后来经过工艺改进，可进行大规模的合成氨生产。空气中氮气所占的体积分数约为78%，哈珀利用空气中的氮气合成氨，为人类生产粮食提供了取之不竭的氮肥来源。化肥的合成，提高了粮食的产量，为后来全球一半人解决了吃饭问题，哈珀也因此获得了1918年的诺贝尔奖。

合成氨并不是哈珀当时的研究方向，只是出于他作为科学家的"素养"而接下的课题。如果只是按部就班地实验，也许他的数据早就证明了这个实验的"不可能"，正是因为有了能斯特接二连三的公开质疑和施压，才让哈珀没有放弃，最终成就了氨的合成。

柏拉图指出："人类大约有90%的潜力都没有得到开发和利用，我们每个人都有巨大的潜能等待发掘。"人的潜力无限，有时人的潜力就是在被"压"的时候迸发出来的。🌰

人的潜力无限，有时人的潜力就是在被"压"的时候迸发出来的。

不同情
往往是种
大智慧

◇旧时锦

　　奶奶手里拿着青菜，她将发黄不能吃的菜叶撕下丢进垃圾桶，又将那棵菜从上到下细细检查一遍，才把它放进洗菜篮。我察觉到，她的视力明显再次衰退了，即便戴着老花镜，她与蔬菜的距离也极近，仿佛一位科学家在观察培育出的新品种。我眼睛有些发酸，不由得在心里再次感叹，时间是种神奇的催化剂，在任何人都无法预料的情况下，它会按下一个按钮，让人加速衰老。

　　父亲想接手奶奶挑菜的工作，没想到却被奶奶和姑姑同时阻止了。

　　姑姑悄悄告诉我："之前我也不忍心，可这是她能做的为数不多的事之一。听说邻居家的老人同样身体不好，全家人都不让她做事，后来老人因为过度肥胖导致呼吸困难，病发抢救时浪费了许多宝贵的救命时间。"

　　我点了点头，转身一看，奶奶还在认真地挑拣青菜，没有怨言，也没有因手脚灵活度下降而急躁发脾气。显然，她很乐于做这件事。

　　虽然在姑姑的脸上没有读出同情，但我发现，她让奶奶做的事是有意筛选过的。剥水煮蛋或拌一碟凉菜，这些精细的小工作确实能让奶奶适当活动身体。

　　我了解，姑姑的这种态度传承自奶奶。父亲刚出生那年，奶奶农村老家的表弟来投奔他们，打算在城里找份工作稳定下来。因为没有固定住所，他就借住在奶奶家。一周后，奶奶开始督促表弟找份工作，并提出如果要继续在家里住，每月必须上交部分工资作为生活费。

　　包括爷爷在内的许多人，都劝过奶奶，她的表弟初来乍到，对一切还不熟悉，不应对他太严苛，被其他亲戚知道了，会落下不近人情的话柄。可奶奶没有让步，有理有据地反驳："工作就是最快适应新生活的方法。"

现如今，奶奶的这位表弟不仅在城市定居，供三个孩子读完大学，又见证了儿孙们在其他城市里工作生活。奶奶生病后，他经常提着大包小包来探望，每每谈及往事，语气里是满满的感激："要不是姐姐当年催着我上进，我还不知道要再奋斗多少年，才能站稳脚跟呢。"

我非常认同奶奶的做法。得到同情，在很多情况下是别人将你同他们区分开来，视作另一群体。

以前我不明白，为什么越是好强的人越喜欢隐藏伤痛，想必答案就在于此。一怕爱他的人牵肠挂肚；二怕其他人知道后，被同情的眼神所环绕。

多亏奶奶，用行动给我上了一课。高中时为节省时间，我在奶奶家度过了三年。第一年冬天，我生了场重感冒，咳嗽严重到上课都听不清老师教授的内容。

快痊愈时，奶奶说："从今天起，由你负责家里扫地的工作。"

我不解，课业原本就紧张，同学们恨不得睡觉都在刻苦，为什么我要负责家务？等我真正理解她的想法，已是三年后。打扫帮助我从繁重的学习里抽离出来，放松紧绷的神经，也能锻炼身体。是为我着想，奶奶才想出了这个办法。我换季时不易生病，有足够的精力专注于学习工作，也是负责家务后潜移默化的影响。

所以不同情，才是生活中最难的博弈之一，不仅要付出真诚的关心，还要思考怎样的行为才是真正为对方着想。🌰

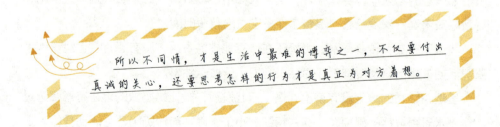

所以不同情，才是生活中最难的博弈之一，不仅要付出真诚的关心，还要思考怎样的行为才是真正为对方着想。

一个孩子身上的英雄主义

◇刘华剑

I

以前支教的时候，班上有一个贫困生，当时那个男孩子只有12岁，爸爸死得早，妈妈改嫁了，留下他和年迈的奶奶相依为命。

他每天一起床，就得先做农活挑水做饭，然后急匆匆地赶去学校上课，放学后又要去放牛割草，把家里的事情都忙完后才能写作业。

一个十几岁的孩子，身体都没有发育好，却要和大人一样做农活，我曾经看过他割麦子的样子，戴着一顶草帽，握着镰刀，一低头几乎就看不见他的人，烈日炎炎下他的动作缓慢却坚定，就像《孤独的守望者》里那张插画。

这个孩子成绩特别好，当时学校有两个数学竞赛名额，我把他报了上去，去市里考试需要一天，中午吃饭的时候我看到他拿着两个干瘪的馒头就着白开水在那吃，就把他带去餐馆吃饭，点了几个小菜，他却迟迟不动筷子。

我问："你不饿吗？怎么不吃饭呢？"

他支支吾吾地说："我没钱。"

我拍了一下他的头："和老师一起吃饭，能让你出钱吗？快点儿吃，下午好好考试。"

他感激地看了我一眼，然后才狼吞虎咽。城市的一切对他来说都是新奇又陌生的，他兴奋地望着那些高楼大厦和电子屏，仿佛看到了新世界。那一次他发挥得很好，得了一等奖后，县里还专门派人把奖状和奖品带到学校。其实也不是特别大的奖品，就是一块电子手表，估计也才几十块钱，但他把手表握得紧紧的，仿佛拿到了宝物一样。

这个孩子沉默却不敏感，并不像一般贫困生那样容易自卑。我去他家做家访的时候，虽然早有耳闻他家很穷，但亲眼见到的时候还是被震惊了。

这是一个怎样的家啊！就是黑黢黢的两间房，满是灰尘和杂物，唯一的电器就是一台黑白电视机，还是搜不到信号做摆设的。他却很大方地给我找了个椅子，然后从开水瓶里给我倒了杯水，像个大人一样招呼我。他奶奶拄着拐杖颤颤巍巍地出来，说这孩子从小就懂事脑袋也聪明，就是命不好，两个大人都不靠谱，要我多照顾一下他。

面对老人的嘱托，我只能红着脸点头答应，但我自知没什么能力，我也不过是个大学生而已，我能改变什么呢？

我只能尽力去教他，我经常对他说，你想改变现状，就要拼命读书，人要突破自己的逆境，就得拼了命去努力。

2

他也确实这样做了，他经常去镇里的书店看书，从他的村子到镇上，步行要一两个小时，他早上出门可能中午才能到，有时候回来时天都已经黑了，他却不觉得疲倦，脸上往往带着满足的笑容。

这个孩子有两件事让我印象深刻。第一件是有个学生被牛给顶伤了，大概是那个学生调皮，故意去挑衅路边的水牛，结果牛发狂了用牛角把他给顶伤了，伤得特别严重，胸口都出血了。这个孩子看到后疾步跑过去扯住牵牛的绳子，把绳子系到一棵树上后把那个受伤的学生一背，飞一样往村里医务所跑。

结果受伤学生的家长赶过来，二话不说就给了他一巴掌，那个家长怒骂说肯定是他不好好牵牛把那学生给弄伤的，要是有什么问题要他偿命。

旁边的小孩子连忙为他辩解，说那牛是别人家的，他只是帮忙救人而已。

那家长讪讪地看了他一眼，却没有道歉，扭过头看受伤的儿子去了。

他的脸都被抽红了，他捂着脸走出门外，然后蹲在地上哭起来。农村往往是这样，没爹娘的孩子容易被欺负。

但是以后遇到这种情况，他还是会毫不犹豫地去帮别人，因为善良已经刻进他的骨子里，他的奶奶经常教导他，要做一个好人，哪怕做好事受了委屈，也不是去当坏人的理由。

第二件事就是村子里的大孩子要抢他的手表，他当然不会给，大孩子就把他围起来打，下手也挺没轻重的，他的脑袋和下巴都出血了。

有个大孩子打起性了，拿起一块砖头说："你到底给不给？不给我砸死你。"

他把手表护在胸前，眼神里满是倔强。

那孩子说砸就砸，砖头砸在他胸口上，他闷哼一声眼泪都疼出来，却还是不肯求饶，我那时赶到现场，给了那大孩子一耳光，吼着说："你想做什么？把你爸喊来。"

那大孩子还还嘴："你给我等着，我爸来了打死你。"

我又给了他一嘴巴，他终于怕了，开始哇哇大哭，结果那个家长赶过来，因为我是支教老师又是大学生，村民都对我很客气，那家长给我赔了不是就把那孩子拎走了。我把躺在地上的他扶起来，掀开他的衣服一看，胸前瘀青了好大一块，我说："下次再有这种事，你先把东西给他们好了，老师事后会给你要回来的。"

他擦擦眼泪说："这是我最看重的东西，我不会给他们的。"

我这才想起来，这块电子表是他考试获得的奖品，是他长这么大获得的第一份荣誉，对于他而言，有着无可比拟的意义。

3

我支教结束离开小学的时候，特意去书店买了几本书，然后送给了他，每本书上我都写了一些话，我并不能给他多少物质帮助，我只能尽力给他一些希望和勇气。

七年过去了，他以镇上第一名的成绩，考上了南京大学，他还特意给我发了信息，说谢谢我当年的教导。

我只觉得感动，因为我能想到这个成绩背后的艰辛，他读书时的每一分学费，可能都是省出来或者借来的；他的每一件衣服，可能都有补丁和线头。而在每一个寂静的深夜，他都会和恐慌不安做对抗，一次次给自己打气，鞭策自己拼命走下去。

天行健，君子以自强不息；地势坤，君子以厚德载物。

世上只有一种英雄主义，即是遭受了不公正的命运，认清生活本质后依然能无畏前行。作为一名老师，我感到惭愧，因为我从他身上学到的远比我教给他的要多。

谁在
年轻的时候
没当过
「非主流」

◇纸刀

从13岁开始，我就和衣服较起劲儿来。这种较劲儿，几乎贯穿了我的整个青春期，成为我青春岁月的主题。

我永远记得自己第一次想要"由自己决定穿什么"的情景。此前的10多年里，我的衣服，要么是捡表哥们的，要么是父母单位发的工作服，这是我们那个时代的同龄人更新衣服的主要方式。但这种方式在持续了13年之后，遭到了毁灭性的打击——那天，学校集会，我和同学在队列中小声说话被老师发现，老师声音尖厉地喊着我的名字，说："你穿件花衣服，在队列里晃来晃去，现眼啊？"

我的这件衣服，是我最不愿被人提及的伤疤。这件衣服是妈妈单位发的工作服，她为了让我能穿出门，特意将有些暗花的衣服染成了黑色。但染料在无数次的洗涤中渐渐褪去，把我忌讳的"花"显露了出来。而我，一直以一种侥幸的心态，期望大家"看不见，看不见"。但遗憾的是，别人不仅看得见，我的痛处还因为一次小小的违纪，被老师血淋淋地点了出来。

那天晚上，我哭了一夜，咬着牙向妈妈提出："今后我的衣服一定要自己选！"我坚决不再接受他们强加给我的任何衣服。

妈妈看着我凄惨的表情，想了想，就答应了。但和我约法三章：第一，不许选奇装异服；第二，不许选太贵的衣服；第三，只许买耐脏的黑色或蓝色。

虽然限制很多，但与充当"垃圾桶"、无条件地接受各种旧衣服相比，已算是前进了一大步，只要不被逼着穿那些被人取笑的别人淘汰下来的衣服，让我干什么都行。

但想法与现实并不一样。当我拿着妈妈交给我的15元钱跑到服装一条街去溜达时，我顿时认识到理想与现实的差距。15元，这笔相当于妈妈1/4月工资的"巨款"，在那条刚刚兴旺起来的小街上，就如同一粒盐掉进了水缸里，微小得可以忽略不计。而当我走进那条现在回想起来已非常落伍的"初级阶段集市"时，如同阿里巴巴进了大盗们藏宝的山洞，各种我闻所未闻、见所未见的好东西，如秋风扫落叶一般，把一种巨大的"不满足感"冲入我的心中，让我在大开眼界的同时，对自己的生活现状产生了强烈的不满。

照说，按当时的物价，用我手中的钱买一件时兴的运动衫是没问题的。但由于此前"欠账"太多，加之老师的一声棒喝，我感觉自己缺了太多的东西——外套、内衣、裤子、鞋子、帽子、书包、皮带……这些需求，像一群巨大而疯狂的饥饿的野兽，而我口袋里的那15元人民币，则像一只瑟瑟发抖的可怜的羊羔。我那时的惶惑与不满足感，是你们难以想象到的。

当时还没什么名牌概念，最贵的西服，也不过七八十元。那时的服装制造商，借着人们崇洋的心态，随意地给那些服装品牌取些外国名字，它们便可以卖得风生水起。

那些衣服我买不起。买不起，而硬要认同那个标准，是一件痛苦的事。这时候，我们无师自通地学会了用阿Q的思维方式来解决面对的困惑，将我们买不起的那些东西，都当成非我族类的丑东西。这种"吃不到葡萄就说葡萄酸"的心理，很巧妙地将"买不起"变成了"不屑于要"。这不仅解决了我们心里不好受的问题，更重要的是，在我们周围形成了一个小小的气场，一群境遇相近的人因强调某种共同的特征而紧密地团结在一起，从而让单个的虚弱个体变成强大的群体。我们就是这样，用一大堆军挎书包打垮了班上刚刚冒头且有些不可一世的皮书包。

我的15元钱，最终依照这个原则，买了一件"公安的"衣服。所谓"公安的"，就是一种蓝色的确良的仿公安制服，这种化纤衣服现在已绝迹，但在当时绝对是半大的小毛头们向往的一种装束，它开启了我自主选择衣服的纠结旅程。

我家乡的"的确良热"，是被一个外国人灭掉的。那是一个金发碧眼的外国人，在他看来，纯棉质地且越洗越白的劳动布，比脆弱的的确良要好。这个外国人的观念，直接改变了我家乡人民的着装品位。一时之间，劳动布工作服纷纷出现在大街上。

越来越渴望受到人们关注的我们，远远不满足于把工作服原样穿上街，我们已开始有了自己的标准——衣服一定要有旧的光感和质感，还要有熨帖时尚的样式。这恰是工作服所不具备的。因此，我们决定找人帮忙改，但到服装店一问，工钱比买新衣服还贵，于是就决定自己动手改。一个下午，我趁父母都不在家，对一条无辜的新劳动布裤子下了手。

　　那时，我的目标是自己做一条外国人穿的牛仔裤。据我的观察，那种裤子最大的特点便是紧。这还不容易吗？把劳动布裤子拆开，把布料沿周边剪小一圈，再原样缝好就成了。我为自己的聪明暗自激动了一回，怎料我为这个小聪明付出了惨重的代价——我和我的那条裤子，成为所有同学怀旧时必提到的一个笑柄，一笑几十年，经久不衰。

　　我匆匆忙忙地把裤子连起来，就像拼好世界上最难的一幅拼图那样，长长地舒了一口气。仔细端详那条改后的劳动布裤子，我相信那条裤子如果有妈的话，恐怕连它妈妈也认不出它来。两条裤管粗细不匀，还长短不一；没有锁边的裤缝中露出长短不一的毛茸茸的线头；裤腰依旧很大，像一只畸形的蝌蚪，张着大嘴，拖着两条病态的尾巴……

　　我被自己神奇的破坏力震惊了。而且我居然打算用"特色"为借口来安慰自己，并说服自己，艰难地换上它，走了出去。鼓励我这么干的，有如下几个理由：第一，县里几个唱歌的年轻人曾穿过撕掉袖子的衬衣在街上走；第二，几个写诗的大哥哥故意在裤子膝盖处剪出破洞；第三，在重庆学美术的三哥，把一条裤腿剪下来套在头上，就成了一顶帽子。他们的这些"杰作"，在小毛头们那里获得了阵阵尖叫声和口哨声，这在当时就算是最大的赞同了。

　　我和我的特色裤子，没有那么好的运气。人们用一系列捶地喊肚子痛的动作，击碎了我惴惴不安的侥幸。连最厚道的人，也以一脸强忍的坏笑，同情地看着我。

　　那不是我最后一次与衣服较劲，但绝对是最糗的一次。正因为这次教训，我在参加工作的第一年，每个月花大部分工资拼命去买衣服，改变自己的装束，想以此找回自己当初被那条变态裤子丢掉的自尊心，也想以服装的改变，向人们证明我与以往不一样了。🌰

我和我的那条裤子，成为所有同学怀旧时必提到的一个笑柄，一笑几十年，经久不衰。

那段时间，我不断提醒自己「闭嘴」

◇王风

那是寒假中的一天，上小学六年级的女儿坐在窗前的书桌旁写毛笔字，两只衣袖高高挽起到胳膊肘之上。我从旁边经过，顺手把她的一只袖子拽下，她头也不抬立马又把袖子撸起；我再拽下，她再撸起。片刻间两个回合的无声过招，我暂居下风。

愕然之余，我的脑海中电光石火地闪过几个应对之策，最终却在心里对自己说："闭嘴！"转身该干什么就干什么去了。

因为那一刻我意识到，女儿的青春期来了。

很多文章把青春期描绘成一头怪兽，它能在眨眼间把原本乖巧听话的小可人儿拐带教唆成混世魔王，而且父母越是管束，孩子就越逆反，作用力与反作用力相等。

其实不用专家科普，回顾自己的过往，我的青春期就曾经是一场与母亲持续不断的战争，从发型到社交，从参加什么活动到读哪本课外书，都会引发一场控制与反控制的战事。

战争的结局，凡是母亲反对的事我都做了，然后拽着大学录取通知书的翅膀远走高飞，一去不返。

但是女儿似乎一点儿都不像我，自小性格平和，通情达理，几乎没有过任性执拗，我甚至担心她缺乏个性。因此，我隐约期待着她能长出怪兽的犄角，展露青春期该有的锐利锋芒。

然而事与愿违，女儿的青春期颇为平静，至少在我眼里是只现微澜，不见狂涛。回想起来，我们之间好像只发生过一两次小冲突，以至于我都想不起缘由和过程了，只记得结局是她不开心，我也没有获胜的喜悦，反而自责没能控制住自己的情绪。

　　于是，"闭嘴"成为那段时间我常常提醒自己的两个字。说了也没用的话，不说！可说可不说的话，不说！不确定如何表达更合适的时候，不说！这样一来，我们的相处模式就简单多了——我用耳朵，女儿用嘴。饭桌上基本是她在滔滔不绝地说，我津津有味地听，间或好奇地问一声"后来呢"，她便把前因后果一股脑儿地齐齐端出。

　　可能因为我采取了避其锋芒的策略，女儿的青春期能量和攻击力只好转向外界，多数由学校和老师承受了。记得她曾经因为英语老师一句"课代表应该每次考第一"，就愤而撂挑子不干；也曾经由于不愿意在微凉的早晨穿短裙，就主动退出升旗仪式的护旗行列。

　　这些都是她事后告诉我的。虽然我认为女儿的决定有一定的道理，但也并非全然认可她的行事方式。又转念一想，鲁莽冲动不正是青春期的特征之一吗？好吧，反正事情已经发生了，随它去吧。

　　当然，也有规则是必须遵守的。比如要按时作息，到了该睡觉的时间，即使作业没做完也得上床睡觉，形成健康的生活规律远比学习成绩重要。规则是从小建立的，女儿遵守起来不成问题，反倒是我自己偶尔犯规引起风波。

　　女儿上初中时，有两次我写稿写到半夜，第二天早上闹钟响也没听见，睁开眼睛已经快8点了。女儿被叫起来，一看要迟到了，第一次跳着脚跟我嚷："都赖你，我从来没迟到过，这下迟到了！"我一边道歉一边把牛奶、鸡蛋、面包放在她面前："是我的错，对不起。不过反正已经迟到了，再晚几分钟也不算什么。"坚持让她吃了早饭才走。

　　在我看来，跟少听几分钟课的损失相比，吃饱了不饿更为实际。再说没经历过的事就该体验一下，正好增强心理承受能力。果然，第二次我重蹈覆辙起晚了的时候，女儿和我都淡定多了。

　　她在匆忙洗漱的同时还不忘关心我的稿子写完了没，我也在早饭问题上灵活操作，让她带着在路上或课间吃，不再坚持吃完了才能出门。

　　我的青春期是桀骜不驯的，女儿的青春期却波澜不惊。回想起来，应该"感谢"我的母亲、她的外婆。当年我妈不许我看课外书，不许去同学家玩儿，也不许带同学回家……

也许那时正好是她的更年期，遇到一点儿小事就上纲上线，唠叨个没完。上初中时我就发誓，将来决不当这样的妈。于是我对女儿的阅读只有建议没有限制，鼓励她广交朋友，自己则多听少说，遇事把母女关系放在第一位，是非暂且靠后。

其实孩子的事能有多大是非？往往过后一想，那点儿小事都不值得重提，也就算了。

或许我的更年期也不典型，不烦不躁，情绪波动也不大；女儿的青春期好像也不典型，有点儿小自主、小任性，都在可容忍范围内。漫不经心之间，日子就云淡风轻地过去了。

要说遗憾，就是我的期待有些落空，她最终也没长出叛逆的犄角，枉费我当年摸索出的成套对付父母、老师的招数，如今后继无人。

又转念一想，鲁莽冲动不正是青春期的特征之一吗？好吧，反正事情已经发生了，随它去吧。

我知道你想告诉我

◇钱琼琳

全市最大的自然博物馆。

大家都在议论那对像镰刀一样锐利的大角，人声鼎沸。人群中，余晖默默伫立在原地，身着黑衣，庄严肃穆，像是在参加一场葬礼，与周围的人群格格不入。

他的目光久久凝视着高台上那硕大的盘羊角，盘羊角以极其嚣张的姿态绕了一个大弯，最终直直地指着天空。余晖仿佛看到了那对大角的主人，那只神话一般的盘羊。他不禁从心底发出了一声叹息。

角啊，我知道你想告诉我这样一个故事……

内蒙古高原，一个小小的山坳里。

老人阿斯根在清点羊群。家里只有他一个人，老伴去世多年了，唯一的儿子去了城里，几年也难得回来一次。他靠养羊为生，这些羊都很乖，白天跟着头羊到草地上吃草，傍晚就回家，从来都不会乱跑。但老人还是会每天清点羊群。

"巴彦回来啦……曼塔格日也回来啦……"老人给每只羊都取了名字，他还记得哪只羊是什么时候出生的，哪只羊什么部位受过伤……老人的确是把羊们当成了自己的孩子来看的。

"咦，你这个家伙是从哪里来的？"老人发现了一只"外来者"，是一只盘羊。

这个不请自来的家伙丝毫没有畏惧和害羞，反而站得直挺挺的。肩高四尺有余，脖颈上的毛洁白如云，眼神中似乎透着一种灵性，尤其是它头上那对硕大粗壮的弯角，就像是皇帝加冕时的皇冠。老人不由自主地喜欢上了这只羊。

　　"喂，小伙计，如果你愿意待着的话，就待着好了，不过可别惹麻烦。"

　　盘羊用蹄子蹭了蹭地面，打了两个响鼻，留了下来。老人叫它蒙克。

　　羊群并不排斥蒙克，默许蒙克每天早上和它们一起去草地，傍晚一起回家，然后睡在同一个羊圈里。

　　余晖背着一个背包，在一个深秋的下午敲响了老人的门。

　　余晖常常在梦里看到五月的呼伦贝尔，芳草连绵，青翠溢目，成群的绵羊像散落在碧色地毯上的云朵，自由自在地飘来飘去。他还梦到过腊月的坝上草原，黑色树枝上的树叶早已凋零，取而代之的是一层晶莹剔透的雪，恍若一树梨花，天也是朦朦胧胧的白，草原仿佛是一幅古旧的版画，只有黑色的线条和白色的块面……

　　他喜欢内蒙古，做梦都想来看看。于是他就来了。他不知道为什么自己要到老人阿斯根的家里借宿，好像是注定的缘分，让他和蒙克遇上。

　　蒙克站在羊群中，和他遥遥相望。蒙克的身后，是西斜的夕阳，落日的余晖照耀着整片草原，也洒在蒙克的大角上，大角反射出耀眼的金光，像是镀上了一层黄金。余晖看不清蒙克的眸子，但是他能感受到带有人性的目光落在他的身上。他觉得自己正面对着世上最尊贵的皇帝。

　　余晖在老人家一住就是几个月。

　　十月中旬，小山坳里开始飘雪。十余天后，老人瞅瞅天，说道："看来这雪要下大喽。"雪如果再不停，他们就只能赶着羊去南边还没下雪的地方吃草了。家里预备着的干草，现在是不能动的。

　　果然，一个星期后，老人带着羊群往南边赶。余晖跟着老人同行。他们在内蒙古高原南边的一个地方待了一个月左右，天空中也开始搓绵扯絮地飘雪，于是动身回家。

　　余晖在旅途中始终注意着蒙克。没办法，蒙克在盘羊中已算得上高大，更何况在绵羊群中。尤其是它那对硕大无朋的弯角，在阳光下闪着夺目的光芒，让人想不注意到它都难。余晖觉得这只羊简直要勾住他的魂了，瞧它的每一个动作，即使简单如矫首、蹬足，都尽显霸王之姿。蒙克就是天生的王者。

　　天公不作美，归途中，雪愈来愈大，超出了老人阿斯根原来的预料。草原提前变成了一片雪白的世界。老人赶着羊群朝记忆中的方向走去，表面上似乎很平静，但是只有他自己知道，他已经不确定在未来的几天里能否找到回去的路了。他们在半路扎帐篷，夜里听到呼啸而过的风声，第二天醒来，大雪依然覆盖着整个世界。此处地势一马平川，如今积着一层厚厚的雪，一眼望去，只有一片无边无际的白色，在尽头似乎和天融在了一起，像幻境一样不真实。

余晖不止一次看到老人凝神望着天，他知道老人在担心什么。所谓夜长梦多，在路上耽误越久，就越有可能遇上狼群。老人已经年老力衰，猎犬尼玛也差不多油尽灯枯，若真到了那时候，恐怕是凶多吉少。

一轮满月渐渐从地平线上升了起来，起初极小，圆却不亮，有些暗沉。余晖和老人默不作声。他们在等着厄运到来。

月亮已经升上天空，皎洁圆润，散发出莹莹的光芒。

"嗷呜……"

羊群开始有些骚乱，没有人讲话，但是余晖能感觉到老人正紧绷着身子。"唰"，老人点起了火把，一团略微跃动的火焰出现在老人手中。随即，余晖的手里也被塞进了一根燃着的火把。余晖有点儿怕，这是他第一次和狼这么近地接触。他觉得他能看到两旁的山丘上都是绿莹莹的眼睛，闪着凶狠的光，死死盯住他。

"别怕。"老人阿斯根拍拍余晖的肩，说道，"大不了丢掉羊群而已，你不会有事的。"

余晖没说话，他知道羊对老人来说，就意味着生命。

两人一直沉默着。

老人皱着眉头，在努力回想回去的路，却是徒劳无功。他们，在和狼比耐心和体力。

月亮快落山了，东边的天空，似乎快要有红光喷薄而出。

余晖第一次看到太阳从积满雪的草原上升起，像是一座要喷发的火山，"轰"的一声巨响，整个天空都明亮了。没有任何过渡，突然就完成了从黑暗到光明的转变。余晖这才看清了跟在他们身后的狼，只剩下一只了。其余的狼可能在夜间被火把吓退了，只有这只狼仍然紧紧跟随在他们后面。

东边的地平线上，初日渐渐升起，璀璨的金光映照在白雪上，明晃晃的，余晖忍不住眯起了眼睛。阳光也洒在蒙克身上，隐约间，余晖看到蒙克昂首挺立，那对硕大的弯角上闪着金光，连脖颈上雪白的毛也变成了金色，灿烂至极。余晖觉得，那只狼可能也被蒙克迷惑了，甚至在怀疑，眼前这个毫不畏惧的金光灿灿的东西真的是羊吗？羊怎么会有这么通人性的目光？羊怎么会在狼面前这么镇定？

蒙克突然晃了晃头上的大角，稍微加快了步伐，走向羊群前面。它前进的速度很慢，羊群甚至为它让出了一条小道。在头羊身后，它停住了步子。头羊回头望望羊群和那只狼，默默低下头，往后退一步，让出了位置。蒙克成了头羊。

余晖定定地看着蒙克，忽然觉得有它在，羊群必能化险为夷。

蒙克站得挺拔，脖颈上洁白如云的长毛在风中飘扬，像一座活的雕塑。它高昂着头，用自信的目光望着虎视眈眈的狼。狼也站在了原地，岿然不动，任凭风吹动它的毛。余晖心想蒙克如果真的和那只狼打起来，必然会败在狼的手下。但是狼只敢眈眈相向，不敢前进。

狼跟在羊群后面，蒙克竟然带着羊群掉转方向，直朝狼走去。狼一边警惕地盯着蒙克、余晖和老人阿斯根，一边一步一步往后退。蒙克的目光很冷厉，似一柄利刃。余晖仿佛还能看到空气中剑光一闪，不禁打了一个寒战。

狼和蒙克僵持不下。

余晖觉得自己受不了了，他想直接扑到雪地里睡一觉，但是不能，不能。

狼似乎也有点儿忍受不住了，羊群前进时，它竟然没有后退，而是弓着背，用绿宝石一样的眼睛恶狠狠地盯着蒙克。余晖的心跳突然变得很快，什么精神不振都跑光了。但是蒙克不愧是蒙克，它的步伐丝毫不受影响，仍然缓缓带领羊群前进。

狼有点儿犹豫，又不肯后退，踟蹰了一会儿，终究还是往后退了一小步。

要不是面前有这么一只狼，余晖真想抱住蒙克大声夸赞它。

不知这么僵持了多久，远处的雪中忽然出现了一个黑点，像是一张极白极白的纸被戳破了一个小窟窿。余晖和老人顿时精神一振，相视而笑……

很多年后的今天，余晖看着高台上粗壮的盘羊角，心里涌起悲痛。拥有人性目光的蒙克，在茫茫白雪中找到村庄的蒙克，淡然面对恶狼并保全羊群的蒙克，却最终逃不脱被人宰杀取角的命运。

余晖很想摸摸那对镰刀似的弯角。他在心里默念着：我知道，你想告诉我什么。是白雪覆盖的莽莽草原上，一只盘羊，对峙一只狼。那种针锋相对的尖锐，那种空气中的紧张……

蒙克，你是王者。人们只注意到了你的王冠，却不知道王冠下有一颗怎样的王者之心。

人们只注意到了你的王冠，却不知道王冠下有一颗怎样的王者之心。

「慈母手中线」，我们可能没读懂的一句诗

◇六神磊磊

慈母手中线，游子身上衣。临行密密缝，意恐迟迟归。谁言寸草心，报得三春晖。

这首诗就是《游子吟》，作者孟郊。写这首诗的时候，作者足足五十岁，已到知天命的年纪。这是孟郊写给母亲的一首"迟到的诗"。

孟郊很小时父亲去世，他是被母亲拉扯大的，他还有两个弟弟。孟郊的家，是唐朝诗人里最穷苦的人家之一。他父亲生前是昆山县尉，在县里工作，薪俸本就微薄。父亲早逝之后，仨男娃要吃饭，要受教育，生活有多艰难，大家可以想象。

可孟郊的母亲硬是有本事，家里再苦，也没让孩子中断学习。孟郊六七岁时就"色夷气清"，气度不凡，长大后更是文才出众。母亲鼓励他读书考试，对他寄予了很大期望。

要出远门了，母亲一针一针，给他缝着衣服。针脚尽量密一点儿，尽量结实一点儿，因为这件衣服，儿子要穿好久。这一幕，长久地留在了孟郊的记忆中。

我们可能以为，孟郊一走出家门，就靠着才华一举得中、金榜题名，戴着状元帽去迎接母亲。可真实的人生总是残酷得多，孟郊的奋斗之路非常苦。

他在写给自己的诗里，说了真话："长为路傍食，着尽家中衣。"——肚子都吃不饱，经常求人赏饭。至于衣服，也只有临行前母亲缝的那一件。

母亲给缝的衣服，成了关于家的最深记忆，反复出现在他的诗里。他说到商山的风雪很大，很冷；他还说到出门太久，衣服断了线，有的地方还破了；在寒冷的晚上，他冻得睡不着，坐着等待鸡鸣。

一转眼，少年成了中年，他的朋友王涯、韩愈等都中了进士，韩愈还足足比他小十八岁。孟郊当时愤懑难平，诗曰："本望文字达，今因文字穷。"

永远不会嫌弃他的，是家里的老母亲。岁月流逝，母亲年纪大了，皱纹深了，已经慢慢拿不动针线，缝不了衣服。可她一直安慰和鼓励着儿子，尽管孩子已年近五十，一事无成。

贞元十二年，在母亲的鼓励下，两鬓已见斑白的孟郊再次背上行囊，踏上征途。韩愈记录下了这一幕，他说孟郊"年几五十，始以尊夫人之命，来集京师，从进士试，既得，即去"。这一次，孟郊终于考中进士，老咸鱼算是翻身了。又四年后，他得到了一个溧阳尉的微小职务，并把母亲接到了身边。

作为诗人，他给了母亲一个最简单，也最隆重的欢迎仪式——诗歌。这首诗，就是《游子吟》。诗中重现了母亲当年缝衣服的情景。

这才是《游子吟》的真正故事。这首诗，不是少年之作，不是孩子写给母亲的懵懂作文，而是一场迟到了多年的报答，是一首多年漂泊的游子和母亲团聚的诗，是一场弥补人生遗憾的欢迎仪式。

少年人写诗给母亲，多半会写"男儿立志出乡关"之类，大谈志向和抱负。而往往只有经历了世事，体味了人间炎凉，更体味到母爱的珍贵，也更加有能力报答的时候，才会写出沉重如山的"谁言寸草心，报得三春晖"。●

作为诗人，他给了母亲一个最简单，也最隆重的欢迎仪式——诗歌。

朋友的距离

◇ 张小娴

最好的朋友，也许不在身边，而在远方。

他跟你，相隔十万八千里，身处不同的国家，各有各的生活，然而，你会把最私密的事告诉他。

把心事告诉他，那是最安全的。因为，他也许从未见过你在信上所说的那些人，他绝对不会有一天闯进你的圈子。最重要的是，他远在他方，他即使知道得最多，仍然是最安全的。

许多年前，一个比我高一届的女孩子到美国求学，我们本来只是很普通的朋友，她到了美国之后，也许寂寞吧，常给我写信，向来懒得写信的我，因为感动，也常写信给她。在信中，我们可以坦荡荡地把最私密的事告诉对方，寻求对方的意见，我们甚至无须在信上叮嘱对方，不要把这些事告诉任何人，因为她深深知道，我不会把她的事告诉我身边的人，同样她也不会。那些信任，是我们共享的秘密，我成了她最好的朋友。

在她留学的那三年里，我们只是通信而没有见面。然而，当她从美国回来，我们的友情却是三年前无法比拟的，仿佛是最好的故人重逢。

原来，最好的朋友，还是应该有距离。那段在地球上的遥远距离，正好把你们的距离拉近。🌼

骗子是怎么骗你的

◇崔鹏

投资和赌博，金融从业人士和骗子，就像《水浒传》里的好汉和强盗一样，区别并不十分明显。有些时候，你没注意，就会完全堕落到另一个方向去了。所以从事投资理财工作这么长时间，我依然没有堕落成骗子，有一种可能是，我很坚强，很难堕落；另一种可能是，我太笨了，不被骗子群体青睐，也很难堕落。

这种相似性并不是我信口胡说的，斯坦福大学的布莱恩·科诺森教授也对这个课题感兴趣，他还用CT机扫描了在赌博、投资、被莫名其妙的高收益诱惑（受骗）时人们头脑中的兴奋区域，发现结果其实是一样的。

这些东西在头脑中的反应，大概由三个区域来管理：第一个区域是伏隔核，这部分神经元大概从人们的眼睛位置一直往后走，位于大脑深处。这部分大脑区域负责人们的奖赏系统。

曾经有脑外科医生用微弱的电流刺激受试者的伏隔核，这种操作让人们感到极度幸福——虽然这种实验确定了人脑中某些部位的作用，但似乎太残忍了。人脑外科学相对于人类身体其他部位外科学，进展相对缓慢，最大的问题在于它过多地牵扯伦理和人道。

如果人们感受到诱惑，那也是伏隔核在起作用。这部分大脑区域让人们被广告打动，被高得离谱的金融产品的预期收益率所吸引——从生物学角度分析古典名著里的人物，玄奘的伏隔核肯定比较小，贾宝玉的伏隔核则要大很多。

人脑里三个区域中的第二个区域是内侧前额皮层，它负责人们获得收益时的反应，以及判断价格。如果发现了真正的便宜货，那么脑子的内侧前额皮层部分在CT显示屏上会闪亮。

第三个区域是前脑岛，它负责人的风险感知。如果你是个保险推销员，那么你会爱死这个部分。几乎所有的保险推销会上，保险公司的人都要先给你讲一系列悲惨的故事，激活你的前脑岛。

你可以看到，保险推销员和其他金融产品推销员站在两端。保险推销员激活你的前脑岛，通过内侧前额皮层发现便宜货，形成购买欲望；而其他金融产品推销员激活你的伏隔核，抑制前脑岛活跃，通过内侧前额皮层发现便宜货。

骗子其实只是在金融产品推销员和保险推销员的基础上升级了一下，他们大概通过以下几步来骗你的钱——

他们会给你一堆自己的（或者所在公司的）头衔以及好多金融公式来证明自己的权威性。

以最近热门的新闻作为由头。比如，现在的数字货币就是一例，而在股市比较火的时候他们会用原始股的噱头。这是为了和受骗者产生共鸣。

夸张的预期收益激活你的伏隔核。比特币的例子对他们来说太完美了——"几万倍！"而在用原始股的噱头行骗时预期收益率才几百倍。

骗子"帮"你发现了便宜货。其实人们光看价格是不能对便宜还是贵产生判断的。骗子为了"帮助"你会给你几个价格作为比较，然后你发现，他卖给你的东西的确物有所值。这时，你的内侧前额皮层也被激活了。

人人都不是傻瓜，当你脑中理性的部分还没完全被掩埋掉，提出"我要想一想"的时候，骗子还会放出一个大招，那就是时间紧迫：如果你不赶快交钱的话，这种东西很快就要卖光了。他们利用这一点再次冻结你的理性，让伏隔核更加贪婪。

在专栏中和你聊金融骗术背后的脑科学有什么价值呢？如果别人希望你做某种事的步骤及原理你是了解的，那么这会帮助你脑中理性的部分赢得空隙，从而分辨出你真正想要的是什么。

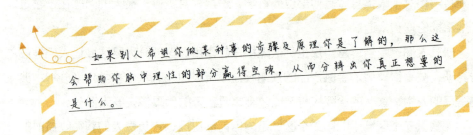
如果别人希望你做某种事的步骤及原理你是了解的，那么这会帮助你脑中理性的部分赢得空隙，从而分辨出你真正想要的是什么。

有关牙齿的恐惧

◇ 闫晗

　　预约了周日下午四点的号，牙医刚刚结束对一个老大爷的治疗。他吐槽了一句："这一天日程太满，累得想跳楼。"想起连岳说过的一句话：如果只凭兴趣而不是收入选择职业的话，估计没人喜欢做牙医。

　　作家余华就曾经做过五年牙医，观看了数以万计张开的嘴巴，感到无聊至极，"知道了世界上什么地方最没有风景，就是在嘴巴里"。也许那年月，牙医的薪水和社会地位不够高，不像现在，码字的人满大街都是，技术好的牙医十分难得。

　　补牙这件事让我充满恐惧，焦虑时我做的噩梦不是关于考数学或者赶火车，而是梦见补好的牙齿又掉了。直到认准一个靠谱的牙医，我才敢独自去补牙。

　　第一次找他补牙是随机的，护士说建议后面等待的老太太先出去溜达一圈，以免干等着，他回答说："别溜达了，对人家来说补牙就是今天最重要的事。"我抱怨之前那位牙医技术不行，之前补的牙又坏了。他说："我刚工作的时候也不知道怎样处理更好，当然，材料也很重要。"当我躺在那里，张大嘴巴时，他会询问我的感受，并对接下来的步骤做出提醒："等会儿我往里面放一个小弹簧，别害怕。酸吗？你要是感到疼痛就举手示意。"补完后有一阵牙龈略不舒服，发微信问他，他回了一句："别着急，给它一点儿时间。"后面加上一个笑脸。我怀疑他选修了心理学，总能把话讲得温柔妥帖，迅速赢得信任。

　　补一颗牙的价格不菲，那位牙医让我坚信贵有贵的好处："钱是最能分清好坏的。"他的态度温和友善，我想原因之一应该是对薪水比较满意。国外看牙的价格更贵，我家在新加坡定居的亲戚多年不曾回国，偶尔回来一次往往是因为需要补牙——因为新加坡的价格难以承受。

《查令十字街84号》里，印象深刻的情节是女作家原本定好了和书店老板见面，不巧的是她坏了3颗牙，牙医说补牙全部费用是2500，不是人民币，是美元，这还是20世纪50年代。3颗蛀牙就花光了路费预算，笔友未能相见，造成遗憾，也带来永恒的距离美感。

如今甜食种类极大丰富，饮料业巨头都在研究口感的"极乐点"，食品中的糖越来越多，牙齿越来越糟糕，连孩子们的牙都难以幸免。澳大利亚纪录片《一部关于糖的电影》里，有个17岁的男孩每天喝十几罐汽水，牙齿基本上烂光了，遭到同伴嘲笑。他需要拔掉26颗牙，炎症严重，牙医都不知道该从哪里下手——即便这样，男孩还是想要继续喝汽水。纪录片的导演被这个故事震撼到，拍完后开始认真地刷每一颗牙齿。

绘本《不一样的卡梅拉》里，中东来的爱吃糖的商人骆驼一口坏牙，他热心地叮嘱沉浸在甜食中的小鸡们：当心你们的牙齿！小鸡们哈哈笑了：我们鸡是没有牙齿的！读到这里，我竟然有一点儿羡慕它们。

如果只凭兴趣而不是收入选择职业的话，估计没人喜欢做牙医。

哪个女孩没渴盼过公主裙

◇ 孙巧慧

大约9岁的时候，我特别想拥有一条裙子。我们村很大，和我同龄的女孩子也多，只有小丽一人有裙子。她爸在城里工作。每到夏天小丽都迫不及待地穿起那条花裙子。

在我的眼里那真是条美丽的裙子，上面有大朵大朵艳丽的花，随着小丽的跳跃奔跑，花也舞动着。我认为小丽活泼可爱，深受大人小孩子喜欢，是和这花裙子有直接关系。

我问我妈要裙子，当时我妈还年轻，她也很爱美爱穿。她没答应也没拒绝。我盼着裙子，同时幻想穿上美丽的裙子，我也一定会像小丽那样受人欢迎。那时的我黑黄瘦小，还倔强，没人喜欢我。

果然有一天，妈去县城卖菜回来给我带回一条裙子。那条裙子是淡紫色的底，上面布满白色的蝴蝶。妈把它折叠成很小的一束捏在手里，我接过来展开，当即就穿上了。

裙子很大很长，我把它提到胸口，下摆还盖着小腿。我有些失望，我已懂得审美，知道这裙子不适合我。然而毕竟是裙子，我穿上它，当时就满村跑了一圈。

第二天，我穿着裙子和妈一起去赶集。街上有家裁缝铺，一家五姐妹都是裁缝。我站在裁缝铺门口，等妈量衣服。其间有个闲着的裁缝指着我说："这孩子的裙子太大了，像个鸡罩。"在场的人都笑了。鸡罩是用竹篾子编的，乡下用来捉鸡的，高有一米，圆粗笨拙，是丑陋的象征。

我大窘，站在门槛上甩动的脚马上停下来。

后来我越来越不喜欢那条裙子了，终于有一天，妈征得我的同意，把裙子改成了一件短袖上衣。

第二件事发生在我上中学时。那时当地还有些重男轻女，到了中学全村还在上学的女孩只有我和小兰。小兰的爸是校长。我们俩结伴去镇上上学。有一天，小兰手腕上戴了一块表。那表是天蓝色的电子表，表盘小小的，很精致，戴在小兰白嫩的手腕上真好看，不仅是手表还是装饰品。我羡慕极了。

晚上放学，我对妈说："老师说了，为了按时上学不迟到早退，每个学生都要买块手表。"这是自我懂事后，第一次和妈说谎。我妈当时没有任何表示。

第二天中午，小兰到我家找我上学，我妈当着我的面问小兰："你们老师说让学生们都买块手表了吗？"小兰愣了一下，马上就明白了，她转头看着我微笑了。那笑也许是理解我，也许是不好回答妈的问话而掩饰的笑，也许就是明明白白的讥笑。无论哪一种我都无法忍受。我恨不得马上消失在她面前。上学的路上，我一路无话。

长大后，我有了工作，挣的钱也够自己支配。当时手机还没普及，手表还是看时间的最好物件。然而我从未想过买它。我也不喜欢裙子，夏天都穿长裤。我自认没有受到伤害和影响，然而我就是对手表和裙子没有热情。

今天，办公室有个妈妈说她8岁的女儿非要白色的公主裙，她觉得层层叠叠的像婚纱太累赘，建议女儿买简洁的学生裙，女儿哭闹着不干。我隔着几张办公桌对那个妈妈说："答应她吧，也许最渴望、最企盼公主裙的只有这个年纪。"

答应她吧，也许最渴望、最企盼公主裙的只有这个年纪。

伤心者

◇ 小岩井

科幻作家何夕有一部很特别的短篇小说，叫作《伤心者》，它对我的触动很大，每每想起，我都会非常难过。

小说的主角是个数学天才，来自一个贫困的单亲家庭，他有深爱他的美丽女友和看重他的导师。他本来可以前程似锦，但是因为无意中发现了一种数学理论，之后便一发而不可收，深陷其中。所有人都不理解他，觉得他魔怔了。

最终的结果是，他因为坚持自己的研究，失去了最爱的女友，在现实一次次地打击下，他终于成了一个疯子。唯有信任他的母亲，虽然不懂他研究的是什么，却始终坚信儿子做着了不起的事。

故事的最后，未来的科技有了很大的突破，而这个突破的关键点就来自主角百年前孤独的研究，可是，他早已在屈辱和悲戚中死去了。

第一次看完这个故事时，我的眼泪无声地在脸上肆虐着，一种从心底升起的莫名的悲伤久久挥之不去。

直到昨天，我偶然重温了一遍电影《风声》，在结尾处，周迅的旁白是："我不怕死，怕的是爱我者，不知我为何而死。"

电光石火之间，我想到了很多，也想到了《伤心者》这个故事为什么如此令人动容。

一个人付出一生的才智与努力，明知前途坎坷、困难重重，依然忠于内心的渴望，追求真理和梦想。不被世人理解也就罢了，却也不被爱自己的人所理解，甚至到最后，自己都怀疑所有努力的意义与价值。

没有什么比这更让人伤心的了。

每个成年人的心里，都藏着一个年少的伤心者。

我不怕死，怕的是爱我者，不知我为何而死。

『就差一点儿』的懊恼思维

◇ 岑嵘

我住的小区班车很少，错过一辆常常要等上半天，尽管我已经习惯了这种状况，但是仍有一种情形会让我感到懊悔，那就是眼睁睁着前一辆班车从眼前开走而没能赶上。那时我会想：要是早出门几分钟就好了，刚刚没停下来买矿泉水就好了……

同样的事情有很多，比如我们晚了半小时赶到长途车站，汽车开走了，这会让我们有点儿失望，但是当你在候车处打听到，那班车晚点了二十几分钟刚刚开走，你则会感到十分懊悔：要是出租车没走这条堵车的路就好了，要是会议早结束十分钟就好了……

行为经济学的两位开拓者丹尼尔·卡尼曼和阿莫斯·特沃斯基在关于懊悔方面做过这样一个实验。他们让被试者想象这样一个场景：你买了一张彩票，大奖是一大笔钱，彩票是你随机抽取的。接下来结果揭晓，赢得大奖的彩票号码是107359。

被试者分成两组：一组被告知手中的号码是207359，另一组被告知是618379。他们被要求用数字1~20来评定自己的不开心指数。相比较而言，前面一组被试者反馈的不开心指数要高于第二组。这也印证了丹尼尔和阿莫斯的猜测——中奖彩票的号码与被试者手中的号码差距越大，被试者产生的懊悔心理就越小。

"当人们手中的号码与中奖号码近似时，他们会毫无道理地认为自己差一点儿就中大奖了。"丹尼尔说，"总体看来，人们从同一事件中感受到的痛苦有极大的差异，这种差异取决于人们是否能轻易地展开与事实相反的想象。"

当你在一家超市的收款台前排队结账，轮到你付款的时候，收银员告诉你："您真幸运，您是本店第十万名顾客，可以获得2000元奖金。"再假设另一种情形：你在另一家超市的收款台前排队结账，排在你前面的那个人正好是该店第一百万名顾客，他获得了2万元奖金，而你因为排在那个人后面，也获得了3000元的奖金。试想一下，哪种情形你会比较开心？答案当然是前者，因为后者你会展开联想：要是自己早一步排队就好了……

当我们在重要的比赛中获得铜牌，我们会为自己站在领奖台上而感到高兴，但是如果获得的是银牌，则可能感到无比懊悔，我们此刻会展开各种想象——要是刚才的发球没有出界就好了，要是最后一个赛点把握住就好了……

美国喜剧《宋飞传》里有这样一段台词："如果我是个奥运选手……得到铜牌，我会庆幸，至少我赢得了奖牌。银牌是什么？银牌意味着'恭喜你，你差点儿就赢得了一切了'。或者银牌意味着，在所有的失败者当中，你排名第一，你是头号失败者。"荷兰学者阿德里安·卡尔维发现：银牌选手往往会受困于"如果……如果……"这样的想象中，这对他们的精神状态、生活质量以及身体健康造成了诸多困扰。阿德里安·卡尔维把这项研究发表在了荷兰《经济学和人类生物学》期刊。

美国超级百万彩票在2018年10月开出了16亿美元的惊天巨奖，买到中大奖彩票的概率为三亿分之一，相当于被雷劈中2万次，而没有买到中奖彩票的概率则几乎为百分之百。然而我们的思维极易将概率因素隔绝在外，喜欢把数字接近的彩票和中奖彩票混为一谈。

丹尼尔和阿莫斯后来创建了"后悔理论"，这个理论揭示了后悔与"靠近程度"的密切关系：越是靠近目标，你就越有可能在达不到目标时感到后悔。当和目标接近时，人们总会忍不住展开想象，想象的内容越丰富越确切，人们的懊悔程度就会越深。

越是靠近目标，你就越有可能在达不到目标时感到后悔。

每天给
孤独留出
10分钟

◇ 纪昀帆

那些喜欢孤独的人，往往容易被看作怪人，事实上，孤独并不是个贬义词。如果我们需要充分发展个性，并注重培养创造性思维能力的话，那么更应该给自己一些时间，我们需要孤独。

其实从人类古代文明开始，孤独就已经被认为能够生成创造力和智慧。

在过去，人们需要在一起度过更多的时间，来获取快乐。人们在群体中更容易获得亲密的关系，或者从社交中获得满足感，独处则往往会被人怀疑。

喜欢孤独的人，他们通常被假定患上了焦虑症或抑郁症之类的疾病。而现在的一些新研究则认为，如果处理恰当，一定意义上的"独处"，会给我们带来益处——在一定的情形下，人们独立思考或者独立完成某项任务，而不受旁人左右的话，往往能够完成得更好；而如果我们需要充分发展个性，并注重培养创造性思维能力的话，那么更应该给自己一些独处的时间。

还有一些研究认为，增加一定的独处时间，是我们社会生活中的一个重要元素——如果我们每天必须花费大量的时间与别人共处，更应该保证留给自己一些时间，就像我们所进行的健康饮食或者身体锻炼一样，独处也能让人健康。

哈佛大学一项正在进行的研究表明，人类如果相信自己正在经历一些需要独自经历的东西，则能形成更持久、更准确的记忆；而另外一项研究则表明，一定程度的独处，能够培养一个人的同情心。

虽然没有人会否认，太多的孤独在青少年时代是不健康的，但是一些研究发现，一定的独处能够帮助青少年拥有更好、更快乐的情绪，并在学校获得好成绩。

美国乡村音乐小天后泰勒·斯威夫特就曾在参加美国著名脱口秀节目时大谈独处的好处："自己一个人的时候，可以做很多奇妙的事情。我可以一个人走来走去，自言自语，甚至把自己的想法唱出来。"

"在美国，有这么多关于孤独的文化焦虑，我们却往往没有意识到独处的好处，"美国纽约大学的社会学教授艾瑞·克莱恩伯格认为，"也有一些人非常在意自己对自己的认识，只有一定时间的独处，他们才能做到这一点。"

在他看来，搞清楚什么是孤独和独处，以及它们如何影响我们的思想，在当今显得无比重要。2013年美国人口普查结果显示，超过3100万美国人处于独居状态，这个数据超过了全美家庭总数的1/4，也就是说，全美国有1/4的家庭，只有一个人。

而与此同时，独处也有了戏剧性的变化，越来越多的人只是通过电话或者电脑跟这个社会保持联系。在这样一个时代，"独处"及"群居"的概念越发显得模糊起来，而正是这样的一个时代，才让"独处"的重要性凸显出来。

人们会不由自主地思考别人正在想什么。一个人和其他人在一起的时候，往往没有时间去独立思考，而总是在同时进行着多种任务，比如你会想，她现在是不是心情不好？我该做点什么呢？这就会造成不能静下心来。在一个人独处的时候，情况往往相反，你能够有充分的时间去思考，自己接下来要做什么，怎么做。

其实从人类古代文明开始，孤独就已经被认为能够生成创造力和智慧。

暗恋，
是一场
哭不出来的
浪漫

◇ 假寐先生

你是否，会在某一瞬间喜欢上一个人呢？

那种感觉很神奇，无以名状却念念不忘，带着一点点儿苦涩，但更多的，是绵长的甘甜。

余笙怦然心动的那一刻，耳机里刚好播放着鹿先森乐队的《春风十里》。清新的嗓音搭配婉转的曲调，干净的曲风镶嵌精致的歌词，一切恰到好处。

余笙第一次遇见他，是在走廊里，似曾相识便忍不住回头多看了两眼，从室友那里打听到，他是学校"小蓝帽"检查校牌的一员，课间休息时间便能看到他匆忙的身影。

少女情怀总是诗，一枚柔软的种子在那个寻常的春天，落地生根。

刻意经过他的教室，哪怕是气喘吁吁地跑到隔壁楼层去上卫生间，不过是为了多看他一眼；去学校公告栏上看着他的名字发呆许久，暗自发誓要好好学习，争取月考能够上榜，不过是为了离他更近一点儿；去他常去的那家面馆，看他大口吃面的样子一点儿都不男神，但还是花痴地看了好久；偷偷地跟在他的身后，就好像是影子追着光梦游；默默地看着他打篮球，幻想着偶像剧里的送水情节，却始终不敢开口。

仰望满天的繁星，便知道翌日放晴。就像遇见喜欢的那个人，便觉得平淡的日子得到了命运的馈赠，那份笃定，那份期待，使得生活变成了不同口味的冰激凌。

暗恋时，每个人都是出色的演员，尽力隐藏满心的欢喜，害怕对方知道，又害怕对方不知道，更害怕对方知道却假装不知道。

跨年那晚，余笙喝醉了，不知道是闺蜜的怂恿给了她勇气，还是酒精带来的胆量，她第一次主动加了他的微信，并发送了消息。

"你好，我想认识你。"

他竟然通过了好友申请，在接下来的日子里，两个人聊得很愉快，只是，大多数时候都是余笙在主动找话题。

想知道他生活的点点滴滴，他想去的城市，他喜欢的食物，他未来的打算，他的择偶标准，他喜欢的一切和不喜欢的一切……只是后来，没有了后来，他去了成都，余笙去了海南。

海南的四季都很热，但想起一个人的时候，仅存不多的回忆瞬间结成冰。

越长大越发现，以前爱得奋不顾身，也爱得卑微如尘。

余笙不想再将自己的快乐寄居在对方的身上，关于他的记忆都很美好，那就让他继续活在自己美好的回忆里吧。

她一个人围着操场跑了七圈，心想着汗水蒸发掉，应该就不会流眼泪了吧。她不愿意自己歇斯底里地哭泣，只是无比感谢曾经的那个自己。

暗恋，是一场哭不出来的浪漫。

最终，余笙将内心的喜欢转化为不断让自己变好的动力。不失眠恸哭、不烟酒成瘾、不彻夜蹦迪，学会精致地生活，努力发现平淡日子里的小确幸；不刻意讨好别人，做自己喜欢的事情，努力养成自己独特的魅力，不孤独，不将就。

多么希望，我们能够晚些遇见彼此，那时的我刚好成熟，你也刚好温柔。只是生活总会有意外，可意外又何尝不是惊喜？

如果快乐太难，那我祝你平安。

少女情怀总是诗，一枚柔致的种子在那个寻常的春天，落地生根。

知道
一百个人，
而写一个人

◇老舍

练习基本功，对初学写作者来说，是很重要的事。

有些人往往以写小说、剧本等作为初步练习，这不大合适。似乎应该先练习写一个人、一件事。有些人常常说："我有一肚子故事，就是写不出来！"这是怎么回事呢？你若追问他：那些故事中的人都有什么性格？有哪些特点？他就回答不上来了。他告诉你的尽是一些新闻、一些事情，而没有什么人物。他没有仔细观察，人与事都从他的身边溜走了，他只记下了一些破碎不全的事实。

要想把小说、剧本等写好，要先从练习写一个完完整整的人、一件完完整整的事做起。要仔细观察身旁的老王或老李是什么性格，有哪些特点，随时注意，随时记录下来。这样的记录很重要，它能锻炼你的文字表达能力。不能熟练地驾驭文字，写作时就不能得心应手。

有些书法家年老目昏，也还能把字写得很整齐漂亮。他们之所以能够得心应手，就是因为他们天天练习，熟能生巧。如果不随时注意观察，随时记下来，哪怕你走遍天下，还是什么也记不真切、详细，什么东西也写不出来。

站在此地小坡上的小白楼前，看见夜景非常美丽，你们就应该把它记下来。在这夜景里，灯光是什么样子，近处如何，远处如何，雨中如何，雪后如何，都仔细地观察观察，把它记在笔记本上。

要天天记，养成一种习惯。刮一阵风，你记下来；下一阵雨，你也记下来，因为不知道哪一天，你的作品里就需要描写一阵风或一阵雨，你如果没有这种积累，就写不丰富。经常生活，经常积累，养成观察研究生活的习惯。日积月累，你肚子里的东西就多了起来。写作品不仅仅着临时观察，更需要随时留心，随时积累。

不要看轻这个工作，这不是一件容易事。一个人，有他的思想、感情、面貌、行动……一件事物，有它的秩序、层次、始末……观察事物必须从头至尾，寻根追底，把他看全，找到他的"底"，因为做文章必须有头有尾，一开头就要想到它的"底"。不知全貌，不会概括。

不注意这种基本功练习，一开始就写小说、剧本，这种情况好比没练习过骑车的人，就去参加骑车竞赛。

下功夫把语言写通顺，也是很重要的基本功。它和戏曲演员练嗓子、翻跟斗一样。演员不练嗓了，怎么唱戏呢？武生不会翻跟斗，怎么演武戏呢？文学创作也是一样，语言不通顺，不可能写出好文章。有些人，确实有一肚子生动的人物和故事，他向人谈讲时，谈得很热闹；可一写出来，就不那么动人了，这就是因为在语言方面缺乏训练，没有足够的表达能力。

文字要从多方面来练习，记日记，写笔记，写信……都是锻炼文字的机会；哪怕写一个便条，都应该一字不苟。写文章，用一字、造一句，都要仔细推敲，要看看全句站得住否，每个字都用得恰当与否，是不是换上哪一个字，意思就更明显，声音就更响亮，一个字要起一个字的作用，就像下棋使棋子那样。字与字之间，句与句之间，段与段之间，都必须前后呼应，互相关联。

文章写完之后，可以念给别人听听。念一念，那些不恰当的字句，不顺口的地方，就都显露出来了，才可以一一修改。文章叫人念着舒服顺口，要花很多心思和工夫。有人看我的文章明白易解，也许觉得我写时很轻松，其实不然。从哪儿开头，在哪儿收束，我要想多少遍。有时，开了许多头都觉得不合适，费了不少稿纸。

写小说的人，也不妨练习写写诗。写写诗，文字就可以更加精练，因为诗的语言必须很精练，一句要表达好几句的意思。举一两句做例："小楼一夜听春雨，深巷明朝卖杏花。"只不过十四个字，可是包含多少情和景呀！

简练需要概括，需要多知多懂。知道一百个人，而写一个人；知道一百件事，而写一件事，才能写得简练。心有余力，有所选择，才能简练。譬如歌剧演员，他若扯着嗓子喊叫，就不好听；他必须天天练嗓子，练得运用自如，游刃有余，就好了。哪怕再忙，每天也要挤出点儿时间写几百个字。要知道，练基本功的功夫，应该比创作的功夫多许多许多倍！

不管有没有我，请你们一定要幸福

◇ 小 茗

爸、妈：

　　想起上次见你们已经是半年以前了，上了大学之后我就一直很少回家。有时不得不感慨时间的飞逝，明明觉得自己不过刚离开高中校园不久，却已经开始面对大学毕业的离别。前几个星期打电话和你们聊起这件事，你们还说我毕业那天一定得过来给我送一束花。

　　似乎从小到大，你们都没有缺席过我人生的任何一个瞬间，哪怕很多时候，这些关于我的事会打乱你们的生活节奏，你们却一直乐在其中。也是因为这种爱，我一直都安心地在你们的庇护下成长，没有吃过什么苦，也很少遇到不顺心的时刻。你们一直都把我看得比自己的生命更重要，所以在过去的人生里，我一直随心所欲地生活，大概是因为我从心底知道，不管我做什么决定，走什么样的路，你们都一定会在背后支撑着我。或许是我太过于依赖这样的安全感，所以我从来没有好好考虑过"离开"这个问题。

　　最近埃航出事的新闻让我想起了五年前的马航，那似乎是我们第一次聊起了"死亡"的话题，那种来自不确定的未知的恐惧总是能轻易揪住每个人的心弦。我还记得，当初你们一边看着电视上播放的新闻，一边流着泪跟我说："如果哪天出事的人是你，我们一定会跟着你去的。"当时的我不以为意，只觉得你们是因为上了年纪才会这样患得患失，而我恰好不太擅长应付这种突如其来的深情，所以只是随口应付，一笑带过。我总觉得这样的意外离我们很远，远到我根本看不见它们发生的可能。

直到两年前小叔的离开，我才意识到，原来那些我一直以为不可能发生的事情可以那么轻易地出现在我的生活里，迅速到让我们无法招架，无力扭转它带来的局面。我还记得我最后一次见小叔的时候，他跟往常一样打趣我，也喜欢滔滔不绝地给我讲述发生在这座城市里的趣事。我也记得，我得知他去世的消息时，正在外面吃饭，甚至还错过了家里的电话。事情发生的时候，每个人的生活都没有什么不同，没有任何预兆，也没有任何准备，只是在一个平常的日子里接到了一通突如其来的电话。我们没有人知道在那个时刻，他经历过什么，我们能做的似乎只是哭着目送他离开。从那时候起，我们家懂得了"意外"，而你们也因此对我的一切都更加小心翼翼。

去年夏天我去印度，在我离开的那天，香港下起了暴风雨，那是我坐过的最颠簸的一次飞机，强烈的失重感和一闪而过的闪电让每一个人的表情都带上了焦急、恐惧，尽管那只是十分钟不到的颠簸，却让我第一次认真思考，如果有一天我先离开了，你们会怎么办。八十几岁的爷爷奶奶在小叔出事后茶饭不思，颓然自责。在那一刻，我忽然害怕了，不是害怕自己会突然离开，而是害怕留下的你们该怎么面对失去独生女的痛苦，该怎么继续幸福快乐地生活。

很多人都说，孩子和父母的爱是不对等的，因为很多父母把孩子放在了生活的中心，却很少会有孩子这样做。可是不管是谁，我们都不应该让某一个人去主导我们的人生。也是因为这样的想法，我总是很任性地跳出你们给的舒适圈，也总是乐此不疲地奔波于世界的每个角落。但我对你们的爱从来都不比你们给我的少，我很喜欢你们无条件站在我背后的感觉，也永远会享受你们对我无微不至的照顾，但如果可以，我会更喜欢你们潇洒地去做自己喜欢的事情，喜欢你们找到更多值得追求的事物，我不会介意你们会因此忽略我。

有很多话，如果等到意外来临再讲，就永远都来不及了。在过去的二十多年里，你们已经为我付出了太多，但每个人的生命都如此短暂，所以在之后的岁月里，你们不必再为我的琐事烦心，也不必再为了我的未来省吃俭用。你们要做的是放手，是去遍历山河，是去找到这些年来所失去的自我和对未知事物的向往和追求。而我，也一定会在你们的背后支持你们，为你们开心。

我想告诉你们，如果有一天你们离开了，我想我一定会继续努力地生活。那么也拜托你们，不管我在不在，你们都一定要好好的。

女儿：小茗

2019年3月24日 ✦

让人
落后的
勤奋

◇杨兴文

凌晨两点，英国剑桥大学物理实验室主任欧内斯特·卢瑟福从梦中醒来，他发现远处实验室的电灯还亮着，以为是哪个学生离开时忘了关闭电源。他起身走到实验室，看到研究生詹姆斯·查德威克还在忙碌着。

卢瑟福问："已经凌晨了，你为什么还没有去休息？"查德威克说："我在做实验。"卢瑟福问："你的实验很重要？"查德威克说："并非很重要，但我想从中学到更多知识。"卢瑟福问："那你每天忙多长时间？"查德威克答："每天十多个小时。"

听到查德威克的回答，卢瑟福并没有称赞他，"你每天要忙十多个小时，难道还有时间思考？"

一时间，查德威克如同醍醐灌顶，虽然他忙得头昏眼花，但成绩一直落后，看上去比他"懒"的同学，成绩竟然名列前茅。从此，查德威克开始努力提高办事效率，并积极思考问题，没想到竟取得事半功倍的效果，成绩突飞猛进。

后来，在对铍射线的研究没有太大进展的情况下，查德威克独辟蹊径，用带电粒子径迹探测器发现了中子。

中子的发现解决了原子研究中的难题，也让查德威克获得了诺贝尔物理学奖。在颁奖典礼上发言时，他说："我荣获的诺贝尔物理学奖，相当于是导师给予的，他的告诫让我受益匪浅。有时马不停蹄不仅难以使人进步，反而可能落后，只有停下来思考，才能事半功倍。"

假装
你很爱我

◇ 沈嘉柯

在国外读法律的阿宏同学给我讲了其朋友安娜的一段人生经历，戳中了我的内心。我用第一人称把这个女孩的故事写出来，与读者分享。

我最不情愿参加社会活动，尤其对年长的人很没耐心。我是那种认为所有老年人都很"无聊"的人。祖母警告我："安娜，有一天你也会老的。"

"那也没关系，最多不过是一个人待着，老死都没关系。我喜欢宅，有手机、有电脑、有比萨就行了。"我回答祖母。

我的祖母摇摇头。我还年轻，才21岁，我的祖母也很年轻，刚刚度过60岁的生日。不过当时，我还没遇到莱辛小姐。

莱辛小姐住在本地的安养中心。关于安养中心有一些不太好的传闻，据说里面住着脾气恶劣、性格糟糕的老头老太太。

我必须承认，我到那里申请工作，纯粹是因为它离我家很近。如果我干得不开心，什么时候都可以辞职。

去申请工作的时候，负责接待的工作人员告诉我，他们需要一个助理，并且问我："你有耐心吗？"

我如实说："还可以。"

这个时候，有人带我到一个充满阳光的房间，我捏着申请表格，在一张桌子前坐下。

我的面前是20多个上了年纪的妇女。一个穿灰色衬衫和黑色裤子的女人正带着她们做运动。不过就我冷眼旁观，那个女人看起来毫无热忱。

我想我绝对比这样一个木头人做得好，我懂得微笑，衣柜里还有色彩鲜艳的衣服，不至于让人看着感到压抑。我填好申请表格，交了上去。

后来，接待人员打电话通知我，我得到了一份工作，并且他们会满足我提出的条件。我能够想象他们有多缺人。

从那天起，我的生活改变了。每天一醒来，就会想老人们还好吗？比里、杰克，还有珍丽。我发现和他们相处，没有我想象的那么无聊。他们每个人都有自己的故事呢！

杰克老爹年轻时喜欢喝酒，现在，喝到微醺时，话特别多，会讲他当年的英雄传奇，据说曾有十多个南非的女孩围绕着他打转。珍丽做的意面特别棒，虽然她常常忘记自己要做给谁吃，还把番茄酱煮得有点煳。毕竟，她已经71岁了。她的儿子有时候开车带着孩子来探望她。她不断叫错孩子和孙子们的名字，然后陷入发呆状态。

在这些老人里，莱辛最孤寂。86岁的莱辛还很清醒，不像很多老人一样记忆混乱，思考能力丧失殆尽。

她的样子不怎么可爱，手脚很大，身体总是倾斜，总是坐在老人院的蓝色椅子上，嘴巴张开，流淌着口水，露出残损的牙齿，让人触目惊心。

她的头发也不怎么梳理，最糟糕的是，她从来不开口说话。这让我觉得很挫败。

只有一个亲戚来看她。我见过她那个唯一的亲戚，她的侄女。这个侄女每次来看望她的时候，情景几乎都在重复。在她面前，保养得当，染着褐红色头发的侄女冰冷地说："支票开好了，账单也付了。你还好吧？"

得到敷衍的答复后，她的侄女便离开了。

唯一的亲戚对待她也只是例行公事一般，莱辛小姐的世界，显然是一贯冷酷无爱的世界。

那么，她的沉默无语便能够让人理解了。

她在椅子里变得越来越小。我必须说清楚的是，她的健康状况已经很糟糕了。来到这里工作之后，我翻读了护理手册，发现大多数人会衰老到被疾病带走。而大多数的疾病，在这个时候，医学治疗已经无效了。人们还能做什么呢？只能给予他们最好的陪伴。世人管这叫临终关怀，但我不是很能理解其意义，尤其是当他们连亲人也难以见到的时候。

我决定多给莱辛一点儿关照。我给她带一点儿流质的甜品。她喜欢吃这些小甜食，但无法咀嚼——到了这样的年纪，牙齿纷纷跟她说了再见。她吃得很少，我只是拿小勺子给她喂一点儿，让她尝一点点儿味道。

天气好的时候，我和她聊天，说小道故事啊，新闻啊，聊任何我能想到的事情。偶尔我会推着她晒晒太阳。

我从开始只想完成我的工作任务拿到薪水，到不知不觉主动和她说话，尽管她仍然不说话。我有时候会握着她的手，不断地说着话。也许只要她觉得这个世界不止她一个人，有一点儿响动就足够了。

直到有一天，她忽然开口说话了。这令我惊讶无比。她喃喃地说："把腰弯下来……安娜，亲爱的安娜。"

我蹲在她旁边，她太瘦小了。我没想到，她早已经牢记我的名字。她几乎是在哀切地请求我，说："安娜，抱我!"

我愣了。

"就当是，假装你很爱我。"

我用手抱住她，用尽我所有的爱来拥抱她，我的手臂环绕住她整个身体，像是天空覆盖地面，没有丝毫假装。

嗨，请你别笑话我们，那一刻，我努力用一种快乐的语气说："我的确是爱你的，莱辛。"

不过，我们都没能忍住眼泪。

莱辛小姐在两天后的半夜去世了，平静而安详。当天我没有值班，她叮嘱负责人，把她枯瘦手腕上的古董镯子转送给了我。

我想，我再也不会随随便便说那种话了——哪怕是一个人待到老，也没关系。

当一个人老了，活在世界上最大的孤独，是仍然渴求爱。莱辛赠我的手镯，我妥善收好，当作纪念。

回到我家所在的镇子，晚上一家人吃饭，我抱抱母亲和父亲，也抱抱我的祖母。拌嘴仍然会有，吵闹、别扭也仍然会有。也许他们没有觉察到，对我而言，一切已和从前不同。

我想，我再也不会随随便便说那种话了——哪怕是一个人待到老，也没关系。

借大势
做大事

◇ 陆长全

我在青藏高原旅游，思考过一个问题：从青藏高原流下来的河成千上万条，为什么大多数流着流着就没有了，只有长江和黄河最终形成了两条奔腾不息的大河呢？

我请教一些地质学家，得到这样的答案：只有这两条河发源的高度和角度不同。

高度比别人高会导致什么呢？会导致这条河的起点和终点之间落差大，落差大就会形成较大的势能，导致水流流淌的速度快。

所以，高度决定速度。那么，河流发源的角度不同将会导致什么不同？

假如给一些人10个小时去走路，以同一个起点向不同的方向走，看他们每个人能走多远。你沿着45度的方向，他沿着90度的方向，另一个人沿着135度的方向。

每个人在不同角度将意味着他遇到困难的性质和大小是完全不同的：你在45度的方向遇到一条高速公路，一马平川；他在90度的方向遇到的是几座高山；另一个人在135度的方向遇到的则是几条大河。

在不同角度上行走的人，得拿出不同的资源和时间来克服道路上遭遇的不同困难，也就决定着每个人在不同角度上，在10个小时内能行走多远。

所以，角度决定长度。

活下去的方式有很多种，有一种叫爱

◇韩松落

　　人的生命很短暂，所以，从古至今，人们都想尽一切办法活得久一点儿。寻仙问道、炼丹练气、生儿育女，都是延长生命的办法。现在，科技进步了，人们又开始设想新方法，记忆上传、机械身体……但还有一种办法，是在别人的记忆里、生命里活下去。山内樱良尽管只有17岁，却已经懂得了这个道理。她想在爱人的心中活下去。动画电影《我想吃掉你的胰脏》讲述的就是这样一个故事。

　　志贺春树是个很丧的高中生，在图书馆做兼职管理员，喜欢没有变化的生活，也不喜欢人际关系。他没有朋友，没有爱人，独来独往，从不打量女孩子，在车站等车的时候，就默默地读书，因为在他看来，"比起跟现实中的人相处，我觉得还是小说更吸引我"。与之相对，山内樱良是个活泼的女孩子，只有17岁，却患上了胰脏疾病，生命的终点就在不远处。

　　志贺春树在医院捡到了山内樱良的日记，日记名叫《与病共存》，两人就这样认识了。故事一开始，志贺春树就知道山内樱良得了绝症。

　　故事的结局不难想到，但《我想吃掉你的胰脏》就在一点点儿的情感进阶里，讨论了"生命的热情何在"这样宏大的问题。

　　疾病会催人早熟，何况是绝症。山内樱良生来乐观热情，活泼得像是身体里有个永动机。她已经想清楚了生命的意义是什么。生命的意义，就在和他人的关系里，在牵手、在并肩行走、在爱里。和她比起来，志贺春树更像个濒死之人。但这样的性格，也有这样性格的好处。所以他会坦然而漠然地问她："你得的是绝症吧？"并且不把她当病人看待，不像别人那样小心翼翼。

这样的他和这样的她，才会有化学反应。他就像灰色，可以衬托一切颜色；走和不走对他来说是没有区别的事，所以是最合适的旅伴；他淡漠，所以才可以容得下她的灿烂、动荡。

表面上看起来，是她改变了他，渗透进了他的生命。他被唤醒了，不再淡漠，对爱和痛苦全都一把抹平，他开始意识到生命中的热情在哪里，该怎么捕捉它们，真正成了"春天的树"。

实际上，她也被改变了。她终于感受到了平静而真实的幸福，在拖着他走的过程中，重新看到了樱花、烟花，闻到了春日咖啡馆里咖啡的味道。她从此就在他的生命里活下去了。他的改变，就是她存在的证明。他感受到的欣悦或者痛苦，都是受她的影响；他感受到生命的灿烂和容易凋零，樱花和春天的树的短暂与不断重生，都是她在指点。就算她不在了，也能在他的记忆和他生命里活下去。这就是"我想吃掉你的胰脏"的由来。在故事的开始，她说："外国好像有人相信，把人吃掉后，死人的灵魂会继续活在吃的那个人身上哦。"

人和人之间相处过，有过共同的记忆，感染过对方的生活习惯，了解了彼此的观点，就等于把对方"吃"下去了；被"吃"下去的人，从此也就活下去了。

哪怕他在生物上、物理上是死去了，但在精神的、心灵的维度，他依然活着。这个故事讲了一个和死有关的故事，却在说生，它在无可挽回的死亡里，给出了活下去的方式：爱。

在爱人的记忆里、习惯里活下去，活成他生命的一部分，我们就不怕死去，不怕丢失，不怕进入黑夜的漫长旅程。

疾病会催人早熟，何况是绝症。

让
「相信常识」
成为常识

◇许崧

我们在日常生活中总是会被一桩桩怪诞的事情夺了眼球，简直是身不由己。那些被称为"热点"的事，之所以让我们不由自主地被牵动，是因为我们为之动了感情。我们会因为很多原因动感情——欣喜、感动、震惊、愤怒，有时还有不可思议的荒谬。

最近我参与了一个关于"回归常识"的活动，地点在重庆，于是想起了前不久重庆公交车坠江的那桩惨剧。这令我有机会认真思考了一下，我们的常识是不是出了什么问题。

常识，是一个心智健全的成年人所应具备的基本知识。我们不需要知道核裂变的原理，不需要明白心脏外科手术的做法，不需要懂得量子物理到底是怎么回事，也一样能过日子。但常识是每一个正常的成年人都应该明白的事情，是我们从小到大为人处世的基本依据。以前我一直是这样认为的，后来，我才发现这是一个误会，有那么多没常识的人也长大成人了。

在我的认知中，成长就是三件事：有常识，知分寸，敢面对。我很赞同武志红老师的"巨婴说"，但过去我总是认为那是"巨婴"不知分寸，没有担当的结果。现在看来，他们的问题的根本可能还是出在没有常识。

常识之所以是常识，是因为其简单易懂，连孩子都能懂。连孩子都懂的事，偏偏许多成年人表现出不可理喻的无知，为什么？

美国有一个带有玩笑性质的"达尔文奖"，每年颁发一次，主旨是表彰那些"因为愚蠢而主动把自己排除在人类基因库之外，为人类的进化做出贡献"的人，入选条件是自取灭亡及展现惊人的误判。这个奖项广受欢迎，每年都有很多人参与票选。

2018年，以高票参选的有这么一件事：一个19岁的柏林小伙子因为跟女友争吵，大冬天把对方推到河里，觉得还不解恨，自己也跟着跳了下去，要把她摁在水里。问题是，他的女朋友会游泳，而他自己不会。姑娘很快游上了岸，只是有点儿失温，但很快就恢复了。小伙子则是被闻讯赶来的水警们拖上来送进医院的，在医院里挣扎了两个月左右，在2月14日情人节那天死了。警方还怕他在最后的日子挣扎得不够辛苦，送了他一个故意杀人未遂的罪名为他送终。

另一件达尔文奖候选事件就没这么简单了。这件事发生在2018年3月，当时纽约地区连降两场暴风雪，很多树木和电线杆倒在路上，警方在危险路段都设置了警示标志。有一个叫安东尼的大叔大概以为，警方在208号公路上设置的警示标志是用来练习绕桩的，便不顾危险，奋勇向前，结果轧到了带电的高压线，汽车起火，安东尼当场死亡。注意！重点来了——安东尼是一名电工。一个专门跟电打交道的人，要是他真没常识的话，恐怕很难活到35岁；但他恐怕也并不真的相信常识，因而也就活到了35岁。

可见，有时候知道常识是一件很简单的事，可是相信常识就不那么简单了。

任何一次意外事故的发生，都是一连串小事共同作用的结果。那些小事本身并没什么。公路上的一摊积水，一辆从对面驶来的不讲规矩、开着远光灯的车，正好是个弯道，车速又快了一点儿，司机还喝了点儿酒……拆开看，单个元素都不算什么，但凑在一起可能就是一场事故，后果可能很严重。你可以把重庆公交车坠江事件发生的原因拆成单个元素看看，有哪一个不是司空见惯的？只是它们这一次不幸凑在了一起。这一次，代价惨痛，或许总算让人们相信了一些常识。从此以后，司机师傅们的工作环境多多少少会有所改善吧。

而我的内心其实还抱着一点儿不切实际的希望，希望除了"不要去干扰掌握着自己命运的力量"之外，大家还能领悟到，常识是能够帮助我们的，是值得信赖的。

我希望"相信常识"也能成为常识。

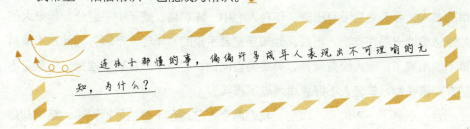

连孩子都懂的事，偏偏许多成年人表现出不可理喻的无知，为什么？

退让是
交际中
最好的修品

◇姚秦川

很多年以前，在京城一条颇为繁华的大街上，有一老一少两个补鞋匠，他们两人的补鞋技术都非常出色。不过由于地方有限，每一天，这两个补鞋匠不得不挤在一个巴掌大的摊位前，一起等待着生意的到来。

一开始，前去补鞋的人都以为他们是父子俩，心想，反正是一家人，交给谁来补，让谁来挣钱都一样。不过，等熟悉后顾客才知道，他们两人压根儿就不认识。于是他们再去补鞋时，就不由得犯了愁：把鞋拿给年轻人补吧，上了年纪的那可怜巴巴的眼神让人不忍直视；可让老人补吧，年轻人又会在一旁不停地唉声叹气，嘴里还一直自语道，只有早一点儿挣了钱，才能赶紧回老家娶媳妇。

看着他们互不相让，暗中较劲的样子，原本找他们补鞋的人，实在是两个人都不想得罪，最后，他们不约而同地都宁愿多跑几公里路，去找另外一个补鞋匠。虽然这个补鞋匠与那一老一少的水平差了很多，人们却图个心安理得。时间一长，两个人的生意也就慢慢地淡了下来。

新的一天开始了。当年轻人来到摊位前时，他惊讶地发现，平日比他来得还早的老人，今天竟然没有出摊。年轻人心中一阵窃喜。到了中午时分，年纪大的才慢悠悠地出现在摊前，不过，他却是空着手来的。年轻人不解，问他是不是有事不能出摊了。老人没有回答，只是笑着问他："一个人在这里摆摊，生意是不是好些了呢？"年轻人不好意思地点了点头。

老人叹息了一声说："以前，我们两个人总是在不停地争抢顾客，结果却是客源不但没有增加，反而流失。如果一直这样下去，我们两人都无法生存。这几天我想了一个办法，我们不妨每天轮流出摊，这样做既避免了无谓的竞争，也不会给顾客造成心理压力。"年轻人想想，觉得老人的主意不错，便答应下来。果然时间不长，他们的生意又都开始好转了。

不管做任何事情，有舍才有得，只有学会取舍，才能得到更多。所以，退让不是放弃，也不是逃避，而是一种能巧妙促使人们更好地走向成功的大智慧，也是人际交往中最好的修品。

退让不是放弃，也不是逃避，而是一种能巧妙促使人们更好地走向成功的大智慧。

2

致现在
ZHI XIANZAI

愿所有相遇，都恰逢其时

我活在世上，无非想要明白些道理，遇见些有趣的事。倘能如我所愿，我的一生就算成功。——王小波

先相信你自己，然后别人才会相信你。——屠格涅夫

时间的朋友：

向前跑！付出所有，不留遗憾

　　此章，将展现一个时代的青年喧嚣而璀璨的精神世界，如你灵魂深处的模样，也懂你成长岁月里不为人知的孤独与迷茫。

　　经历过一些挫折，也遇到不少困惑，但始终要相信，我们每一点儿的付出，大多数的尝试和所有的等待都有意义。把握当下，方能迈向美好明天。那些独自战斗的征程上遇到的所有温暖，关于理想与人生的思索，它们纷呈交织在一起，我们负担着心中的责任，却依然努力前行。

　　让渺小的声音响彻正在成长的灵魂，趁着骨子里还有骄傲和热血时一直拼下去。致敬每一个不被辜负的当下！

致
不美丽的
女孩子

◇毕淑敏

35岁之前，长相是父母给的；35岁之后，你要自己负责。

有一天，我收到一封读者来信，撕开之后，落下来一张照片。先看了照片，没什么特别的感觉，待看了信件之后，心脏的部位就有些酸胀的感觉。我赶快伏案，写了一封回信。现在征得那位女孩子的同意，把她的信和我的回复一并登出来，但愿她的父母会看到。

毕阿姨：

您好！

我有一个痛彻心扉的问题。我的爸爸妈妈都长得很好看。

人们都以为他们会生出一个金童玉女来，可惜我恰恰取了他们的缺点组合在一起，长得一点儿也不漂亮。我从小就习惯了人们见到我时的惊讶——哟，这个小姑娘长得怎么一点儿也不像她的爸爸妈妈啊！最令人伤感的是，我爸爸妈妈也经常会这么说，同时面露极度的失望之色。为此，我非常难过，也不愿和他们在一起走。现在唯一的希望就是他们快快老了，那时候，他们就不会太好看了，而我还年轻，是不是可以弥补一下先天的不足啊？您说呢？

寄上一张我的照片，但愿不会吓着您。

肖晓：

你好！

我看到了你寄来的照片，情况不像你说的那样悲惨啊！相片上，你是一个很可爱很阳光的少女哦!

也许你的父母真是美男子和美女的超级组合(遗憾你没有寄来一张合影,那样的话,我也可以养养盯着电脑太久而昏花的双眼了),在这样的父母光环笼罩之下,真是很容易生出自卑的感觉,此乃人之常情,你不必觉得是自己的错。不过,如果你的父母也这样埋怨你,你尽可以据理力争,找一个至爱亲朋大聚会的场合,隆重地走到众人面前,一本正经地说:嗨,大家请注意,我是一件产品,内在的质量还是很好的,至于外表,那是把我制造出来的设计师的事,你们如果有意见,就找他们去提吧,或者把产品退回去要求返修,把外观再打磨一下。但愿当你说完这番话之后,大家就会面面相觑,微笑着不再说什么了。

人们总是非常愿意评价他人的长相,有时单凭长相就在第一时间做出若干判断。这也许是从远古时代就流传下来的一种近乎本能的习惯,那时候的人会凭借长相,判断对方和自己是不是同属于一个部落和宗族,是不是有良好的营养和体力,甚至性情和脾气也能从面部皱纹的走向看出端倪来。现代人有了很多进步,但在以貌取人这方面,基本上还在沿用旧例,改变不大。

有一句流传很广的话是这样说的——人的长相这件事,在35岁之前是要父母负责的,但在35岁之后,就要自己负责了。有时我在公园看到面目慈祥很有定力的老妇人,心中就会充满感动。要怎样的风霜才能勾勒出这样的线条和风采?我们看到的不再是先天的美貌桑叶,它们已经被岁月之蚕噬咬得只剩下筋络,华贵属于天地的精华和不断蜕皮的修炼。

从相片上看你还很年轻,长相的公案,目前就推给你的父母吧。我希望你健康地长大,但中年以后的事,恐怕就要你自己负责了。如果你实在不想再听这些议论,唯一的办法是找到一卷无边无际的胶带,牢牢地糊住他们的嘴巴。看到这里,我猜你会说,你开的这个方子好是好,可我现在到哪里去找那卷无边无际的胶带呢?就是找到了,我能不能买得起?

这卷胶带在哪里,我也不知道。它是怎样的价钱,我也不知道。找找看吧,到网上搜索一番,请大家一起帮忙找。如果实在是上穷碧落下黄泉也找不到,就只有最后一个法子,那就是让人们说去吧,你可以我行我素,依然快乐和努力地干自己想干的事。🍂

35岁之前,长相是父母给的;35岁之后,你要自己负责。

高考前的感情，美好又莽撞

◇ 梁家琪

亲爱的可可：

　　还有几十天就要高考了，一向沉稳的你，突然就在这时候爆发了，小情绪铺天盖地地来，一下子玩失踪，一下子晚自习逃课，索性周考也不考了，直接窝在家里。我和你爸爸这几夜都睡不好，思索着在这紧要关头如何开导你。

　　你爸爸总觉得是你的压力过大了，其实我觉得不然，总归是女人比较了解女人，你的那点儿小心思我也看在眼里，当面讲我怕你不好意思，那你不如好好看看妈妈给你写的这封信吧。

　　我想，你放飞自我应该是从你失踪的那一晚开始的吧。虽然你只是去医院买药，但晚自习迟迟不归，手机又关机，也没有跟老师同学打过招呼说你去哪里，那晚真的把我和你爸吓得够呛。在寻找你的途中，你的班主任给了我们这样一个线索：班上和你相处得很好的那位男同学那天也没有上晚自习。其中的意思显而易见，你的班主任怀疑你和那个男生在一起！好在那晚你安然无恙地回了校，班主任也解释说男同学有事在家没来学校。但这场闹剧还是成了你情绪爆发的导火索，你回校后你爸二话不说冲上去对你一顿臭骂，虽然过后他也觉得不妥给你道了歉，但你还是觉得委屈，同时你还痛恨班主任对你的怀疑，特别是将那种意识传达给我们。在不久后你又哭着跟我打电话说："班主任不就是想让我离那个男孩子远一点儿吗？我偏不！我就是要和他玩！"真是让我哭笑不得。

可可，过了今年你也是个18岁的大姑娘了，我竟从来没有关心过你的感情问题，想想我心里便感到十分内疚。自始至终，无论是你的班主任还是你，都没有明明白白地说过你和那个男孩到底是什么关系，但我知道，他于你，一定很重要。

感情不是什么洪水猛兽，但感情一旦来了，任凭谁也拦不住，所以我从未想过要阻止甚至是扼杀你们这段感情。你们可正青春啊，我想无论这是一种什么样的感情，它都是美好的。但是可可，现在可不是风花雪月、谈情说爱，肆无忌惮的时候，现在摆在你们前面的一座大山，不是家长更不是班主任，而是高考，所以我希望你们能用青春去奋斗，去努力，而不是莽撞。

作为一个过来人，啊，我知道你一定不喜欢妈妈说这句话，可是你不可否认妈妈也曾青春过呀，同时，妈妈还在为青春时犯下的错埋单。我和你爸爸谈恋爱时差不多也是你这个年纪，后来你爸爸去当了兵，刚出来教书的我放弃了这份工作，义无反顾地跟着你爸爸去了他当兵的地方。当时我也觉得浪漫和幸福呀，可是反观如今，你爸爸转业后拿着不高的工资，我再也没能重拾教书这份工作，只能打着零工补贴家用。回想那段时光，那种快乐依旧围绕在心尖，可我感到更多的是遗憾，因为我的莽撞而舍弃一份体面的工作，不能帮你爸爸分担什么，也无法给你提供更好的家庭条件。

亲爱的可可，其实在你身上我看到了我曾经的影子，那种倔强的劲儿。我不希望你再犯像我一样的错误，毕竟青春不是用来挥霍的、试错的。或许青春让你感到迷茫，逼急了你就想一股脑儿往上撞，当心哦，一不小心你就会头破血流。正青春的你就像大海上的孤船，虽然你知道方向在哪里，但总有些东西在兴风作浪，影响着你。无论如何，船舵就在你手上，希望你能坚定信念，用你青春的能量，去搏一搏，去创造一个美好的明天！

爱你的妈妈

2019年4月14日

亲爱的可可，其实在你身上我看到了我曾经的影子，那种倔强的劲儿。

终身学习，是对自己最好的投资

◇胡杨

时下有句特别流行的话：世界正在奖励终身学习的人。

我有一个"警花"好友，业余时间一直在学习古典文学课、心理学课，还多次给我推荐好的课程。好友T报了一个网课叫"光的研习"，几个月下来，不但照片拍得每每让人叫好，她自己也深得摄影艺术之精髓——发现美，表达美。

我们从小就知道高尔基的那句话："我扑在书上，就像饥饿的人扑在面包上。"这句话在我上学的那些年，不曾有所感觉。倒是工作以后，尤其是这些年来，常常感同身受，深有体悟。于是感叹：原来，中年之后，才是学习的巅峰时刻啊。

有句话说："有的人30岁就死了，80岁才埋。"我想那指的是日复一日不断重复昨天的人，是不学习、不提升自己的人。而那些善于学习、提升自己的人，"苟日新，日日新，又日新"。

在这个飞速发展的时代，拿着在高中或大学学到的知识和文凭去适应社会，显然会被淘汰。就算没有高科技、人工智能，你也会被那些不断努力、不断学习的人所替代。

可喜的是，我发现身边越来越多的中年人，重新拥有了一个共同的身份——学生。他们大多是四五十岁的人，有的甚至更年长，但无一例外，都在以各种各样的方式，利用互联网时代的便捷，善用碎片时间，学习方方面面的知识。有的是为事业精进；有的为了转型，告别不喜欢的职业；还有很多只为爱好、乐趣，结交更多志同道合的朋友。总之都是为了让自己的人生更精彩。

所以，"上课"正成为真正时髦的事情，课堂也不再是一个有限的空间，而知识付费的热潮方兴未艾。许多课程都是碎片化知识的梳理，也许会对我们某个时期产生一些助益，但是要想彻底改变，让自己的生命脱胎换骨，我们还是要从思维方式入手，从增长智慧着眼。

学习就是给自己的最好投资，而中年是回炉再造的大好机会。如果你想寻找能够带来丰厚回报的成长机会，眼下即是一个最好的时代。无论世事如何变化，你是被奖励还是被淘汰，结局最终都掌握在你自己手里。

"我扑在书上，就像饥饿的人扑在面包上。"这句话在我上学的那些年，不曾有所感觉。倒是工作以后，尤其是这些年来，常常感同身受，深有体悟。

一节
冒冷汗的
戏剧课

◇ 周晓

　　本着"这门课看起来学分特别好拿"的原则，我笃定地按下了选修戏剧课的确认键。迈着轻快的步伐，我来到了表演厅。看到老师正积极地张罗着大伙来到开阔的活动室围成圈时，我忽然意识到这课堂内容似乎与课题名称"世界经典戏剧观摩"不太相符——它要求我们参与其中。

　　在大脑识别了这一重要信息后，我的身体做出了反应。是的，上了一年大学，习惯了在熙熙攘攘的大教室里，做一名安静的观众看着台上的老师表演，我根本不习惯成为一名参与者。我开始本能地拒绝——手心冒汗，心跳加速，呼吸急促。

　　"来，大家拉起手围成一个圈吧。""男生女生交叉站啊，别分成男半球女半球啦。"老师轻松地布置了一项项任务，对于幼儿园的小朋友来说都很容易，但是，作为一个大学生，完成这几个动作是多么困难啊！我感到自己像是一个常年躲在黑暗里窥探光明世界的人，忽然被别人推了一把，赤裸裸地暴露在了世人面前。

　　所有人都开始犹豫不决。

　　围成圈？为什么没人带头？那我要不要移动？会不会很突兀？人群开始像一堆蠕虫一样蠕动，扭扭捏捏，圈终于围好了。牵手？上了高中之后，我还与何人有过任何"肌肤之亲"吗？我上一次拥抱母亲是什么时候？我上一次挽着父亲的手臂是多久前？我跟陌生人握过手吗？现在要我和身旁素不相识的异性牵手？"不！"我在心里呐喊，仿佛一位自闭症小孩。理智让我的大脑发送了信号给感受器，我最终缓缓地抬起了手。旁边充满朝气的男生对我笑了笑，一把握住了我。刹那间，有一道电流通过了我的全身。此时的我，却像是一只炸了毛的猫咪，不知道被什么安抚了，渐渐变得温顺。

嗯，我的心开始不那么慌了。好像做出点改变，和世界进行接触，也不这么难了！

下一秒，我被打脸了。非常难！因为接下来老师说："接下来3小时里，手机要锁在小黑屋里。"自从上了大学，除了洗澡睡觉，几乎手机不离手，现代人不都这样的吗？我真的从心眼里认定自己不可能离开手机3小时的。我心里发毛，忽然意识到这跟瘾君子好像没有什么区别。

在接下来的3小时里，我的专注度达到了前所未有的高度集中。到底集中到了什么程度？高考的时候，最紧张的理综考试上，我也不能说是所有时间都精神集中。然而，在这3个小时里，谁说过什么话，脸上的表情，肢体的动作，我是一点儿也没落下，尽收眼里。为什么会这样？因为老师说："玩几个热身的小游戏，谁出错了，反应慢了，就学狗撒尿。"好一个狗撒尿，我一个女孩子形象何存？好一个热身游戏，玩儿完以后冒了一身冷汗。

3个小时结束，我还沉浸在课堂缓不过神来。我惊讶于自己的接受能力，3小时内我从害怕交流，害怕接触，害怕陌生环境，害怕犯错，迅速成长为可以随意交流，自然接触，肆意地上打滚加模仿狗撒尿……我忽然间意识到，这应该就是大家常说的戏剧的魅力吧！完全专注，完全沉浸，完全释放自我……是一种艺术，也是一种生活态度。

我，一个"现代式社恐自闭"人，在一节戏剧课上，痊愈了。●

完全专注，完全沉浸，完全释放自我……是一种艺术，也是一种生活态度。

如果你让我写女孩，我会从蝴蝶开始写

◇ 王鼎钧

写作无非是两个问题，一个写什么，一个怎样写。作者自己有使命感，写什么胸有成竹，不需要来听我的意见，咱们要讨论的是怎样写，也就是写作的方法。有人说写作没有方法，说这话的还是文学大师呢！但我想任何事情都有方法，呼风唤雨有方法，成佛成菩萨有方法，写文章当然也有方法。

写文章为什么要有方法？因为要让人爱看你的文章。音乐让人爱听，有方法；菜肴让人爱吃，有方法；手机让人爱用，有方法。有人拍了一部电影，上映一天就下片了，没人来看，制片人很生气，认为我拍这部片子是爱国，你们不来看就是不爱国。其实那些不来看电影的人都很爱国，他们不来看你拍的电影，是因为你的电影不好看。

好莱坞拍过一部片子，片名叫《是歌好，还是唱歌的人好》。他要讨论的是《圣经》写得好，还是讲道的人口才好。写剧本的人拿唱歌做比喻，亲切、大众化，容易领会，这是技巧。片子结尾的时候男主角说了一句话："是歌者好，不是歌好。"同样一首歌要看谁唱，邓丽君唱我就爱听，我因为喜欢邓丽君才喜欢那首歌。

是歌好还是唱歌的人好，这句话也可以理解为是"观念"好还是表达的技巧好。"落红不是无情物，化作春泥更护花"，花瓣在土壤中分解，成为肥料，并不是惊人的见解，只因为诗作得好，把这个寻常的自然现象升华了。

方法是中性的，同一个方法，谁都可以用。方法不是理论，不是知识，方法要实行，要反复练习。例如游泳，要下水，而不是站在池边看游泳指南。拳不离手，曲不离口，戏曲演员天天要吊嗓子。

讨论写作的方法，我主张从小处着手，心中一动时，三百字两百字把那一个"点"写出来。写作可以跟生活配合，你多写信，少打电话。新年到了，很多人用电邮复制贺年片给你，你不要用这个方法还他，你写两句话回去，这两句话是一个点，点到为止。这两句话不是复制粘贴，你根据对方的年龄、职业、近况和亲疏远近做文章，因人而异。如果你的朋友太多，可以选出二十个人来个别措辞，这就是练习。

从点开始，眼耳鼻舌心意，你看见，你听到，你想起来，好像有人朝你的心上戳了一下，好像有一滴水滴在你的脖子上，这就是点；你心中一动，心中一软，心中一热，心中一惊，这就是文学写作的开始。"起心动念，言语造作"，这八个字里头有文学原理，你已经起心动念了，它也许在你心里酝酿十年二十年，也许转眼就消失了，赶快记下来，三百字两百字都可以，留着它继续言语造作。你如果跟作家常有来往，可以发现他的生活习惯跟别人不一样，上了床又爬起来，吃饭吃了一半不吃了，几个人一块儿谈天，他忽然眼睛发亮，不说话了——他怎么啦？他被点着了。

秋风起，黄叶飘。我走在街上，扑面一阵风，我伸手一挡，抓住一片落叶，我马上中了"点"。我要这片落叶有什么用？只要有个东西落到你的手心，你就会抓住，自然而然，出于本能，你得想一想，再把它丢掉。你走在马路上会有人朝你手上塞东西，也许是个钥匙链，也许是个别针，你不假思索地握住了，不要白不要，管它有用处没用处。你不知道他赠送的小礼物是个传感器，它从你家发信号回去，报告你的住址，下文如何，你就小心假设、大胆求证吧。

你常常有被"点"着的时候，当时疏忽了，转眼忘记了。美国南部风灾水灾，你去救灾，一天发一千多个便当，一千多只手从你眼底下经过，有粗有细，有黑有白，有长有短，有人四根手指，有人裹着带血的绷带，有人戒指陷在肉里，结婚五十年，没把结婚戒指取下来过。你的心一动，得到了一个点。你也到海地去救灾，一个小黑孩，赤身露体，拿着一个饭碗，木头做的，摔不破，小孩很瘦，饭碗很大，像咱们酒席中间盛汤的那种碗，碗里干干净净，没有食物。你的心一动，也是一个点。你把那一点记下来，不要完整。天天记点，麻雀战术，拼七巧板，你的每一个点以后都有用处。

文章有点有线，有网有球。建议你每天写日记，写点。有点，以后可以纺线，线多了可以织网，可以缠球。有一天，我院子里来了一只蝴蝶，已经是秋天了，地上没有花，只有落叶，怎么还有蝴蝶呢？它来干什么呢？找归宿吗？风轻轻一吹，摇摇摆摆走投无路的样子，怎么帮它？布个窝，打开门，它也不会进来住。心中一动，到此为止，点。

蝴蝶的成虫是毛毛虫，化蝶，别看那么漂亮，好像很幸福，其实是为了产卵，产了卵就可以死了，死不见尸，这就拉成一条线。

一个女孩子很漂亮，做模特儿，喜欢捕蝴蝶做标本。她忽然想到自己也是标本，广告、封面、月份牌、写真集，都搜集她，这是另一条线，两根线交叉了。有一天，她很疲倦，忽然想升高，想脱离这个圈子，第三条线出现了，结网了。她怎样处理手中的蝴蝶标本和写真集呢？也就是怎样"烦恼无尽誓愿断"呢？前两条线又缠回来了，可以考虑做球了。

方法是中性的，同一个方法，谁都可以用。方法不是理论，不是知识，方法要实行，要反复练习。

"冰镇"对手

◇岑嵘

　　一些体育竞技项目设有"暂停"，比如排球或乒乓球比赛，叫暂停通常是在对方连续得分打得顺风顺水的时候，以此打乱对方的节奏，或者是在关键局和关键比分的时候叫暂停，从而破坏对方的气势。对于自己这一方，则可以在教练的指导下调整新战术扭转局势。

　　在橄榄球和篮球的规则中，也同样都有暂停，比如在NFL（美国职业橄榄球大联盟）中几十年来教练都信奉一个信条：如果甲队面临一个充满压力的射门球，这一球能让球队扳平比赛或者赢得比赛，乙队这时候就要叫暂停，好"让他想想"或者"播下怀疑的种子"。他们把这种行为称为"冰镇"踢球手。

　　芝加哥大学布斯商学院金融学教授托拜厄斯·莫斯科维茨等人对此做了专门研究，他们根据NFL2001年到2009年的数据，研究了比赛最后阶段的那些置身于高压局面的关键球，研究者对比了踢球手射门前叫暂停和没有叫暂停的案例，结果发现，在相同的距离下，被"冰镇"过的踢球手的成功率和没有"冰镇"过的踢球手完全相同。

　　有很多学者做过类似的统计分析，比如统计学家斯科特·贝里和克雷格·伍德考察了2002年和2003年NFL赛季的相关数据，他们在《概率》期刊上发表了研究成果。他们发现，从那些比赛最后能让球队处于平局或领先的射门来看，就40至55码之间的"高压球"而言，被"冰镇"过的踢球手平均会降低10%的成功率，距离更短的话，"冰镇"效果可以忽略不计。

不光是橄榄球比赛，几乎所有的比赛在关键的时候教练都想"冰镇"一下对手。比如在NBA（美国男子职业篮球联赛）比赛快结束的时候，一支球队被吹了犯规哨，对方罚球手走上罚球线，这支球队会本能地要求暂停，"冰镇"一下罚球手，压压他的气势，好让他失手。

托拜厄斯·莫斯科维茨怀疑，这个套路和在NFL比赛中"冰镇"踢球手一样，并没有什么用。他们考察了2006年到2010年所有NBA比赛两队分差在5分以内时第四节或加时赛最后两分钟的罚球，也就是压力之下的罚球。如果罚球之前叫了暂停，投手的罚球命中率平均为76%；如果没有叫暂停，罚球的命中率还是76%。

看来重要时刻"冰镇"一下对手并没有什么用，但为何所有的教练在数十年的时间内，对"冰镇"这项技能乐此不疲呢？这其中的道理很简单，假如叫了暂停，结果失掉了比赛，球迷只会抱怨球队运气不佳。可是如果没有施展"冰镇"这项绝技，教练关键时刻没有叫暂停而失掉比赛，球迷会把原因归结到教练身上——"他本来该叫暂停'冰镇'一下对方，教练的失误导致了关键时刻的失利"。所以，不管有用没用，不妨先"冰镇"一下对手再说。

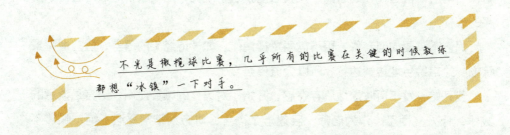

不光是橄榄球比赛，几乎所有的比赛在关键的时候教练都想"冰镇"一下对手。

辞达则止，
不贵多言

◇ 王丕立

小的时候，父母对我说得最多的教诲就是"言多必失"。所以，在比较正式的场合，我一直都不太敢发声，唯恐言多得咎。直到大学阶段，我接触了一些书籍，一句"语言是存在的家园"在我心里激起了浪花，让我重新对语言进行了彻底的审视。

语言不需要如何奢华，更不需要矫揉造作。如《诗经》的语言，适宜地写景状物，绘声绘色地传情达意，所以会流传至今。

我开始一发不可收拾地刷存在感，开始了对语言的频繁使用。语言是情意的载体，让人文栖息。作为老师，我迷上了语言，对旁人常常滔滔不绝、喋喋不休、津津乐道。

后来，我看到一些老师，上课时给学生传授知识，每一个知识点，嚼烂了讲，掰碎了讲，炒剩饭一样反复地讲，想把那些知识像腌菜一样压进学生的大脑里，结果把学生弄晕了，反胃了。反复地用语言硬塞的知识和道理在一些学生那儿水土不服，收效不明显，甚至还引发逆反。随着教育经验不断积累，我渐渐明白，课堂上应该尽量少讲无关紧要的话语，以免削弱学生对关键词的听取。可以适当停顿，可以留点沉默，让学生有一个理解消化的时间，语言说在裉节儿上才能显示出期待中的力量。

现在生活节奏特别快，信息来源广且纷繁芜杂，多少人还有时间和耐心听别人长篇累牍地说教呢？

朱熹有句话说得很到位，"辞达则止，不贵多言"。一个人说话表达清楚自己的意思就够了，不需多言。

生活中，各种碎碎念让我们的耳朵起了一层又一层厚厚的茧子，老师在课堂上讲了无数遍的问题，一些学生没听到；父母在子女耳旁聒噪了多少次的叮咛，有些孩子根本没听进去。

因此，话不在多，真实地表达，切中肯綮，言简意赅，才能让语言回归神奇的效果。

"辞达则止，不贵多言"。一个人说话表达清楚自己的意思就够了，不需多言。

我们为什么需要仪式感

◇ 张佳玮

　　大到拜天地、祭祖先，小到考试前习惯深呼吸三次，都算仪式。许多人大概都有这么点儿小仪式吧？

　　大多数人类的仪式，最初都有诉求对象。或是向超自然力祈祷，比如祭天求雨、拜神还愿。要不然，就是向他人群体表达一种社会礼仪。像中国古代结婚拜堂，最是明显：一拜天地，二拜高堂，夫妻对拜，就是向自然加群体加彼此致敬。

　　许多人有自己的一套仪式，最初就是向超自然力表达诉求，内心深处想：冥冥之中的什么保佑我吧，我执行了这一套，我就是特别的，我是与众不同的！

　　而私人的仪式则很微妙。按心理学或行为学范畴，仪式大概可表述为：个人重复的系统化行为，用以自我暗示，以克服对不确定性的焦虑。

　　仪式感可看作将日常行为仪式化的需求：将一件事通过系统化重复，赋予其仪式的意义。比如，早起喝咖啡很寻常。但如果你每天早起都用同样的手势、动作、流程来喝咖啡，然后觉得爽了——这就算一种仪式了。

　　有些心理学论述认为，仪式感可算是轻度强迫症体现。小到上咖啡馆必须坐某个位置，考试做题必须带某几支笔，起床必须先喝水；大到遇到大事时必须穿相同的衣服，做重复的自我暗示之类。

　　运动员和其他需要临场表现的职业，因为不可知因素太多，也容易向仪式感找感觉。所以运动员普遍在小事情上很迷信：渴望通过重复仪式，能获得超自然力的庇佑。比如乔丹每场比赛必须穿北卡时期的短裤，雷·阿伦赛前铁打不动的食谱，诸如此类。

大多数人需要仪式感，都是因为焦虑自己失去控制力，所以才需要仪式来确认。海明威每次写不下去，就看看自己以前写的东西，跟自己说"你以前也写出来过，以后也可以"，这是他的一个小仪式。

对仪式感的需求，骨子里是人类对控制力的渴望，希望以系统的重复的已经证明可以成功的庄重行动，进行自我暗示，重现以往愉悦的情境。

说来无非是，通过仪式感重温成功情境，以获得控制力。"我上次考试是带这几种颜色的笔考好的，这次也要如此""我上次演讲是穿这件衣服演讲好的，这次也要如此""我上次这样庄重认真地……"这种习惯推广到生活中，就成了："我昨天是早起喝了咖啡吃了蛋糕后心情好了一天，那么今天也要这样。这样按顺序完成了一遍后，就觉得一切都在可控制范围内了！"

许多仪式本身意义不大，只是被你自己的重复完成赋予了意义，赋予了仪式感。所以咯，对仪式感的需求强弱，也可看作一个人是否在积极地自我暗示。

所以别嘲笑有小强迫症行为或其他渴望仪式感的人啦——那可能是一个自觉焦虑，不愿随波逐流，所以格外渴望控制力，正在靠自我暗示来自强的人呢。

而私人仪式，是可以自己培养的。

如上所述，既然仪式是为了控制力，那最好的仪式，就是可以收获控制力的行动咯。

之前说过，自律的习惯，也是可以培养的。基本方式包括：保持身体健康，寻找能激发控制力的事情专注做，设定许多小目标，再不停地"完成目标获得反馈，于是继续"，环环相扣，不断前进。

而终极方法是，让自律从手段成为乐趣本身。比如，你可以通过不停完成目标来获得快感，久而久之，追求这种积极反馈得到的快感，就成为你自己的目标。比如，你如果坚持跑步，开始的乐趣是，"哎呀，今天又跑了五公里，跑完的感觉真好，要继续呀"；久而久之，变成了"哎，我今天又不假思索就跑了五公里，我真棒，要继续呀"。满足自恋，也是一种快感。

到最后，当一些有益的习惯变成你的仪式后，你会在心情不佳时，自己去寻求运动、读书或工作之类。将一些行为内化到自己的习惯中，然后成为自己的仪式。

像克里斯·穆林当初戒酒时说的："当我焦虑不安或者想喝酒时，我就去练习投篮。"像1991年时乔丹说的："当我觉得我被负面新闻缠绕时，我就想拼命地训练或者去打比赛。"就是如此。

我觉得我的数学还可以抢救一下

◇ 波叔

100多年前，德国有一个年轻的富豪，叫沃尔夫斯凯尔。他的业余爱好非常"高大上"——喜欢钻研物理和数学。

有一回，他喜欢上了一个姑娘，就大胆向她表白，结果被发了"好人卡"。沃尔夫斯凯尔从小生活得一帆风顺，哪经受过这种打击？他顿时觉得生活没有意义了，所以决定自杀。

德国人的作风非常严谨，就连自杀也要安排得妥妥当当，沃尔夫斯凯尔决定在某天午夜钟声响起时一枪崩了自己。不过在那之前，他还是跟没事儿人一样，努力工作，妥善处理公司事务。到了自杀那天，他写下遗嘱，然后给所有的亲朋好友写了诀别信。

他把一切安排妥当之后，一看时间，离午夜还差几个小时，便想找点儿事做消磨时间。他去了图书馆，随手翻到一本数学期刊，被其中一篇论文吸引住了，作者库默尔在文中解释了为何柯西和拉梅证明费马大定理的方法行不通。

300多年前，费马在研究丢番图的《算术》时，在书本的空白处写下了一个公式。然后还"调皮"了一下，说他已经证明了这个定理，但由于纸上空白的地方太少，他写不下证明过程，所以作罢。

他这一"调皮"可要命了，300多年来，无数数学家为了证明这个定理折了腰。所以，费马大定理一直都是数学界经典的未解之谜，一代代人为它痴狂，沃尔夫斯凯尔也不例外。当他看到库默尔的论文时，他注定要深陷其中。他认为库默尔的论述中有一个漏洞，于是自己重新演算了一遍，经过烦琐的论证，他终于补救了库默尔的证明。可当他长舒一口气，从纸上抬起头时，发现天已经亮了。说好的自杀呢？他竟然忘了！既然这样，那就是命不该绝，况且他已经找到了活下去的理由，那就是要证明费马大定理。他立马把准备好的诀别信烧了，然后修改了遗嘱。

1906年，沃尔夫斯凯尔去世了，他的家人惊奇地发现，他的遗嘱里竟有一项特别说明：把大部分遗产交给哥廷根皇家科学院，设立一个10万马克（1马克约合人民币10.97元）的奖项，奖给第一个证明费马大定理的人。这就是哥廷根皇家科学院在1908年设立的沃尔夫斯凯尔奖。不少人怀疑，费马大定理都提出300多年了，也没有一个人能证明出来，会不会是费马当初根本就没证明出来，只是开了一个玩笑，实际上这个定理根本就不成立？

事实证明，费马大定理是成立的。1995年，英国数学家安德鲁·怀尔斯最终证明了这个定理。等了87年，沃尔夫斯凯尔奖终于等到了它的主人。原来数学真是可以救命的，读完这个故事，希望你的数学还能抢救一下！

既然这样，那就是命不该绝，况且他已经找到了活下去的理由，那就是要证明费马大定理。

「装」与「不装」之间

◇罗西

看到一农家的窗户上贴着一张春联，就一个字：富。简单粗暴、直接，愿望强烈。不加修饰。不装。

其实，我们都是有点儿装的人。过去，我那个村，叫"金财"的就有几十号人。装"高大上"、装懂、装上流、装蒜、装风雅、装傻……过年时，进城工作的农村女孩回家了，她们的名字由安娜、朱丽叶、简，变回了胖丫、二妮、翠花。小学同学聚会上，那个五十多岁的处长，一下子又变形回小时候的模样，上蹿下跳，嬉皮笑脸，扯女同学辫子，小便出来还是不洗手，只不过少了两条绿鼻涕。

这一生，我们仿佛都在变形、变身，但是七十二变，还是藏不住那猴尾巴。

曾与一女士共事，每次我接完一个电话并且拒绝对方邀约，她都恨铁不成钢地喊道："罗西，你拒绝人的理由能不能体面一些，高贵一些？"可能因为我每次拒绝的理由都很小男人，太平常，比如"对不起，今晚我要做饭给儿子吃""我在家等孩子回来，他们没有钥匙"。而这些都是真的。酷往往是装的，温柔常常是真的。

我也曾装过，后来有一点儿人生"资本"后，发现保持本色更自然、诚恳。热情是可以装的，清冷是掩饰不住的。怕麻烦，是因为有一颗极简的心。心大，心累，你就必须装。

一个人的社会角色设定是有必要的：为了自我保护，为了营销自己，或是为了与整个社会熔于一炉。有的"人设"虽然有些虚高，但是也可以成为一种人生目标理想，鼓舞自己向更好的自己靠拢，这时候"装一装"，没有什么不可以的。知道大家都在装，你就会更能理解适应这个社会的复杂，也会活得更聪明，比如，夜里遇盗，你喊"抢劫啊"，众人皆装睡；若是改喊"着火啦"，四邻的窗口一定全亮了。

每一颗装的心，轻轻捅开那薄薄的一层膜，立即就可以看见真，看见烫，也看见痛。我们都痛恨装，却忍痛装着。人性都差不多，人心都是肉长的。

有人习惯用这样的句式说话：每个人都读过一本"九"字头的武功真经，每天早晨我怀里都有一本"九"字头的武林秘籍……其实那真经是"九九乘法表"，秘籍是九阳豆浆机说明书。我们都在市井里装模作样演宫廷正剧。我们明明可以是小情歌，却非要处处装成一场交响乐。我们疲于奔命，老于"装"途。

一个健康诚信发达自由的社会，大家基本不装，不屑于装，不必要装，不懂得装。不需要面子、虚荣，不需要狡狯和心机，人都可以活得很自在，有尊严。有一种真正的幸福与强大，是你不必要作假也可以活得左右逢源；四周虽没有歌舞升平，但满心都是良辰美景。

我们都痛恨装，却忍痛装着。人性都差不多，人心都是肉长的。

爱情
让我们
直立行走

◇ 安妮

知乎上有一个问题："在北京大学考古文博学院就读是怎样一种体验？"

我虽然不知道在北大考古文博学院就读是什么体验，但是我知道跟贵院学生谈恋爱是什么体验啊！我的男朋友奚牧凉，这个极度煽情、爱学院超过爱我100倍的人就是北大考古文博学院的学生。

我刚认识奚牧凉的时候，他就把"四中校长推荐""就读于北大考古文博学院"作为重要谈资和人格标签，对于这样的行为，一贯自视甚高的我内心极其嗤之以鼻，但成熟如我当然是面带微笑，浮夸社交："哇哦，你好厉害呀，嘤嘤嘤……"

我对北大考古文博学院的印象，主要有以下几点。

第一，这是一个似乎都不用"生活"的学院。每次跟奚同学一起吃饭、聊天，餐桌上的话题永远是遗产、墓葬、发掘……我实在是跟不上节奏。拌饭话题不应该是星座、时尚、明星八卦吗？

还有一点，跟奚牧凉出去旅游，好好的古建筑通常都被称为"文保单位"，当然，叫什么不重要，但是持续二十几年的世界观被强行挑衅了啊！有一次，我们踏着夜色到南京大学散步，本来的设想是，看看教学楼，赏赏校园里的花花草草。但是谁能想到，一进校园奚牧凉就开始疯狂拍照，继而激动地说："啊，这是国保单位啊！我们能顺便去一下附近其他国保单位南京师范大学和东南大学吗？"

还有一次，我们到宁夏旅行，奚牧凉带着我长途跋涉，搭黑车、徒步，数小时后，终于来到了贺兰山脉人迹罕至的一个景点，他盯着眼前的岩画两眼放光："你看！是不是很震撼？"嗯，怎么说呢，我并不能看出这些岩画跟我小时候在石板上刻的图案有什么区别，但是，他开心就好。

第二，这个学院的人都非常勤奋，而且极其严谨，锱铢必较。我们常常一起写稿，我很快就写完了，奚牧凉才写了一段。对于我这样一个射手座急性子来说，写稿这样拖拉真的很耽误出去玩儿的时间。但每每此刻，我都看到奚牧凉拿出一大堆资料文献、专著期刊，就为了确定一句话中的具体措辞。

我一开始觉得是他自己有问题，可能高考考傻了，但是接触到更多他的同学后，我发现，这是北大考古文博学院的"通病"。这一点，只要你去听一次学院讲座就知道了。他们会思考我从来不会思考的问题，而且思考得极其深入，深入到令外行或者外校人感到无聊的地步。

第三，这个学院的人都非常"直男"。奚牧凉考博以来，我们的家庭氛围就笼罩上了一层阴云，每天睁眼"遗产"，闭眼"古迹"，张口闭口就是断代朝野，我们俩几乎处于一种无法正常对话的状态中。为了直观地展示这一点，还是给大家举个例子吧。

有一天，奚牧凉突然说："这几天复习挺累的，而且我们也很长时间没有出去玩儿了，不如出去玩玩吧。"我简直不敢相信自己的耳朵，毕竟之前我以为此生就往历史里倒着走了。我说："好呀，我们去哪里呢？"奚牧凉说："我们可以去青岛。"我于是又意外了一些，心想，看看海喂喂鸟总不能出现什么"国保单位"了吧。奚牧凉接着说："青岛有很多近代建筑，一大片，可以一次性逛完。"

我：（摊手）

你们见过把旅行当复习的吗？反正我是没见过。

说了这么多日常，最后想强行升华一下。实际上，拥有一个北京大学考古文博学院的男朋友还是很好的，他们专注学术，没有时间出轨，而且，看惯了"北京猿人头骨"（可能表述不专业），你只要长得稍微像个现代人，他们就觉得你美若天仙了。更重要的是，到了这个年代，他们还能说出：跟考古人谈恋爱最好，因为不用怕老，考古人就喜欢旧旧的东西。可见多么赤诚与淳朴。而且，北京大学考古文博学院曾有一句广告词，大家可以感受一下：牵起你毛茸茸的小手，是爱情让我们直立行走。

我现在也不想别的了，就祈祷这句话不会被印在我的结婚请柬上吧。

喜鹊

◇ 席慕蓉

在素描教室上课的时候，我看见两只黑色的大鸟从窗前飞掠而过。

我问学生那是什么，他们回答我说：

"那不就是我们学校里的喜鹊吗？"

素描教室在美术馆的三楼，周围有好几棵高大的尤加利和木麻黄，茂密的枝叶里藏着很多鸟雀，那几只喜鹊也住在上面。

有好几年了，它们一直把我们的校园当成了自己的家。除了在高高的树梢上鸣叫飞旋之外，下雨天的时候，常会看见它们成双成对地在铺着绿草的田径场上慢步走着。好大的黑鸟，翅膀上镶着白色的边，走在地上脚步蹒跚，远远看去，竟然有点儿像是鸭子。

有一阵子，学校想重新规划校园，那些种了三十年的木麻黄与尤加利都在砍除之列。校工在每一棵要砍掉的树干上都用粉笔画了记号。站在校园里，我像进入了阿里巴巴的童话之中，发现每一棵美丽的树上都被画上了印记，心里惶急无比，头一个问题就是：

"把这些树都砍掉的话，要让喜鹊以后住在哪里？"

幸好，计划并没有付诸实施，大家最后都同意，要把这些大树尽量保留起来。因此，在建造美术馆的时候，所有沿墙的大树都被小心翼翼地留了下来，三层的大楼盖好之后，我们才能和所有的雀鸟一起分享那些树梢上的阳光和雨露。

上课的时候，窗外的喜鹊不断展翅飞旋，窗内的师生彼此交换着会心的微笑。原来雀鸟的要求并不高，只要我们肯留下几棵树，只要我们不去给它们以无谓的惊扰，美丽的雀鸟就会安心地停留下来，停留在我们的身边。

而你呢？你也是这样的吗？

"把这些树都砍掉的话，要让喜鹊以后住在哪里？"

外面的世界

◇张逸伦

　　在幽深的峡谷里，深绿的藤蔓遮天蔽日，一条小河静静地流着。一阵风吹来，一粒树莓种子落入了潮湿的泥土。在暗无天日的峡谷中，它静静地生长，结出了一树的果实。

　　一粒树莓掉进了泥土，它抬头仰望，那一株株藤蔓就像一只只漆黑的大手，抓住了那对它来说无比珍贵的阳光。"好想去看看外面的世界啊。"它喃喃道。

　　"你想去吗？我可以带你去！"突然出现的声音吓了它一跳。它环顾四周，原来是一只刺猬在跟它说话。"我正好也想看看外面是什么样子，你可以搭我的顺风车！""那，好吧！"并没有过多地思考，树莓就答应了。因为对它来说，外面的世界意味着无限的精彩。刺猬用身上的刺钩起树莓，便出发了。虽然有些疼痛，树莓却满心欢喜。

　　它们循着水声，向河流的上游进发。穿过泥泞的沼泽，横渡急流的溪水，翻越乱石堆积的石林。它们来到了一片空旷的荒野。几只饱受干旱折磨的秃鹫，在荒野上空一圈圈地盘旋，发出嘶哑的尖叫，在地面投下可怖的阴影。一只眼尖的秃鹫看到刺猬，张开利爪，从半空中猛地向下俯冲，掀起阵阵气流。刺猬早已有所察觉，它猛一翻身，用柔软的身体裹起树莓，全身的利刺根根竖立，朝向空中，它闭上眼睛，等待着突如其来的重击。

　　"噗"的一声，秃鹫的叫声戛然而止，一根尖利的刺扎穿了它的爪子，它的利爪也深深地嵌入了刺猬柔软的皮肤。秃鹫尖叫着飞走了，刺猬忍着剧痛继续前进，它的伤口溃烂发炎，挣扎着爬进山洞后，就晕了过去。

看着自己的伙伴身受重伤，树莓心急如焚。一筹莫展之时，它看着自己的果肉，想出了一个好办法。它向山洞中的乱石滚去，溅出的汁液滴在刺猬的伤口上，竟收获了意外的成效，伤口开始结痂，刺猬的伤势也一天天好转起来。

一天，山洞中传来几声巨响，顶部的石头滚落后，一缕阳光穿过缝隙，照了进来。这意外的收获让它们惊喜不已，刺猬再次钩起树莓，攀着乱石向上爬去，一次又一次地滚落，但它们从未放弃。

终于，在经历数次失败之后，遍体鳞伤的刺猬驮着同样伤痕累累的树莓爬出了洞口。刺目的白光晃得它们睁不开眼，待眼睛适应光亮后，眼前的景象几乎让它们喜极而泣。眼前是一片花海，金黄的向日葵，嫩粉色的玫瑰，紫色的薰衣草，雪白的梨花，在阳光的照耀下静静地盛放，空中的风，带着几丝温暖，徐徐地吹着——它们看呆了。

许久，树莓带着颤抖的语气喃喃地说道："我们成功了，外面的世界，是多么精彩啊！""是啊，"刺猬的眼中闪着光，"我们成功了。"

树莓在这里扎根发芽，长成了参天大树，结出了一树粉红色的果实。刺猬呢，就年复一年，日复一日地守护在它身旁。当暖风吹过，你会听到，风声中夹杂着的，浅浅的轻笑声…… 🌸

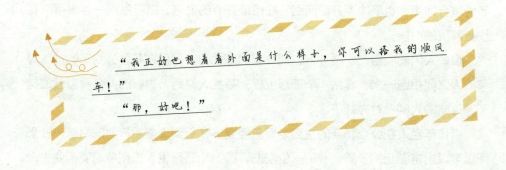

"我正好也想看看外面是什么样子，你可以搭我的顺风车！"

"那，好吧！"

社恐青年的
自我修养

◇杨杰

如何向人礼貌地表达"我不讨厌你但我真的不想跟你说话"，这是当代社交生活重要的一课。

生长在这个时代的青年，多少都有点儿社交恐惧症。没事戴着耳机，走路低头，尽量不与人进行眼神接触。惧怕拨出号码，宁愿接到骚扰电话，拒绝起来没有心理负担。楼下就是餐馆，也坚持叫外卖，因为不想跟老板打招呼。外出迷路看导航查地图，也坚决不开口问路。社恐最开心的时刻，就是发现一件事可以在线上解决的时候。

很多人因此叫自己"精芬"，精神上的芬兰人。据说在芬兰公交车站排队等车的人之间相距一米，真是一个理想世界。芬兰人说话，内向的人会看自己的鞋子，外向的人则看对方鞋子。

当代年轻人在公众场合的主要矛盾已经变成，看到低素质行为的愤怒与社恐严重难以出言制止的矛盾。我的一位朋友，因为社恐严重，正在考虑要不要去做古籍修复的工作。

美国《精神障碍诊断与统计手册》第五版里，对社交焦虑症有几个诊断，比如个体由于面对可能被他人审视的一种或多种社交情况时而产生显著的害怕和焦虑；害怕自己的言行或呈现的焦虑症状会导致负性的评价；主动回避社交情况，或是带着强烈的害怕或焦虑去忍受；这种害怕或焦虑与社交情况、社会文化环境所造成的实际威胁不相称，通常持续至少6个月，引起有临床意义的痛苦或社会功能的损害。

放心，当代青年的多数社恐都没到病态的程度。顶着社恐的标签，我们可以在微博上龇牙咧嘴地吐槽，在弹幕里"丧丧地"自嘲，屏蔽社交压力和工作的不顺，躲避半生不熟的人的巨大热情和网络生活里泛滥的信息。社恐是把大伞，挡风挡雨挡无谓的寒暄。

从猴子互相舔毛开始，社交就被认为是一种人类生存所必需的技能。书店里最显眼的位置摆着教你如何打造人脉、积极社交的成功学书籍。"孩子王"打小就受欢迎，职场上八面玲珑的人总是爬得够快。失去社交则被视为一种惩罚。据说，监狱里最严厉的管束就是把犯人单独关起来。

但泛滥的社交真的让人厌烦，张口闭口"社恐青年"，虽不至于病态，但也叫出了真实而焦灼的精神困境。

就说这一天的社交压力有多大：一睁眼开机，新闻、八卦、工作群、聚会邀请、天气预报纷纷涌来，时不时有人问一句："在吗？帮我第一条朋友圈点个赞。"到了公司，别人赞美领导时，社恐找不到贴切的语言；领导表扬你时，社恐手足无措，不知怎么回答。同事口中的明枪暗箭，也没那躲闪腾挪的身段。走在大街上，那种敲开陌生人车窗问这车啥配置的"自来熟"行为，对社恐来说无异于自杀。

叔本华说，生活在社交人群中的人们必然要求相互迁就和忍让，拘谨、掣肘不可避免地伴随着社交聚会。只有当一个人独处的时候，他才是自由的。谁要是不热爱独处，谁就是不热爱自由。

啊，叔老爷子的话在理，让我做个安静的美男子不好吗？眼皮都不想抬一下。在一个个"震惊了""吓哭了"的狂轰滥炸里，独处的清静时光像都市里的晨露一样，去日苦多。

西塞罗说过："一个完全依靠自己，一切称得上属于他的东西都存在于他的自身的人是不可能不幸福的。"法兰西院士贝纳丹·德·圣比埃说："节制与人交往会使我们心灵平静。"甚至那个交际广泛的法国人伏尔泰也不得不承认："在这世上，不值得我们与之交谈的人比比皆是。"

我想，独自仰瘫在床上的感觉也是极好的，没什么说话的欲望。像别人说的，因为生活而烦恼，又感到生活于自己很陌生；因为自己的敏感而自负；因为自己的无知而自卑，感觉自己应该有一些与众不同，又无法证明自己不同在哪里。鄙视别人俗气的欲望，但是又无法阻止这些欲望在你心里也生发出来。一个人静静躺在床上，听见远处的车声人声，看见窗外微弱的光，远处有人在进行他们的生活。你不知道别人是不是也想过这些事，是不是也有过和你一样的难为情的困扰。你并不想和他们交谈。

　　什么都不说是一种最高质量的交流。憋不住了可以说嘿嘿。四目相对时，老板训话，社恐嘿嘿。🫘

　　叔本华说，生活在社交人群中的人们必然要求相互迁就和忍让，拘谨、掣肘不可避免地伴随着社交聚会。只有当一个人独处的时候，他才是自由的。谁要是不热爱独处，谁就是不热爱自由。

小说细节相对论

◇欧阳宇诺

　　两年前我读过一位推理小说家的作品，小说中塑造了一个瞒着父母偷偷怀孕的少女，在家中浴室悄悄完成了产子过程，并且不借助任何外来力量的帮助，自行处理好了分娩后的相关事宜。那时我已经有过在医院产房顺产的实战经验，并且因为在怀孕期间大量阅读分娩指导类书籍，因此一眼就看出了小说中这部分细节的微小缺憾。虽然这并未影响我对这位小说家及其余多部作品的热情，但是至此之后，每当我尝试在小说中写入我并未亲身经历的细节时，总会力求完美地去查阅大量资料，或者找到有过此类经历的朋友，一边一起喝咖啡一边倾听对方讲述，之后提出大量细节问题请对方解答。经过这样的探究过程，当我再为小说植入相关细节时，心情就变得不那么忐忑了。我想象着读者在读到相关细节时的面部表情和内心活动，他们会不会产生深切共情并拥有代入感呢？

　　美国文学评论家詹姆斯·伍德认为，文学和生活的不同之处在于，生活混沌地充满细节而极少引导我们去注意，但文学教会我们如何留心。比如留心到母亲在吻我之前常要抹一下嘴唇；伦敦的出租车柴油引擎懒洋洋空转时发出钻磨的声音；新雪如何在脚下"吱嘎"作响。在美学的全部领域中，眼力总要分出个高低。一些作家天生眼力平平，另一些则有火眼金睛。小说中有的是这样的瞬间，作家好像在留力，把能量保存起来：一个普通的观察之后紧接着一个出挑的细节，突然令整个观察丰富有力起来。

　　拥有火眼金睛的作家伊恩·麦克尤恩曾经计划写一个外行在惊恐之中肢解一

具尸体的场景。为此，他特意去和默顿学院的病理学讲师迈克尔·汤尼尔一起吃了顿饭。当麦克尤恩问汤尼尔锯断一条胳膊需要多长时间时，汤尼尔邀请他去观摩周一早晨惯常的尸体解剖。汤尼尔说，你亲自过来，咱们当场切一条胳膊下来看看。麦克尤恩担心死者的亲属不会答应，汤尼尔宽慰他说，我的助手会把胳膊再缝回去，一点儿都看不出来。不过最终，麦克尤恩没有去观摩尸体解剖，因为他不想节外生枝、偏离正轨，同时，他认为："我能精确无误地描写出我想象的东西，远胜过我凭记忆描写我看到的东西。"

斯蒂芬·金并不执着于细节必须精准。他说，当读者和他用相似的眼光来看世界、丈量事物时，使用粗略类比法就够了，用这种方法可能会犯粗心大意的毛病，但如若不用这种方法，执着于细节精确，写作的乐趣会被完全剥离。他说："描绘不足会让读者感到迷惑，仿佛近视眼，看不清事物。过度描写则会将读者淹没在细节和意象中。窍门就是找到一个适中的度。分清主次同样重要，哪些事值得多费笔墨，哪些不必，毕竟，你还有更重要的工作要继续，那就是讲故事。"

在美学的全部领域中，眼力总要分出个高低。一些作家天生眼力平平，另一些则有火眼金睛。

日本复读生的
「浪人」
生活

◇ 袁 野

超过五分之一的考生是"浪人"

一提到"浪人",熟悉日本的人也许会想到"大阪夏之阵"战役中以寡击众的名将真田幸村、幕末"天才剑士"冲田总司、动漫作品《浪客剑心》的主人公绯村剑心,还有大名鼎鼎的剑术家宫本武藏……浪人原本指失去主子的武士,也就是武士中的失业者。到了现代,日本人也这样称呼没考上称心的大学,准备来年继续挑战的人,相当于中国的复读生。

随着日本高考季到来,"浪人"们即将重返考场,为了心目中的学校再战一次。

日本的教育竞争十分激烈,高考同样是大多数人"人生的大战"。考上哪所大学,在一定程度上决定了未来的人生道路是否平坦。日本的高等院校多种多样,与人口相比,院校数量可谓充足,基本上只要"不挑剔"就有大学可上,但国立名校依然竞争激烈。日本经济新闻社指出,很多"浪人"并非考不上大学——他们考上了,但不是第一志愿。他们的理念是,没考取第一志愿,高考就不算成功。

据日本经济新闻社报道,初次在高考中失利的人被称为"一浪",也可读作"人并",意为"普通的事情"。日本社会普遍认为,仅仅挑战一次就放弃第一志愿,是"没骨气"的表现。强调骨气的日本文化催生了一批带有悲怆和无奈色彩的称呼：高考第二次失利的人称为"二浪"，三次以上统称"多浪"；在家自学叫"宅浪"；不满已经就读的大学，准备回到考场向其他大学冲刺的人是"假面浪人"。

做"浪人"需要有超凡的意志。事实上，他们多是高分考生。有人考上日本"私立大学第一名门"的庆应大学而拒绝就读，非京都大学不念，更不要提那些一门心思考东京大学的人。日本著名演员三浦春马在电影《杀人偏差值70》中，饰演的就是一位三次冲击东大的"浪人"。

电影的剧情有着真实的背景。据日本雅虎新闻网报道，2018年的日本大学新生中，应届考生为79%，意味着"浪人"占了五分之一。根据大阪大学官方网站公布的数据，2018年全日本63万名高考考生中，"一浪"人数超过10万，"二浪"近2万，"多浪"则达到6000人。

顶尖高校的数据更加惊人。日本经济新闻社称，在该国号称最难考取的东京大学，"浪人"在考生中一度接近半数，近年来也从未低于30%；私立大学中公认最难考取的是早稻田大学，2018年报考该校文学部的考生中32.1%是"浪人"，政治经济学部为33.9%，先进理工学部更是高达37.6%。

"浪人"经历是人生财富

考场失意后不得不度过一年甚至更长的复读生活，"浪人"面临的精神压力可想而知，复读似乎注定是一段痛苦而黑暗的日子。不过据日本经济新闻社报道，很多"浪人"的回答是"并非如此"，他们表示要充实、快乐地度过这段时间。

"'浪人'时代是很幸福的。现在我念大三了，之前作为'浪人'考生的时候每天都感到生机勃勃，非常快乐。"有人在社交媒体上写道。

这种心态很大程度上得益于优良的复读机构。在日本，主要从事大学应试辅导的学校被称为"预备学校"，其中不少知名讲师像明星一样活跃在媒体上。除了"宅浪"，大部分"浪人"考生会入读这样的学校。

预备学校的氛围和普通高中截然不同。"从小学、初中、高中、预备学校一路念到大学，我觉得预备学校明显是其中最好的。那里全是教学方法出色的老师，上课令人愉快。'预习、复习都是很有趣的事。''奋斗令人心情舒畅！'有生以来我第一次产生这些想法。"日本经济新闻社引述一位"浪人"的话说。

"我在预备学校很开心。一直到高中时代，我都觉得（学校）充满各种毫无道理的事情，比如关系好的人结成奇怪的派系；跟高年级学生之间要保持异样的上下级关系；校园文化节要求团队合作……预备学校的人际关系没那么复杂，每个人都很独立。大家都相信再奋斗一年就能考上理想的大学，有上进心的人们聚在一起，心情很愉悦。"

这些发言颇具代表性。由于"浪人"人数众多，而且越是在名校比例越高，他们并不受社会歧视，家长往往也较为宽容，觉得复读的孩子"有骨气"。据台湾媒体报道，2018年日本兴起"和'浪人'男生谈恋爱"的风潮，因为复读的经历让这些考生"体会到人生不易，能成为很好的谈心对象"，而且他们知道很多有趣的"浪人段子"。简而言之，"浪人"比应届生显得成熟，所以更受青睐。

在活跃于日本社会的名人中，"浪人"出身者不胜枚举，他们对这段经历并不讳言，甚至视之为人生财富。日本文化信息网站列举了一些"著名浪人"，比如中国读者熟悉的作家村上春树，他作为"一浪"考进了早稻田大学戏剧系；诺贝尔生理学或医学奖的首位亚裔得主利根川进也是复读一年，才进入京都大学。

1960年，神奈川横须贺高等学校的一位毕业生为实现当外交官的梦想投考东京大学，结果连遭落榜，只得放弃"初心"入读庆应大学经济学部。几十年后，这位"二浪"当上了日本首相，他叫小泉纯一郎。

当个"浪人"不容易

"浪人"并不都像日本经济新闻社描述的那么逍遥自在，相反，有些人始终承受着巨大的心理压力。据美国《大西洋月刊》报道，日本精神病专家2014年的研究发现，约58%的"浪人"有抑郁情绪，20%为严重抑郁。研究认为他们缺乏自我认同感，常常沉浸在考场失利，来年再战的"焦虑、恼怒和不耐烦"中。

在日本，医生是最受憧憬的职业之一，但医科大学的录取门槛高不可攀。据日本共同社报道，2016年该国报考大学医学部的考生高达17万人，而国立、私立大学加起来的医学部入学名额只有8000个，自然催生出了"浪人"大军。

为此，著名的日本医科大学在官方网站上开辟了"浪人应试"版块，邀请成功考取了该校的"浪人"传授心得。"我在'浪人'时代承受了巨大的压力，每一次考试都如同末日审判，我怀疑自己将来能不能成为合格的医生。为此，我跟家人及受人尊敬的老师进行了交谈，再次坚定了我的目标。"大五学生齐藤理帆写道。

"我整日浸泡在忧伤中，只想把一切抛诸脑后，压力一点儿也不小于落榜……考试近在眼前，我却看不进书，只顾躺在宿舍里盯着天花板，问自己为什么这么没用。"在日本资讯网站知新闻上，一位目标是早稻田大学的"二浪"倾诉着焦虑。只有翻看哲学和宗教书籍，才能让他短暂地逃避现实。

日本经济新闻社指出，有报道称，20世纪90年代，日本每三名大学生中就有一人曾是"浪人"。近年来"浪人"减少，部分原因在于社会少子化和高等院校增加，使得上大学比过去更容易；另一个原因是泡沫经济破裂后，漫长的萧条使家长们失去了供孩子复读的能力。

供养"浪人"要花很多钱。预备学校收费不菲，在代代木教室、河合塾、骏台预备校等名校，单科补习费用往往就要15万日元（约合人民币9066元），还不包括杂费。如果是全科补习，高达100万日元（约合人民币6万元）的学费相当于普通大学一年的费用。再算上生活费，家庭承受的负担可想而知。

虽然"浪人"在社会上声誉并不差，但并非所有人都认可这种考学方式。2018年10月，日本著名脑外科专家茂木健一郎在推特网上批评称："'一浪、二浪'是以念完高中就要直接进大学为前提的产物，毫无多样性，这是人生观、事业观贫弱寒酸的体现。这种等级的人聚集在一起，构成日本的'大学'，这太蠢了。本来在充满多样性的人生履历中，人们只要在适合自己的时间点迈进大学就好了。"这条推文获得了3.1万个赞。

相比于男生，"女浪人"的日子更难过。据日本预备校指南网站报道，2018年日本大学新生中"男浪人"占25%，"女浪人"只有16%。对怀有职业抱负的日本女性而言，一些大学刻板的性别观念堪称雪上加霜：去年8月，东京医科大学等多所高等学府被曝操控入学考试分数，以便淘汰更多的女生和复读生。调查人员怒斥这是"对考生背信弃义的行为"。

好在，并非所有大学都"剑走偏锋"。名列日本医科大学十强的顺天堂大学医学部公开表示接受"浪人"，但仅限"一浪"。同为"十强"的东京慈惠会医科大学对所有考生一视同仁，"多浪"也没问题。该校称，为医者需要一生意志坚强，所以他们欢迎"浪人"。事实上，该校每年超过一半的新生是"浪人"。🔸

识趣者

◇ 辉姑娘

　　一个女孩搬到了一个新小区，某天加班直到深夜，刚进小区，她就发现身后有一个男人。

　　男人高大强壮，虽然看不清样貌，但女孩依然有些害怕。她步子飞快，可男人始终不紧不慢地跟在她的身后。

　　她走到楼门前，踌躇着该不该进去，万一被尾随可就糟了，但如果大喊大叫也有些过度敏感。记得某次她躲着一个男生，不肯单独跟他坐同一班电梯，那人还很生气，说怕什么？难道我长得很凶吗？你这样很没有礼貌。

　　她有些犹豫，又有些恐惧，偷偷向后望了一眼。谁知那男人居然主动停住了步子，拿起电话打了起来。女孩长吁了一口气，连忙跑进了楼门。

　　进门的一瞬间，她忍不住回头又看了一眼男人。这一看她有些惊讶——路灯打在男人的身上，那手机居然是反着的。这件事让她颇为感动。再见面时，她主动与男人打招呼，一来二去居然成了很好的朋友。女孩问男人，第一次见面时，为什么会不进楼门？

　　男人说："我是男人啊，怕吓到你嘛。"

　　女孩说："我觉得你很危险，这不是冒犯吗？"

　　男人笑："首先，我是男的；其次，我具有危险性。这些都是客观存在的事实。好比我在丛林里遇到一头狮子，就算它无心伤害我，我也会浑身发抖。"

　　女孩又问："那为什么要装作打手机停下来呢？"

男人反问："如果我只是停下来会怎样？你不会害怕，却会内疚，对不对？"女孩点头称是。男人摊手："既然能预知反应，为什么不给彼此一个台阶呢。这样大家都不尴尬。"

能够清楚地认知自己，也清楚地认知对方。识趣者，其实是识心者。

能够清楚地认知自己，也清楚地认知对方。识趣者，其实是识心者。

学霸为啥总说自己"没考好"

◇鲍安琪

有位学霸上了热搜，以为自己高考考得很差，准备复读，结果上了清华。网友纷纷表示周围的学霸貌似都这样，考完说没考好，分数出来却很高。学霸真的是因为虚伪才说"没考好"吗？

来自康奈尔大学的两位心理学家做了一个实验，让65名大学本科生为30个笑话的好笑程度评级，对比专业的喜剧演员的答案，得出各自评分，以此测试这些学生的幽默感。此外，这些被试者还被要求自己为自己排名。结果得分最高、排名最好的那些人，却认为自己仅比平均水平高一点点儿，觉得自己表现得不怎么样。

再结合逻辑能力、语言方面的实验，他们发现，那些有能力的人，往往低估了自己的能力，高估了其他人的能力。因此学霸们可能只是没想到其他人比自己更差。

这种认知偏差现象被称为"达克效应"，被应用于解释人们自我评估的偏差。

一些真正有才干的人，当接到一项事实上很难但在他们眼里却很简单的任务时，往往会误认为这个任务对所有人来说都同样简单。那些知识和技能明明都更出色的人，自信心却可能跌到谷底。因此说不定学霸们打内心觉得自己排名不会太高，因为他们低估了自己，高估了其他人，觉得大家都好厉害……

上述实验还有一个更有名的结果，测试中最不能辨认什么是有趣的人，反倒认为自己高出平均水平，表现得非常好。一个人只有真的具备某种能力，了解这项能力是什么，才有办法对自己是否掌握这种能力做出精确的评估。那些不具备该能力的人，因为不了解这个能力究竟是怎么回事，也就无法认识到自己的欠缺。

能力较低的人，往往高估了自己在此领域的能力，而且难以发现自己高估了自己。高估自己且不自知，是"达克效应"更广为人知的一部分。越弱的人越认为自己无所不知，因为他们连自己有多弱都不知道……

医院里总有些患者，觉得自己比医生还懂。有些人对一些领域也不是很了解，却喜欢装作很懂的样子，侃侃而谈。越是知识渊博的人常常越谦逊，越是无知的人往往越自大。

整个"达克效应"逻辑链中最重要的一环在于，你首先要具备与该领域相关的能力和知识，才能判断出自己在这个领域的水平如何。这有点儿类似"夏虫不可语冰"，夏天生死的虫子，从未见过冰，所以你没办法跟它聊冰的事。有时候你没法说服父母，是因为他们没有和你一样的经历体会，只会对自己的观点深信不疑。

如何进行更准确的自我评估呢？达克二人给出了解法：归根到底，需要提升在某个领域的能力，获得更多知识，才能发现自己哪儿做得不好，评判出自己的水平究竟如何。

所以古人说"读万卷书，行万里路"是有道理的，拥有更多知识，至少使人更有能力审视自己。对于能力比较强的人们来说，多收集信息、了解他人的水平也是一个办法，以免妄自菲薄。

知识就像是一个圆圈，圆圈之内，是你拥有的知识；而圆圈之外，就是未知的世界。你拥有的知识越多，你的圆圈就越大，接触到未知的范围也越广。所以，还是要多读书。🔖

知识就像是一个圆圈，圆圈之内，是你拥有的知识；而圆圈之外，就是未知的世界。

『吸猫』综合征

◇曾旻

现在很流行一句话："一日吸猫，终生复吸。"越来越多的年轻人正在患上"吸猫综合征"。人们在网上晒自己的"猫主子"，花大量时间研究如何与猫更好地相处。猫，日益成为我们家庭的一员，甚至逐渐变得比朋友和家人更加重要。对于那些不善于与人相处的人，和猫的关系可能比他们和人的关系更加健康。人们和猫的健康关系里，蕴含了治愈抑郁的诸多关键要素。

首要的就是被倾听和理解。一个外表柔软、亲切的萌宠，天然地令人感觉没有距离感、想要靠近。当你向它倾诉一天的烦闷和苦恼时，它呆萌的表情和若即若离的眼神，仿佛在暗示你："我在听，你接着说。"

很多时候，人们向朋友、亲人倾诉难过和痛苦的时候，很难得到如此安静的倾听，甚至在话还没有说完的情况下，对方就开始给你提供建议和解决方案，好像恨不能替你把这个"小问题"给解决掉。人和人之间的这种无法倾听，本质上源于人们在表达情绪的时候，其中蕴含的无法避免的攻击性。当一个孩子摔倒在地，哇哇大哭的时候，他通过哭表达了自己的疼痛，而这哭声传递到母亲那里，会被感知为充满攻击性的哭诉——"我一定是一个糟糕的母亲，才会没有照顾好孩子"。在女孩向男朋友哭诉自己的苦闷时，也蕴含了同样的攻击性——"没办法哄你开心，我不是一个好男人"。

可是，向猫哭诉苦闷，猫不会感到被攻击，它不仅不会给你提供建议，甚至还瞪大眼睛盯着你，给你不间断的关注。这是对陷入抑郁的人们最治愈的体验。

曾经有一位轻度抑郁的来访者说，自从她和前任分手之后，陷入了很长一段时间的情绪低落状态中，这种情绪状态不仅影响了她的工作热情，还让她变得没有什么动力和别人交往，甚至连吃饭的需要都减弱了。她很长时间感觉不到饿，她甚至感叹，若不是家里猫在叫唤着要吃的，她可能都会忘了要吃饭这件事。"在喂饱猫的同时，我才想起要喂饱自己"。

"一个人"的状态，总是最糟糕的，不仅让人产生与世隔绝的孤立感，更深远的伤害是令人放弃责任，陷入自暴自弃的虚假自由。而养一只猫，让人们不再是"一个人"，需要在"喂饱猫的同时，喂饱自己"。这份责任，使人们必须活跃起来，抵抗抑郁带来的活力缺失。因为在这个世界上你不再是一个人，你的体验就变得具有意义。

有时候，猫性格中的"高冷"和"傲娇"，令人们觉得它们并不那么需要你。这种分寸感也是亲密关系是否健康的重要因素。很多时候，抑郁的人常常感觉被抛弃，是因为习惯了依赖他人，仿佛只有和他人完全融合，生命才是丰盈而充实的，若对方有一丝的注意力偏转，哪怕共处一个空间，他们也感觉遭受了冷落。猫就是一个相反的榜样，它用看似"高冷"和"傲娇"的方式给人温暖和慰藉，教会人们如何在亲密中保持分寸。

不会被评价或贬低，猫给人以放松的姿态去面对彼此。人们感觉自己一无是处、糟糕至极，甚至在猫主子面前做出丢脸的行为时，它一脸萌态地望向你，仿佛你刚才的表现棒极了。这种关系令人安心、放松。

有一只猫在旁陪伴，确实令人内心安宁。可人们越来越发现，我们希望的是和他人建立如此亲密的关系，而不是止于一只猫。当人们一次次在和人的关系中受伤，慢慢地蜷缩到自己的小世界里，只有猫的靠近显得不那么危险和有害时，"一日吸猫，终生复吸"就显得顺理成章了。

人和猫的关系蕴含了一切人际关系里最健康的表现，我们却只能在吸猫的过程里体验这一切，或许这反映了人与人之间布满怀疑、不安和攻击的蛛网，显出陈旧、衰败的迹象。这背后是人们无力对抗的孤独感。🐾

这份责任，使人们必须活跃起来，抵抗抑郁带来的活力缺失。
因为在这个世界上你不再是一个人，你的体验就变得具有意义。

谁会坐高铁一等座

◇崔鹏

我前两天干了件不同寻常的事，那就是坐了一次高铁一等座。之所以说这是件不同寻常的事，是因为坐一等座完全违反我的消费观。

我曾经做过一次关于"性价比最低消费"的调查，高铁一等座的糟糕程度排在第二位（排在第一位的是纬图手机，据说购买这种手机的客户都会配有心理咨询师）。

实际上人们对比高铁一等座更贵的商务座的认同感就要强得多。绝大多数人表示，除非万不得已或者公司报销，他们不会购买这种"冤大头"式的服务。

事实上，高铁一等座和二等座还是有些差别的，比如二等座每排是5个座位，而一等座是4个，一等座座位前后的距离也大于二等座。总的算下来，每个一等座相对于二等座的成本提高了60%。因此，一等座的票价比二等座高70%~80%并不算过分。而且一等座会得到一瓶矿泉水和一盒小吃。那么为什么人们这么不认同高铁一等座呢？

讨论这个问题，我们可以从最基础的说起：对于某种商品或服务，人们花出去的是钱，而购买到的是什么？丹尼尔·伯努利给这种获得感的量度取了个上档次的名字——效用。人们对于从数字上看起来相同的效用往往会采取不同的态度。

美国曾经有一档闯关抽奖的电视节目，叫《要钱还是要命》。参与规则是，猜谜题获奖，过关再参加下一轮猜题。另外中间还设计了一个环节，人们要经历

"俄罗斯轮盘"的考验。猜错题的参赛者要面对一支虚拟的左轮枪，枪里有若干颗子弹，一个女明星随机转动轮盘，轮盘停下来时如果枪膛里有"子弹"，参赛者就被击毙出局了。

但在转动轮盘之前，参赛者可以选择用已经获得的奖金购买轮盘中的一颗子弹并把它去掉。

人们选择购买子弹的意愿是不同的。选择把轮盘里的子弹从1颗降至0颗的人很多。当然，最多的还是选择把轮盘里的子弹从6颗降至5颗，以保留自己的一线生机。在轮盘里有3到4颗子弹时，参赛者更多选择听天由命。但是从数学的角度讲，无论轮盘里有几颗子弹，人们买下一颗子弹从而增加的闯关概率是一样的。

心理学对这个问题的结论是，人们更在意落在自己意识敏感区的效用变化。人们的判断从16.67%降到0，这个概率变化是明显的，从100%变成83.33%的变化更明显。如果把钱花在这样的概率变化上，人们会觉得值。但是，概率如果从50%变成33.33%，人们就没那么敏感，会觉得钱花得不值。

在消费过程中，服务或商品的获得将给消费情况带来改变。即使改变的幅度相同，如果改变发生在敏感区，人们会认为这种消费购买的效用比较大，而如果发生在非敏感区，人们会认为效用比较小。一等座相对二等座的票价高了70%～80%，这个价格变化足够引起人们的敏感了；同时，一等座享受的服务是每个乘车者所占的平均面积增加了60%。这种变化并没有落入消费者的敏感区。足够令人敏感的价格变化和不够令人敏感的服务改变相对应，人们当然会觉得购买一等座是个很差的选择。

而高铁的商务座，虽然更贵，但它的服务进入了人们的敏感区，所以人们对它反而会更加认同。你会发现在其他座次都有票时，仍然主动选择一等座的有两种情况：一种是公司报销；另一种是，这个人对舒适程度比一般人敏感，他们在生活中被认为是"比较事儿"的那种人。

概率如果从50%变成33.33%，人们就没那么敏感，会觉得钱花得不值。

射箭是一种很酷的修行

◇康了烦

　　假设有一天，电影里丧尸病毒暴发的情节发生在现实中，用什么东西最适合保命？

　　"锅碗瓢盆是绝对不行的，近战风险太大，稍有不慎你就"挂"了。弓箭，才是终极兵器！"大三学生朱筝一说起弓箭就开始比画，他自称有10年"弓龄"，但真正参与这项运动只有两年，之前一直是在虚拟世界满足百步穿杨的乐趣。

　　朱筝是个游戏高手，而且人如其名，在各类游戏中一直奉行"放风筝"原则，也就是远程攻击敌人，保持长距离耗死对方的战术。因此，弓箭成为朱筝在游戏里最擅长的武器。久而久之，这种古老又神秘的武器吸引他突破了次元壁，开始在现实生活中尝试射箭这项运动。一发不可收的朱筝有一个游戏主题的微信群，在他的影响下，群里因为游戏集结到一起的网友们也纷纷入了坑，最终一个游戏微信群变成了弓箭微信群。

　　反曲弓、复合弓、传统弓等各类弓种，朱筝基本都实际操作过，但他最喜欢的还是复合弓。因为他觉得在精准度上，复合弓绝对是一流的，而且各类零件组装拆卸的过程，能够让强迫症患者感到满足。"反曲弓是奥运会比赛用的；复合弓是美剧里那些孤胆英雄最常用的；至于传统弓，比较难操作了，而且就我对圈里的了解，玩传统弓的要么是大叔要么是'单身狗'"。

　　说到这里，90后董胖胖估计要打喷嚏了，他就是个地道的传统弓箭爱好者。董胖胖就职于一家杂志社当文学编辑，白天审读作家投稿，晚上就去箭馆练箭，一文一武，看起来有些分裂，但董胖胖表示他从射箭中领悟了编辑之道："其实射箭是种很枯燥的运动，就跟每天看稿子一样，总有厌烦的时候。你需要不断投入热情与耐心，一旦心浮气躁，箭就会射偏，再好的作品摆在你面前，你也看不下去。"

传统弓在各类弓种中是属于比较难练的，更考验弓箭手的技术，因为没有现代弓箭的瞄准器等辅助装备，传统弓射法更像一种"玄学"，需要付出比其他弓种更多的时间与精力。"如今弓箭馆很多，拿着自己的传统弓出门很拉风，但是人家玩反曲、复合的，命中红心比你要容易，我们玩传统弓的经常十箭九不中，偶尔还会脱靶，相当丢人。"

为此，董胖胖日常还会研究诸如明代茅元仪编辑的《武备志》、戚继光的《纪效新书》，从这些古籍中探寻失传已久的技法。他还会在贴吧、豆瓣上与资深弓友交流心得，每当在互联网上看到有人分享了一些新发现，就会实际验证一番，与其说他是弓箭手，不如说他更像一名弓箭考古学家。

就职于一家影视公司的90后羊驼君，也是一名传统弓箭爱好者。他在拍摄微电影的时候认识了许多弓箭达人，还经常参加文化团体控弦司的"射礼"活动，除了提高射箭水平，也由此了解中国传统文化礼仪。"射箭本来是六艺之一，孔夫子就是射箭高手。现在射箭在中国不是一个大众项目，然而韩国的射箭在奥运会上特别厉害，日本的弓道也有很强的影响力。"羊驼君说。

相比各路弓箭爱好者，今年24岁的子豪不仅热爱这项运动，还是一名职业弓箭手，目前在一家弓箭俱乐部担任教练及签约射手，经常代表俱乐部外出参加比赛，日常训练平均每天要射100~300箭，因为强烈的体育竞技心让他选择了奥运弓种——反曲弓。

说起从事弓箭手这一职业的经历，还是因为爱情。有一回，子豪与女友逛街路过一家箭馆，女友想看看他射箭的姿势。而那时的子豪并不精于此道，射了几组箭都不理想，姿势也不够好看。但是尝试过这项运动后，子豪就暗下决心要努力练好它。

"之前我在大家眼里是个任性浮躁的小屁孩，射箭对我的性格磨炼有很大帮助，人变得稳重了，射箭成绩也越来越好了。有时候在炎炎烈日下打比赛，女朋友都会坚持过来给我打气加油，在俱乐部认识的朋友也会鼓励我不要放弃，所以我觉得射箭从来都不是一个人的事。"子豪说。

无论是普通的弓箭发烧友还是专业选手，他们参与弓箭这项运动的原因都不相同。没有上一辈人的影响，没有学校的引导，年轻人在反复的扣弦、拉弓、撒放中，最终又悟出了属于自己的见解，磨炼了心性，这是一种具有独立色彩的修行。当我们还在纠结"年轻人是不是不够酷"的时候，这些年轻的弓箭手已经重新为"酷"下了定义。

> "其实射箭是种很枯燥的运动，就跟每天看稿子一样，总有厌烦的时候。你需要不断投入热情与耐心，一旦心浮气躁，箭就会射偏，再好的作品摆在你面前，你也看不下去。"

我们
太放心
把自己
交给手机

◇张月寒

社交幻景

纽约，一个阳光灿烂的早晨，看上去斯文干净的书店经理乔正在整理书架，门口风铃声一响，一个女孩推门走进来。乔和贝克就是这样相遇的。

《你》是2018年9月推出的新美剧。想成为诗人的女主角和男主角在他工作的书店相遇，像任何一个美妙爱情故事的开头。但是，第一集第七分钟的时候，《你》的剧情就反转为惊悚悬疑。

在书店付款时女孩用了信用卡，于是，乔得知了女孩的全名：吉尼维尔·贝克。晚上乔回到自己狭小的公寓。在楼道里，他将本来准备当晚饭的潜艇三明治给了坐在台阶上挨饿的邻家小孩。这时，从任何角度看，乔都是一个好心肠的得体青年。回到自己房间，他坐到桌前打开电脑，键入贝克的全名。书桌上的小台灯，映照出他浸没在阴影里的脸。"脸书""照片墙"、大学网页，贝克的全部信息，被乔一览无余地获取。

和所有长得漂亮又有点儿小虚荣的年轻人一样，贝克喜欢分享自己的生活，又迷恋那种朋友众多的感觉，于是她将自己所有的社交账号设置为陌生人可见。乔通过她视频中滑过的印有校名的T恤，得知她本科在布朗大学就读；通过她常提及的几个人，挖出她的闺蜜是谁，分别有什么样的背景；通过她发帖时的定位和住所的照片，用谷歌街景找到了她的住址。贝克是一个不大注意隐私的人，她住所的一楼有巨大的临街的凸肚窗，于是乔站在她公寓正对面的街道上，窥视了一整晚，由此发现了贝克的"渣男"男友本杰明，以及他们脆弱的恋情。

乔开始制造机会接近贝克。在一个地铁站，喝醉酒的贝克失足跌落铁轨，在地铁将要碾压她的一瞬间，乔将贝克拉上站台，救了她的命。他也由此获得了和贝克约会的机会。

与此同时，乔也意识到，贝克正在交往的男友本杰明是他们之间最大的障碍。第一集结尾处，乔通过贝克的社交网络，轻松找到本杰明的社交账号，进而发现本杰明正在进行手工汽水的创业，是个"富二代"。正在创业的人必会在社交网络上留自己的邮箱，以期合作。乔假装自己是杂志编辑，说要推荐本杰明的汽水，将他诱到书店的地下室。在本杰明和观众都没反应过来的时候，乔用修复古书的锤子，直击本杰明的脑袋。尸体一具具出现，乔越来越疯狂。种种迹象表明，其间一直作为剧情辅线人物出现的乔的前女友，似乎是被乔第一个杀害的人。

想想这一连串的情节，仅仅源于贝克在书店付款时让乔知道了全名，这就让人"细思极恐"了。

这其实是《你》在爱情剧的表面下，试图揭露的一个主题：在如今这个科技发达的时代，我们太过相信自己的手机。年轻人喜欢通过社交网络证明自己的存在感，可很少有人意识到，有时这种手机的"奴役"会以意想不到的方式反噬我们。社交媒体放大了个人信息的价值，隐私被过度暴露后，这些我们给出去的权限，究竟安不安全？

有人或许会问，既然社交媒体如此不安全，为什么还有那么多人不停地将自己生活中的每一面都发布在网上？《你》中有一句话，说明了这种行为的本质："社交网络是一幅拼贴画。"每个迷恋社交网络的人，其实都在通过一张张照片形成自己想展现给外界的"拼贴"。女主角贝克在社交网络上呈现的是一个美丽的、常青藤大学毕业且朋友众多，社交生活精彩的文艺女青年的样子，她聪明、有趣、活泼，正积极追寻自己的理想。

但是，通过乔的跟踪我们发现，现实生活中的贝克已濒临破产，她住在和自己收入不符的棕石公寓，要靠一份全职工作和一份兼职才能维持生活。她热爱写作，但朋友和男友占据了她大部分的时间。她的闺蜜们非常有钱，而她活在她们的圈子中非常吃力，但又竭尽所能迎合着她们的一切，因为太想成为她们中的一员。贝克的硕士生涯看上去很有前途，但她迟迟交不出作业，导致学分不够，导师便利用这一点要对她进行潜规则。

社交网络，其实就是一场巨大的幻景。

虚无的名声

不仅是社交媒体，剧中对各种各样的媒介形式、高科技，都进行了不同程度的反思。女主角贝克的爸爸内德，是一个吸毒成瘾者，抛弃贝克母女后，他在教堂活动中结识了自己的第二任妻子南希。南希是一个"网红"博主，她将内德作为自己博客上的一个"典型"，用亲身经历来说明自己是怎样一步步帮内德战胜毒瘾，并接纳他成为丈夫的。但是，正像贝克尖锐指出的，内德在遇到南希的时候，已经成功戒除毒瘾了。那么南希将内德作为一个"典型"，事无巨细地将他的吸毒史放在自己的博客上，不也是为了"涨粉"吗？这部剧让人看到，人们为了追逐社交媒体上虚无的名声，可以将自己牺牲到什么地步，可以将身边的人利用到什么地步。

贝克的闺蜜安妮卡，利用自己的好身材和大胆的女性言论，成为一个"网红"。她粉丝众多，在她那儿投广告的人也多，她随便发一张和品牌有关的自拍，就可以净赚1.2万美元。贝克的另一个闺蜜桃，是纽约上层社会的一个富有女孩，家底丰厚。桃暗恋贝克很多年，而当贝克和乔正式开始交往以后，桃成了横在他们之间的最大障碍。为了除去桃，乔一直在寻找机会。一次，利用安妮卡和桃闹翻的小机会，乔挑拨安妮卡发了一张自己戴牙套和桃没整鼻子前的旧照，而桃为了报复安妮卡，将她之前酒醉后录下的有种族歧视言论的视频发在网上。一夜之间，安妮卡失去了自己的广告客户，粉丝也损失了1/3。这从另一个角度说明，现在所谓的"网红"，他们拥有的粉丝或名声是多么不堪一击，一条短短的视频，便可以迅速摧毁一个"网红"的"事业"。

当我们毫不设防地在社交网络上按下"分享"键的那一刻，分享的内容会被什么人看到或利用，真的超出我们的掌控范围。

每个迷恋社交网络的人，其实都在通过一张张照片形成自己想展现给外界的"拼贴"。

一只
麻雀的
艺术人生

◇王小柔

时不时就会有人问我："你们家麻雀还活着呢？"我觉得，它为了争口气也得进麻雀长寿名录。

灰球是我捡回家的第二只麻雀。狂风暴雨中，一定会有小鸟从巢里掉出来，这是常识。我捡到的第一只麻雀晾干了羽毛，转天就放飞天空了。可灰球是从水坑里捞起来的，它身上羽毛没长齐，那点儿力气都用在瞎扑腾上了。

我找饭馆要了张纸巾把它裹起来。那个雨天，几乎所有看见我急急忙忙带着鸟回家的人都说："这东西养不活。"他们众口一词地给一只小鸟下了诅咒。

到家我翻出了一箱快过期的燕窝，包装极其夸张，里面就清汤寡水两小瓶，要不是因为包装太好早把它扔了。看了眼保质期，发现就差一天，直接拧开瓶子盖，咕咚咕咚嚼两下咽了，瓶子扔垃圾筐里，最管用的是包装！木头盒子里面塞满了高级稻草，我把灰球放进去，蒙上一块厚布，加热垫打开升温，再跑到社区医院找大夫要了个作废的针管。鹦鹉没吃完的进口鸟奶粉，每四个小时一次喂进去。

羽翼丰满几乎是一瞬间的事。灰球转着脑袋看家里的鹦鹉飞来飞去，扑棱几下翅膀就扎进了飞行队伍，跟几只色彩斑斓的鸟站在一起，连气质都不一样，它灰头土脸倒是特别自信，大概是还没照过镜子的缘故。第一次放飞就跟粘在我身上一样，怎么扔出去怎么落回来，第二次只要一开门，立刻往屋里飞。

自打灰球认定了要当我的家庭成员，就过起了拟人化生活。饮食起居特别规律，尤其饮食这块儿，到中午就站在饭桌上等着。有时候我妈做完饭得喊我们好几次人才能齐，灰球不用喊，用实际行动鼓励做饭的人。

辣子炒肉一上桌，它叼住一片肉就开始甩，可你倒叼住了啊，经常把肉扔别人脸上，受害者能答应吗？后来我们干脆就禁止它上桌了。

事情暴露是因为有一天下午，我正看书，突然上面掉下来个东西，还在地上蹦。黑乎乎的麻雀只有眼睛能眨巴，毛都凝在身上了，跟个难看的怪物似的。我一把抓过来，毛贴身上了，翅膀粘住了，我把它嘴上粘住的壳抠下去嘴才张开。这一身稀饭啊！都不知道它什么时候扎稀饭里洗澡了，还洗那么彻底。古代米汤都能当胶水用，能不黏吗？我正一筹莫展，我儿子一把抢过去，打开水龙头就给它冲，冲半截忽然觉得拿凉水洗容易感冒，又换热水，好不容易洗透了，看着那可怜啊，又黑又瘦。把它拿毛巾一裹，开吹风机吹热风烘干毛。这一套都赶上外边美发店了。

搁一般鸟早就吓死了，灰球没事，只要不给扔洗衣机里它就坦然面对，吹干立刻飞鹦鹉那跟人家炫耀，被鹦鹉啄了一口。你说你有一次教训该收手了吧？可它以为我们家是温泉城呢。

我早晨刚喝完一碗奶它就飞过来了，浑身湿漉漉地站在我手背上。我说："你可真爱干净。"灰球翅膀白乎乎的，我把它放鼻子下面一闻，一股牛奶味儿！我回想起刚才那碗奶上面浮着点儿杂质，那叫一个反胃。

之后还眼睁睁看它在菜汤里扑腾过一回，全家决定不能当着它的面吃饭，菜不端出厨房，扒拉到碗里藏屋里吃。就这样，它还自学了悬停，你在那嚼，它能一直在你嘴前面飞，就为了看清楚你背着它到底吃的什么。

你以为这只麻雀仅仅是为吃而来吗？不！它热爱艺术。只要我妈一掀钢琴盖，无论它在干什么，准第一时间落在琴键上等着你弹。就算你把它脚下那琴键弹得很响，它也一动不动，身上的毛都是陶醉的。如果正赶上它洗完澡你开音乐会，它非常知趣地卧在擦琴的布上，为了不把琴弄脏。只要音乐不停，它就不走。这只被所有人认为会死的麻雀，在我们家开始了属于它的艺术人生。

时不时就会有人问我："你们家麻雀还活着呢？"我觉得，它为了争口气也得进麻雀长寿名录。

内向的你，
自有别样的
星辰大海

◇李尚龙

【1】

　　我和兆民老师是很要好的朋友，所以今天我很重视这个活动，特意洗了个头。来之前我给冯殊老师打了个电话，因为他是天气预报的主持人。我问他，冯殊老师，今天会下雨吗？如果下雨我就不洗头了，因为我走到路上就能洗，既省钱又省时间。

　　冯殊老师说，尚龙，据我台播报，今天是会下雨的。听完他的话，我决定还是在家洗个头吧，因为天气预报基本都没有准过。

　　所以这就是沟通，沟通者不仅要会说话，同时一定要会听别人说话，别人说的不一定就是他想表达的，可能是潜台词。

　　这就是我和大家分享的第一个沟通法则：沟通的本质是听懂别人的潜台词。

　　今天来的都是内向的人，比如我的朋友帅健翔老师。他是前广州新东方的一线名师，平时不爱说话，但他是个学习高手。现在自媒体圈有个很坏的习惯：大家动不动就自封为某个平台第一自媒体，某网一哥……我封帅老师为双井地区最会学习的自媒体。

　　有一次我和帅老师在北京三里屯喝酒，喝着喝着就喝大了。我这个人喝大之后就喜欢瞎说话，我跟帅老师说，如果你想成为一个作家、导演和做文化相关的人，一定要来北京，因为北京是艺术工作者的摇篮。我说这话没有什么意思，因为我知道帅老师还是对教育感兴趣，不喜欢我们文化行业。

第二天我酒醒了，打开手机，看到帅老师给我发了一条信息：龙哥，昨天听你说了一番话，我决定要留在北京，我要成为一名作家。

我吓了一跳，问他，我说什么了？他说，这都不重要，重要的是，我来了。

第三天，帅老师告诉我，他在北京的一个小区租了一套房子，我一听小区名字吓了一跳，因为这个小区跟我是同一个小区。

我问，我们小区有四个区，你是哪个区？他说，A区。我倒吸一口凉气，因为跟我是一个区。

我又问，那你是哪栋楼？他说6号楼。我当时后背发凉，因为又跟我一样。

我再次问，那是几层？他说我住你楼下。

我当时感动地握住了他的手说，看来我们真的太有缘分，在你完全不知道我住哪里的情况下，竟然和我成了邻居。帅老师冷冷地说："龙哥，这些你昨天喝大的时候都给我说了啊！"

什么叫牛人，就是在别人喝大瞎说时，他不说话，而是认真地听别人讲话，还把别人的话记了下来，他的世界里没有喝醉和清醒，他永远在学习。

这是第二个内向者沟通法则：可以不说话，但一定要仔细听，听是说的基础，当你发现你说不出来的时候，是因为听少了。

今天还来了一个内向者，程一老师。他是个电台主播，也是一个内向的人，他不仅是个优秀的电台主播，还是我的酒友。今年年初，程一给我发了条消息：龙哥，我决定从今天开始减肥，我要在三个月里瘦三十斤，以后你喝酒的时候不要叫我了。

果然，他开始了魔鬼般的训练，饭店里再也没有了程一的身影，健身房里永远充斥着他的呻吟；北京的夜空再也没有了程一，我们也再也感受不到他的诚意。

程一老师通过自己的执着，每天白天去健身，晚上不吃饭，终于一个朋友也没了。当然，他也瘦了不少，三个月三十斤。

一个人如果瘦了三十斤最可能做什么事？当然是炫耀。

上次他见到我，我还没说话，他开了口："龙哥，我觉得你胖了至少有三十斤吧？"

我还没来得及反驳，他继续说："你看我，减肥效果明显不明显？"

我说："明显，脑子都快减没了！"

他问："为什么啊？"

你想想，你平时也不露脸，整天戴个面具，你减肥有什么意义呢？人家只会认为你面具下面换人了。

他这才恍然大悟说："对啊，我怎么没想到！这样，从六月份开始我就回到组织，跟大家一起聚餐喝酒。现在我减肥成功了，公司也刚刚完成了融资，无事一身轻。"

说完，他弱弱地问："这么长时间没跟大家聚会，大家还欢迎我吗？"

没等我说话，兆民马上接："我们永远欢迎你，你是否方便跟我们分享一下减肥经验？"

那一刻我忽然明白，谁愿意拒绝一个发光的人呢？程一老师用自己的行动告诉这个世界，内向者也是发光的。

这是今天我跟大家分享的第三个沟通法则：先学会自己发光，再去社交。

在自己足够优秀之前，可以适当地放弃一些社交，等到自己到了更高的台面，就能找到更好的群体。兆民老师也是一个内向十足的人。第一次见兆民老师就发现他有个特点：一见到女生就脸红，一见到男生也脸红。

刚认识的那段日子，我们文化圈的一群小伙伴经常在一起喝酒。原来不喝酒的时候，兆民老师还能讲上两句，喝完酒几乎就不说话了，但直到有一天，他忽然跟开了挂一样不停地叨叨。可怕的是，他喝了酒之后如有神助，一个人能说上半小时，最可怕的是，他说得还都挺有趣。

后来我和宋方金老师发明了一个大招，只要兆民老师一说话，我就说，你说个金句。

大家可能不知道这句话背后的含义，金句的意义在于必须要在不经意间说，一旦刻意说出来也就没了意义，也就不是金句了。所以一般这句话大家是很难接的，对方往往会说，好，我不说了，你说。

但兆民老师有段时间忽然接了上来。我说，你说个金句；他说，"一寸光阴一寸金"。我们当时都震惊了，这句话的厉害在于，第一这是一个金句，第二这句话还带"金"字，一语双关。

有一天，在我们酒过三巡、菜过五味后，兆民老师点燃一支烟，二郎腿一翘说："尚龙，我找女朋友了。"我一听这句话，吓得当时刚夹的粉条掉到了桌子上，他看了看粉条说："可惜了。"

我说："是啊，这姑娘是可惜了。"

他很淡然地说："你说个金句。"

就这样，他从无言以对到滔滔不绝，从无话可说到无话不说，从痛苦的单身生活到伶牙俐齿找了个女朋友。直到他出了一本书《所谓情商高，就是会说话》，直到今天他又出了一本《内向者的沟通课》。我很想知道是什么让他的生活发生了如此大的变化，直到这本书问世，我才明白他时常在家读书，什么领域都涉及一些。

也就是那时，我明白了第四个内向者的沟通法则：内向者，一定要多读书，只有看多了，才能说出来。罗伯特·麦基说：思维阻塞是因为你没有什么可以说，你的才华并没有抛弃你。无非是你肚子里没有了货。

所以，这些活生生的例子告诉我们，内向者也有自己的世界，而这个世界丰富多彩、美丽动人，只不过很少展现给别人看。

【2】

所以，各位觉得自己内向还是外向呢？有些人觉得自己有时候内向有时候外向，但我想告诉你，并不是这样的。

有一本书叫《内向者的心理学》，书里第一次提出内向和外向的概念。内向性格和外向性格最根本的区别，在于他们的精力来源不同。内向者需要独处来补充精力，外向者需要从外部环境，比如聚餐、聚会中获得能量，需要和别人交流来充电。这么看来，你是否能重新判断自己是内向还是外向呢？

我知道很多新东方的老师都是内向的，比如我的好朋友尹延、石雷鹏，比如锤子科技的罗永浩，比如新精英的古典，著名演说家刘媛媛，他们骨子里都是性格内向的人。

当然，还有我自己。我是一个不苟言笑的人，这点大家都可以看出来。但各位是否发现，这些人在外的状态似乎一点儿也不内向，相反，他们的演讲能力、写作功底，比外向者还要厉害。这是为什么呢？因为世界上所有厉害技能，都是聪明人用笨功夫一点点儿地修炼、打磨出来的。

其实每个人都可能通过自己的努力，改变自己的性格，从而改变自己的思考方式，最后改变自己的命运，无论自己是内向者还是外向者。

【3】

那有人会问，为什么我们要改变自己呢？我们内向性格的人不改变又能怎么样呢？

美国有一位很厉害的心理学家写了一本书中说，经过大量的大数据统计发现一系列事实：外向者的收入普遍偏高，更适合当领导，拥有更大的社交圈。书里还不靠谱地推断出，外向者比内向者更幸福。

虽然我读到这里觉得很不可思议。但作者确定了一件事：这个世界牢牢地把握在外向者的手里。你可以不这么认为，但我想告诉你，至少外向者比内向者要占便宜。这就是我们要改变，而不是停在原地不动的原因。

我是个作家，在我所在的行业里有一大半的作家都不爱社交，不愿意参与聚会，因为他们都是内向的性格。但这一大半中，有一半是不愿意但还是会去参与聚会的，因为他们希望在聚会中获得灵感，获得友情，获得事业上的合作，获得自己的成长，所以他们强迫自己走出了舒适区，所以他们也写出了更好的作品。

在教育圈也是这样，许多优秀的老师不过是熟能生巧，他们一遍遍打磨自己的课件，一次次对着墙讲课，连段子都写逐字稿。慢慢他们成了行业的翘楚，许多人认为他们是外向的，只有他们自己知道，这一路十分艰难，甚至无人问津，只剩自己孤独的背影。

但孤独不代表没有朋友，内向更不代表没有兄弟，保持改变的心，比什么都重要。

【4】

我今天想分享的最后一个内向的人，和兆民老师一样，也是个名人，当然他比兆民老师稍稍有名一点儿，这个人叫周杰伦。

众所周知，他是一个内向的人。但各位是否发现，从他出道到现在，他已经越来越会说话、演讲了，从完全不会讲话到能在《开讲了》讲上一个小时，谁知道他经历了什么，这背后除了汗水努力和一次次的训练，当然还有天赋。

但我想问各位一个问题，你觉得周杰伦这样性格内向的人，会没有人喜欢和他交朋友吗？当然不会，多少人希望和他交朋友，因为他发光啊。

我们都喜欢和发光的人成为好朋友，无论他是内向还是外向的人。我们之所以喜欢一个人，甚至崇拜一个偶像，是因为在追逐他的路上，我们成了更好的自己。

你们以为我要开始励志了吗？是的，我要开始了。在你变得足够好之前，可以放弃无用的社交，内向的同学们，请记住一句话，低质量的社交不如高质量的独处，只有等价的交换才能有等价的友情。

在你变得更好之前一定记住，埋着头，去改变。等你足够强大了，就不用纠结交朋友的问题了，因为更多人会涌向你，你只需要筛选适合自己的朋友就好。

不说话的真朋友

◇ 孙 欣

人类厌恶沉默，就像自然厌恶真空。人多的场合，一旦出现片刻的沉默，就会有人争先恐后地说话，有如水泵活塞上升时，水也会随之上升，填满空间。水填充真空是因为大气压力，人们填充沉默是因为社会压力。可能在言语喧嚣的场合，所有人在说什么才真的完全不重要了。一旦沉默下来，人们脸上的表情就已经说了太多。

所以总有那么一种人，在冠盖往来的场合显得特别重要，因为他们是最好的真空填充剂。他们可以一张嘴招呼八方风雨，几句话笼络所有人。来往宾客面对他时都是他的朋友，背过身去以后就是他的谈资。毛姆的《刀锋》里描写的美国人艾略特·谈波登，大概就是这样一种人。"言谈滚滚，相貌堂堂，满面春风，一团和气。"有他们在，旁人才可以暗暗松一口气，少说两句。各国的有闲阶级都发展出了一套套言不及义的传统艺术，可能因为他们有太多光阴需要扎堆儿消遣，食肠酒量都有上限，只有话语是无边无际的。中国古代有闲阶级的消遣场合，不仅有歌舞吹弹，还要配备清客篾片。言谈是一种艺术，贵族不必精通，只需赞助就可以了。

彼此真正熟稔和了解的人才能安于不说话。张爱玲在短篇小说《等》里写一个推拿医生，在接待两个病人之间休息一下出来吃点心，把嘴上的香烟递给太太，太太接过来吸着；医生吃完了，香烟又还给他。夫妻俩并没有说一句话，默契得却好像两块嵌在一起的拼图。战争年代的上海孤岛，齐心合力把日子过下去的柴米夫妻才能这样。电视里的夫妻间，一旦要把生活放在一边，坐下来谈一谈，分道扬镳就只在下一个镜头了。不谈话的夫妻之间，哪怕是同床异梦貌合神离，也是达成了共识的同床异梦貌合神离。两个人不用说话就知道对方的想法，才说明了解深厚。福尔摩斯观察华生独自默坐的表情，就知道他对报纸上社论的想法。从这一点来说，华生常常气恼福尔摩斯太过傲慢冷漠，其实是因为他对福尔摩斯的关心不如福尔摩斯对他的关心那么多。福尔摩斯是华生的不必说话的真正知己，华生却在福尔摩斯之外还有自己的生活。

到了智能手机年代，面对面的场合不准拿起手机被礼仪专家宣传为新时代的社交铁律，可惜铁律的生成就是因为太多人宁愿在喧嚷的社交场合看手机，也不愿投身参与填充真空的无聊举动。看手机的人往往在忙着进行他们自己喜欢的人际交流。真正特别熟的朋友之间，一人一杯啤酒同时各看各的手机也不是冒犯。别看他们没说话，两人说不定正在转发彼此的微博呢。

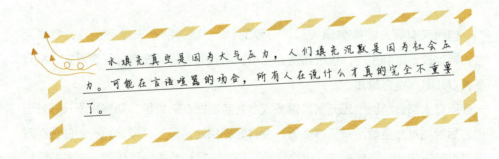

水填充真空是因为大气压力，人们填充沉默是因为社会压力。可能在言语喧嚣的场合，所有人在说什么才真的完全不重要了。

被迟早要
面对的
临终清单
惊醒

◇谭洪岗

　　前两天有好友在微信里哭诉，心爱的1岁小猫，那一天没有预兆，忽然死去。她难过到影响工作，也很自责。在小猫活着的时候，没有好好宠爱它，没有多花点儿时间跟它玩儿。

　　所有人都会经历生死无常。很多人会对亲朋好友的离世，痛感来不及好好道别，后悔在对方生前没有足够珍惜，没有好好相处，留下许多遗憾……甚至在对方过世若干年后，回想起来，仍会落泪，仍在盼望：他如果还活着，该有多好！

　　倘若，当那位亲友在世的时候，好好道过别，你是否就能安心接受对方的离去？让我们看一段真实经历。

　　日本纪录片《临终笔记》里，男主角砂田69岁，在例行体检中查出癌症晚期。他67岁退休，做了43年一板一眼的职场人。砂田习惯了凡事安排得有条有理，得知自己这一生的时光已经不多之后，也把最后一段旅程，当成最后一个项目对待，列出了走之前要完成的事项。从拜访神父，陪小孙女玩儿，到走之前要向相伴几十年的妻子第一次说出"我爱你"……一一列在要完成的清单上。

　　砂田本人认真准备和面对死亡，家人之间也有了充分交流的机会。他和90多岁的老母亲直接谈到对自己葬礼的设想和安排。这部纪录片，也正是砂田的小女儿（此片导演）为他和家人留下的实录。

　　然而在陪伴亲人最后一段旅程时，仍免不了多次泪奔。半年光景，砂田病重入院，他虚弱地向长子交代：不要让你妈妈去处理那些太困难的事情……长子在病床前含泪答应，他自己去给参加葬礼的亲友们一一打电话。

砂田的临终清单里，有对家人的叮嘱：儿女们要照顾妈妈；老妻还有二三十年可活，要做好财务计划……相依大半生，他和妻子曾经无数次争吵，关系并不好，然而，无论以往有过多少遗憾不满，临到要离开这个世界时，双方都感到了心中对彼此的深爱。

如果尽早连接到内心深处的爱，活在其中，你会不会尽你所能，放下所有无关紧要的细节，放下评判心，放下不切实际的期望和对人对己的苛责苛求，每一天都尽心尽力去善待每位亲友，也善待自己？

来不及告别的仓促感和悲痛悔恨，很大一部分其实来自——我们不敢去面对死亡，大家都忙忙碌碌投入日常琐事，假装死亡不存在，或者离自己和家人还很遥远。这里有一份隐含的渴望：内心深处，我们向往不变的安稳。希望相爱的家人好友，一直在身边，不会离去。彼此可以带着爱，长相守，没有悲伤失落，没有生离死别。

这里也有一份恐惧与自欺——不去面对死亡，好像就安全了。直到某位亲友的死讯突然传来，立刻撕掉了那层错觉。

被迟早要面对的事实惊醒或唤醒，这本身可以成为新的活法的开启。电影里的砂田认真准备，提前一一与家人告别，甚至用诗意的语言告诉小孙女：他会化作星星，在天上看着她们。

如果你为他的认真与用心所感动，从现在起，就可以认真而用心地度过每一刻。我们真正需要的，从来不限于某种固定的告别形式，而是扎实地活过，用心经历过，可以尽情流泪，也可以发自内心地欢笑。感受敏锐而丰富，心灵开放而坦荡。

内心深处恐惧死亡，却又一直拼命躲闪不去面对，这种不一致和纠结，只会为自己增添负担。直面死亡，看清什么必将舍弃，什么可以长存，反而容易安下心来，从容前行。

身体有它的使用期限，如同每一种关系，无法期待天长地久。然而，每一刻、每一天的用心，认真对待所有人与事，给出爱，这样的活法，却可以让每个寻常的日子开始熠熠生辉。爱的流动带来心灵的丰润与鲜活。若你尽你所能，元气充沛，酣畅淋漓地活过了，尽心善待了所有人，那么，无论是谁，何时离开这个世界，有没有做出当面或口头的告别，都可以了无遗憾。🌿

在日本，"手顺"是铁律

◇ 李 珍

初来日本时，我在连锁超市当过半年收银员。那是我第一次接触收银员工作，以为没啥难的。没想到，日本收银员上岗前还得经过大概一周的培训，每个人都拿到一份严格的"工作手顺"（工作流程表）。其中有一项规定十分有意思：在找给顾客零钱时，一定要用双手递给顾客。"工作手顺"里面还用粗体将"双手"二字加粗加黑了。但我没在意，认为这就是纯粹出于对顾客的尊重而设立的要求，没什么实质意义。

有一天，超市搞啤酒促销活动，附近的居民很多人开着车来买啤酒，收银柜台前面排起了长长的队伍。这可苦了我们这些收银员。要知道，我们都是女性，而当天超市打折的啤酒全是12个一箱的易拉罐，结账的时候得将啤酒抱起来扫一下箱子侧面的条形码（那时还没有扫码枪）。这是大件商品，超市没那么大的塑料袋给顾客，但为区分商品是否已结账，收银员得在结账后给啤酒箱贴一段印有超市标志的胶带，忙得不亦乐乎。

为了加快收银速度，我也顾不上坚持"工作手顺"了。一位男士买了一大箱啤酒，我飞快地抱起箱子扫描了条码，报出价格的同时收了他给的1万日元（约合607.6元人民币），收银机打开后迅速将找零的钱取出，一手将钱递给顾客，一手撕下一段胶带贴向箱子。

"下一个！"我吆喝一声，准备接待下一位顾客，却听见刚才那位男士"啊"了一声。抬头一看，天哪！我把零钱放到箱子上，却把胶带贴在他的手上了。这种胶带的黏性特别强，这位顾客手背上又有挺多汗毛，往下撕胶带可不容易。每撕一下，他的脸颊就痛苦地抽搐一下，等全撕下来，他的手背已经没有汗毛了。我目瞪口呆。在日本让顾客受到这样的"待遇"，员工也许会被开除的。我急忙道歉，负责监督所有收银员的副店长也很快赶过来，不住地向顾客道歉，还抱起那箱啤酒送顾客出门。顾客开车走后十多分钟，副店长还在停车场鞠着躬。

这种事在日本超市算是个事故。当晚，我写了一份长长的事故报告书——按规定这种报告书至少得写2000字。我觉得这比工作还累。在我看来，白天的事很简单，就是忙中出错，写2000字好像没必要吧。

副店长后来告诉我，其实当天我的错误就是没按照"工作手顺"中"一定要用双手将零钱递给顾客"这一条做。如果我用双手递还了零钱，就不会发生那样的事情。我这才意识到，那一条规定确实是有实际作用的。

这件事我一直牢记在心。后来，我参观过日本的工厂，也去过销售企业，无一例外都有"手顺"。很多在外人看来没必要做出统一规定的事，在"手顺"里都有明文规定，员工必须严格遵循。"手顺"往往是经过千百次经验总结后制定的流程，可以避免很多问题。

日本的产品不良率很低，不同批次的产品质量毫无差别，就是因为人们处处遵守类似"手顺"这样的严格规定。有人说日本职场僵化，员工没有发挥余地，但"手顺"确实解决了人为因素导致产品和服务质量参差不齐的问题。从结果看，"手顺"还是个好东西。🌰

"手顺"往往是经过千百次经验总结后制定的流程，可以避免很多问题。

请珍惜身边爱做饭的人

◇ 顾典君

每次回家，跟着妈妈进厨房，看着那些熟悉的菜，一道道端上桌，看着她忙碌的身影和欣喜的笑容，心里暖暖的。

每一个爱做饭的人都是"天使"

最喜欢那些会做饭、爱做饭的人，他们大概也和我妈妈一样，温柔、善良、无私，和一个爱做饭的人在一起，生活一定很温暖。

都说："要抓住一个人的心，首先得抓住他的胃。"可见食物对人的诱惑力之大，而一个会做饭的人，自带光芒，还会因美食结交许多好友。

每一个爱做饭的人都是"天使"，他们行走在熙熙攘攘的人世间，以一颗温暖的心和一双巧手，把生活中美好的东西告诉别人。

爱做饭的人，为人不自私

汪曾祺说："愿意做菜给别人吃的人，是比较不自私的。"每做一顿饭，都繁杂又耗时，从买菜、择菜、洗菜到烹炒，短则1~2小时，长则4~5小时，忍受着油烟的熏染，用心烹饪每一道菜，只因为有特别的情谊。

爱做饭的人，不自私。他们懂得食物的珍贵，温柔地对待一蔬一饭，看着新鲜水灵的瓜菜，都能感到生之喜悦。做菜的人一般吃菜很少，饭菜上桌，只是每样尝两筷子而已，于他们而言，做饭最大的乐趣，是看家人或客人吃得很高兴，盘盘见底。

爱做饭的人，活得很精致

老子说："治大国若烹小鲜。"那些热爱做饭的人，总会把生活打理得井井有条，他们追求品质生活，活得更精致。

清朝的袁枚，出了名的爱吃，平生品味似评诗。他集天下美食名点，编辑成《随园食单》，记述菜肴、饭点和茶酒共326种，即使只是做简单的茶叶蛋，都需"两枝线香"，约4小时，方能恰到好处地腌入滋味。

袁枚对食物如此讲究，对生活更不会轻易妥协。不愿意做官就想办法辞了，喜欢看书就收集各种书籍，他追求一切美的东西，将生活过得精致又舒适。

爱做饭的人，处世更旷达

爱做饭的人，心胸开阔，面对人生的起起伏伏，能积极面对，为人处世也更旷达。

苏轼一生坎坷，一次入狱，多次被贬，从黄州到惠州再到儋州（今海南儋州市），妻死父丧，与至亲相隔天涯，仕途不顺，生活困窘。但他并没抱怨，将别人十分的不如意，化作自己十分的热情，走哪儿吃哪儿，还自己亲手细做。"东坡肉"名扬四海，不仅菜名选自他的字，更是他首创此菜，还专门写词介绍怎么做，"慢着火，少着水，火候足时它自美"。苏轼随遇而安，热衷研究各种美食，所有的不如意都被食物消化，剩下的都是坦荡和豁达。

爱做饭的人，热爱生活

每一个爱做饭的人，都是积极、温暖、热爱生活的艺术家。他们享受与柴米油盐、锅碗瓢盆在一起的细腻又有滋有味的日子。他们似乎有魔力，凭一双妙手，把房子和出租屋变成了家。闲暇之余，他们喜欢去菜市场逛逛，听听那鲜活的吆喝声，体验真实的烟火人间。再用热气腾腾的饭菜，温暖身边的每一个人。与他们在一起，日子不会枯燥，四方厨房，就是他们自由驰骋的沙场，他们将满腔的爱意，都倾注在食物里，无声无息地暖了心，暖了胃。

爱做饭的人，有耐心，很温柔。他们能将平淡日子，过得有声有色，充满欢声笑语。这个世上，能陪你下馆子的人很多，但是愿甘心为你做饭的人，屈指可数。珍惜身边那个爱做饭的人吧，不要让厨房的烟火掩盖了那份纯粹的爱。

好人

◇爱玛胡

　　要过春节了，门诊病人一点儿不见减少。我屁股不挪窝地一直看到下班时间，眼看门口没有病人了，隔壁诊室传来锁门的声音。我站起身，伸伸腰和脖子，准备洗手下班。

　　刚关了电脑，门口一个人影一闪，又晃了回来，是个60多岁的男子，貌不惊人，穿着旧棉服，手里还拎个大行李包，看上去沉甸甸的。他拿着号单问我："看病在这里吗？"我说："下班了，去急诊吧。"但看他脸色不好，我又接过号，电脑重新开机。他有点儿局促地跟我道歉："耽误您时间了。"坐下，把包放在双腿间夹得紧紧的。

　　原来他刚刚在开车时，突然心慌，心跳很快，当时人就快要晕过去，眼前也模糊了，出了很多汗。亏他还晓得把车开到路边停下。

　　他坐着歇会儿，自觉好些了，抬头发现正巧在医院旁边，就挂了个号。我一听大概就知道是怎么回事儿，检查了血压心跳，开检查单："你应该是突发心律失常了，去查血做心电图，我估计你要住院。"

　　他一听就急了，双手直挥："医生我不住院，你给我开点儿药吃就行。"怕住院的病人不止他一个，我说："住不住院的，检查你总要做，我才知道该开什么药给你呀。"

　　他觉得有理，接了单子，拎包要走。

　　我说："心脏不好还拎着重物满楼跑，出了事我可负不起责任。包就搁这儿，没人拿你东西，我帮你看着。"看那包四角都磨得起毛了，能是什么好东西？老人就是这样，啥都当宝。

他犹豫一下，把包放下，走了。

我起身把他的包踢到桌子下面，别说，还挺沉。一时没事，就晃到候诊大厅看一眼电视——都关了，又上了个厕所，刚晃回来，他也进门了，手里拿着报告：果然是心律失常，还好没有缺血。

我劝他最好留院观察，哪怕一两个晚上也好，否则万一在高速路上或者哪里发作了怎么办？他还是坚持只开药不住院，说，他有事，要宽限两天。已经打电话叫人来接他了，路上不会出事。

我开好药方签好字，还问："什么事比命金贵呢？我搞不懂你。"

他说："医生你不晓得，我带了一二十号人做工程，年底好不容易才结清账，一百多万在包里，我要赶回去发工钱大家好过年。"

一百多万？一百多万什么？我傻了，指指桌下的包，他点点头。我脑海中闪现出各种拖欠工钱、跳楼索酬、黑心老板的新闻报道，脱口而出："你真是个好人呀。"又说，"那你可千万注意，一忙完就要看病，好人要活长一些。"

这时，接他的人也来了，弯腰从桌底把包拽出来。我说："你心真大，一百多万就交给不认识的人管。"

他冲我笑："我知道你是好人。"

我想起我到处晃悠，把一百多万就孤零零地撂在那儿，真是一头汗哪。

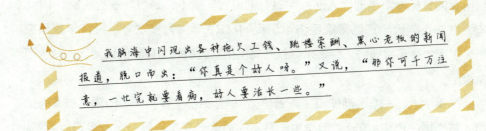

我脑海中闪现出各种拖欠工钱、跳楼索酬、黑心老板的新闻报道，脱口而出："你真是个好人呀。"又说，"那你可千万注意，一忙完就要看病，好人要活长一些。"

赢者的
诅咒

◇ 姚耀军

　　竞拍时力压群雄，成功将标的物揽入囊中，但事后看来，这只不过是亏损的前奏。这种亏损要么表现为标价过高，要么表现为虽然标的物物有所值，却低于赢家在竞拍前对其的预期。1971年，美国工程师卡彭等人在研究墨西哥湾石油开采权的竞拍时首次提出"赢者的诅咒"这一概念，揭示了该现象。此研究总结道："如果谁对他认为值得的一块土地进行投标，从长期来看，他总会输得精光。"

　　卡彭等人的研究立即引起经济学家们的注意，因为按照标准的经济学理论，当所有的竞标者都是理性人时，"赢者的诅咒"就不会是很普遍的现象。1983年，以波士顿大学选修微观经济学课程的MBA学生为被试者，经济学家马克斯·巴泽尔曼和威廉姆·萨缪尔森首开先河用实验检验"赢者的诅咒"，令人印象深刻。

　　在课堂上，一个装满硬币（或者价值4美分的小文件夹子）的罐子被拿来拍卖。整个罐子价值8美元，但学生们并不知道这一事实。每一个班级进行4次实验，12个班级共进行了48次实验。统计结果表明，学生们的平均估值是5.13美元，远低于真实价值8美元。然而，赢家出价的均值高达10.01美元，这意味着每个赢家平均亏损2.01美元。2017年诺贝尔经济学奖得主、行为经济学大师理查德·塞勒对此幽默地评论道："如果是这样，这些实验根本就不需要国家科学基金会提供资金资助。"

随着研究的深入，人们发现"赢者的诅咒"发生在很多领域。例如，球队在转会市场上花高价买来的球员后来却表现平平；出版商为书籍预付了高昂的版权费，最终却没有收回成本；麦肯锡公司曾对《财富》500强和《金融时报》250强的大企业在1998年以前进行的116项并购案例做过统计，发现23%的企业通过并购获得了效益，61%的企业失败，还有16%的企业成败未定。

行为经济学认为，"赢者的诅咒"根源于过度自信的认知偏差——人们总是倾向于认为自己的智慧、判断和能力高于其他人，对事件发生概率的估计经常走向极端，即分别高估与低估大、小概率事件发生的可能性。总结起来，导致过度自信的原因有四：第一，知识幻觉，即人们通常会高估私人信息的准确性，并认为随着信息的增加，决策能力会增强；第二，控制幻觉，即人们经常相信他们对某些本无法被控制的事情具有影响力；第三，证实偏见，即人们总是倾向于寻找和自己一致的意见与证据；第四，竞争的生理效应，神经科学和生理学研究证据已表明，当我们处于竞争状态时，身体会开启危机状态下的生理电路，而随之增多的体内化学反应会对大脑的思考方式产生影响，驱使人们冒更多的风险。

何以破解"赢者的诅咒"，走出过度自信的泥沼？希腊古城特尔斐的阿波罗神殿上刻有七位智者写下的名言，其中流传最广、影响最深，以至于被认为点燃了希腊文明火花的却只有一句，那就是："认识你自己。"

希腊古城特尔斐的阿波罗神殿上刻有七位智者写下的名言，其中流传最广、影响最深，以至于被认为点燃了希腊文明火花的却只有一句，那就是："认识你自己。"

垂死
之家

◇莫小米

很多人去印度，都会去这个地方——德兰修女生前创设的收容所——垂死之家。

有的人只是去观光，拍些照片发朋友圈；较多的人想做几天义工体验一下，属于深度观光。网上攻略很详尽，报名时间、志愿内容、食宿安排等。

他不一样。

十多年前，他大学毕业两年，有一份体面的工作，领一份过得去的薪水。周末开车爬爬山，和朋友吃饭聊天K歌；或宅在家，写写文章听听碟。

老板很器重他，当他提出想去印度做义工时，竟然给了他三个月的假。本来他是想辞职的，目的是圆大学时代的一个梦。

中国的春节刚过，三个月假期已满。他坐在加尔各答的一家网吧里，给老板写了封邮件——正式辞职。

面试时修女曾问过他："你为什么来这里？"他答："我想帮助他人。"修女将义工卡交到他的手上，说："我们不需要你的帮忙，但你需要来这里。"当时一蒙，直到正式辞职时，他有些明白了这句话的含义。

旅行尝试义工的人，大多先从事洗衣劳作。清洗沾染在衣物上的血迹、呕吐物和排泄物，对于学生或都市白领来说，也足以触及灵魂了，但还是跟照料病人不同。

他帮助病人上厕所，厕所只是一条水沟，大小便都在沟中。身高1.65米的他背着抱着夹着比他高大的病人，对方动一动，哪怕自己的拖鞋踩在了排泄物上，也得挺着。

他给病人喂食，最怕的是病人突然咳嗽，喷一身一床，还是次要的。咳到大口地喘气，呕吐，吐得神志不清……当天晚上就离开了人世。

在垂死之家的第一个月，他照料的病人就有三位离世，有天早上他发现一个床位空了，急忙赶到停尸间，只看见一个白布的裹尸包。

正式辞职后，他转去了瓦拉纳西的收容所。与加尔各答的义工人满为患相比，瓦拉纳西的义工寥寥无几，好几百个病人，义工最多的时候没有超过十个人，因而非常忙碌。他和后来的妻子一起在圣河里洗沾满污秽的衣物，仿佛也是在一点点儿地洗涤心灵。

他背一位85岁患精神病的老婆婆，走出房间晒太阳。一位75岁的老人，平时经常帮助老婆婆，老婆婆脾气相当暴躁，对谁都不领情，对那位老人却是个例外。

他看见，温煦的阳光下，老婆婆那颗干瘪的头靠在那位老人的肩上，絮絮叨叨，像一对陷入热恋中的情侣。生死无情，唯被爱点亮。

此刻，他内心澄澈，犹如新生。

面试时修女曾问过他："你为什么来这里？"他答："我想帮助他人。"修女将义工卡交到他的手上，说："我们不需要你的帮忙，但你需要来这里。"

保养好
你的微笑

◇ 白音格力

少年好，好在韶华易老，他仍鲜衣怒马，爱到星眸闪耀，仿佛不管经年，都可璀璨微笑。

岁月渐深，一路走来，若一个人仍内在清澈，不惧不忧，自持从容与美好，所望来路，内在安稳，我相信，这时他眼里的笑，是春光，是千里莺啼，纷纷红紫。

所以，走过多远的路，行过多深的岁月，我们都愿归来时仍是少年。能携清风，邀明月，能五百年谪在红尘，三千里击开沧海，依然能安然明媚，灿烂一笑。

容颜会老的，爱会老的，藏都藏不住，保养都保养不好。而微笑，是一个人心底的光，是流泉，是精神上的气质，只要你愿意，你的眉眼间，总有青翠欲滴的时光，总有嫩绿如芽的清风。

一直相信，树开的所有花朵，都是情深意浓的笑。记得一年在春山之巅，看墨绿的松，有春风拂面，我知道，整个的荒山已满是笑意，因为花籽在来的路上了。不经意，看到一山沟坡上一树红，像火一样的红。其实不是纯红，是嫣红。嫣红惹眼，在春山里，红红火火似的。

当时不顾一身的疲惫，赶着去见这一树红。终于走近它，是野杜鹃，一朵一朵，薄薄的瓣，开得那么热闹，像一只只的眼睛，笑着看我。那一刻，好想抱起那一枝枝嫣红。我在便笺上写下一句"在这个初春里，你早早地开了一树的笑"，然后挂在枝上，寄给春天。

不被岁月的秋风抽空了魂，不怕世事的冬雪覆盖了愿，一棵树，默然迎接着风霜雪剑，一场寒里保养一整个季节的笑，所以才会在来年依然开花。

每到深秋入冬，便觉得要保养好自己的微笑。我知道微笑是花，是人身体这株植物开出的最美的花。如此再添茶翻书，书上有古人扫尘。尘世也就晴了，暖了。然后把清瘦的往事摆上茶席，把花香虔诚地邀来，把白云，把清风请来作陪，好好地聊一聊，那些春天里的花事。

我知道，对每个人来说，人生的秋迟早会来的。身体的枝干迟早要脱尽繁华，一片片落叶将覆盖自己的人生。

可是，落叶的离开是替树送一封信，路过你眉间的第一场小雪，早早为花籽送了信。我只需保养好我的微笑，我知道，我光阴的信箱里，春水初生，花月同行，一封封信，莞尔见我。

人与岁月，与往事，与一个人，甚至与自己，最好能相安于日常。让心的宅门前，开一丛清喜的山花，名字叫"微笑"，风来几分明媚几分自在，雨来几分安然几分自若。

请相信，保养好微笑，可过渡沧桑。

即使多少年过去，你一生经历怎样的沧海桑田，都不敌你那一笑，山花烂漫，山河故人，皆认得你。

人一生，踏过石径清露，别过孤亭霜叶，最美或许就是那么一刻，空山月凉思人时，月色给你包扎好尘世的伤口，你仍有保养好的微笑，在每一个平平常常的日子里，温慈，莞尔，一笑。

我知道，对每个人来说，人生的秋迟早会来的。身体的枝干迟早要脱尽繁华，一片片落叶将覆盖自己的人生。

每一朵花都比蜂醒得早

◇凌仕江

川端康成笔下的《花未眠》中这样说道：凌晨 4 点，忽然醒来，发现壁龛里的海棠花开，并没有像他一样睡去。人与物的关系，由此展开情感的延伸。刹那间美得惊艳，点醒了他对自然美的崇拜与牵挂。

一个处于睡眠状态的人，不可能听见花开的声音；同样，一只容易在夜风中入睡的蜂，更不可能闻到花的香味。一个人保持若即若离的醒，方能接住自然投掷的万物秘密。

不少人以为，花都是白天开的。其实不然，越是在夜晚，花越有绽放的激情。如同许多写作者，喜欢在夜晚独守灵感降临。

灵感这件事，与花次第开放有异曲同工之妙。越是失眠者，越容易被醉人的花香吸引，把思想的翅膀扩张得比地平线更宽阔。

我常常思考一些常人不感兴趣之事，比如花和蜂，睡与不睡，或者谁先睡？这当然不可能从《诗经》《楚辞》《本草纲目》里找寻答案，这是自然与生物学科的范畴。即使我承认自己在 23 岁的春天之前，头上长了一根通灵万物的天线，可仍很难将触角连通生物的所有命脉。

每次醒来，看见窗前摇曳的君子兰，而不见那只硕蜂，心里便有了答案。

每一朵花都比蜂醒得早，可谓花未眠，蜂却已入梦。甚至午后，窗外白的黄的七里香，开得漫天遍野，停在花蕊中的蜂，此刻已被醉晕头脑。蜂们不动声色，像不喜欢花的大多数沉默者，简直不想直视花的衣裳。

这仅仅是夜未央之前的景象。

到了晚上，蜂就彻底不一样了，像人一样，蜂是按时睡觉的，只是它不具备人的睡眠深度。蜂是群居，如一支山地快速反应部队，有超强的组织观念，并且有自觉的纪律约束。蜂都选择没有风险的晚上睡觉，遇有不妙的情况，它们会轮流换班睡。但在睡的时候，它们会不约而同地扇动翅膀，用于调节温度。如果是六月天，蜂就会离开花朵到处巡查，甚至停在蜂巢外睡觉。它们简直是世上最有本事调节舒适生活的小精灵。

住在浣花溪边的轲叔，曾给我发来一幅他的摄影，是一枝开得正艳的海棠，海棠花蕊里安睡着一只肥大的蜜蜂。对于这幅海棠图，我没有更多想说的，直接发到朋友圈，天线遥感忽然送来一个句子——每一朵花都比蜂醒得早。

谁料，此言一出，点赞迅速爆棚。这不得不让我感喟，语言的极致终究还是孤独。但孤独的人一旦找到共鸣，好比花挡不住白天和夜晚的绽放，而蜂仅仅是一个发现美的旁观者。

不少人以为，花都是白天开的。其实不然，越是在夜晚，花越有绽放的激情。如同许多写作者，喜欢在夜晚独守灵感降临。

关注自己的「精神长相」

◇张登贵

　　"长相"通常指人的外表，比如脸蛋、头发、身材、皮肤等。延伸一点儿，还包括表情、服装、打扮……而"精神长相"，指的则是人的内在素质，比如自信、善良、正直、诚实等。再延伸一点儿，还包括宽容、风趣、幽默……

　　评价一个人的外貌漂亮与否，见上一面甚至看上一眼，基本上就能得出结论。要评价一个人的品行是否端正，那就很难一目了然了。外表给人的感觉最直接，它能带来的好处也显而易见，所以人们对外表大多非常重视。只要条件允许，做一些适度的打扮、化妆甚至整形，都无可厚非。

　　而某些人对于自己的"精神长相"，显然过于忽视了。无论是精力还是财力的投入，都存在悬殊的差距。结果是，这些人的外在长相，有越来越向上的趋势，街上的美女帅哥，一个比一个靓丽。可是，人的内在素质，长进却不明显，在某些方面，下滑的势头不仅没有减，还有加速的迹象。其实人人都知道，内在素质远比外表重要。精神素质的优劣，更是决定着社会的形象与进步。一个自信、善良、诚实、正直的人，人们都乐于与之相交。反之，为谋私利不择手段，而又心机很重的人，人们肯定避而远之。这样的人多了，社会一定乱象丛生。

　　外表与内在还有一点不同，外表基本上是父母给的，而且容颜易老。随着年岁渐长，个子会变矮，皱纹会爬上脸庞。"精神长相"也会变，但造成这种变化的因素，与年龄关系不大，取决于社会环境的熏染和个人的修炼。所以，人活在世上，无论是为自己考虑，还是替社会着想，在注重外表的同时，还要以更多的投入关注自己的"精神长相"。

"精神长相"优良者的修为是带有共性的，概括起来不过三句话。第一句，"欲望不要太强"。这里指的是私欲。一旦私欲越出了界限，成了损人利己、唯利是图，那就不妙了。第二句，"胆子不要太大"。胆子也有两面性，有时需要大一点儿，有时一定要小一点儿。做人，无论拥有多少财富多大权力，都要有所敬畏——敬畏人民，敬畏法律，敬畏口碑，敬畏规律。第三句，"常替别人想想"。经常想到别人，是文明社会的最重要特征，尤其在面临利益纠纷时，更不能只考虑自己。很欣赏宁波的一句老话："上半夜想想自己，下半夜想想别人。"在大量的社会活动中，我们付出了精力与智慧，总得有一定的回报。但是，如果事事只想自己的利益最大化，而不让别人也得到他应得的那一份，你的"吃相"就太难看了。奉行如此处事原则，与你合作的人必定越来越少，人生的成功率，也一定越来越低。

微信创始人张小龙有句话说得精辟："笨，是一种人品。"他所说的"笨"，并不指智力不及他人，而是说在竞争中不运用小聪明去击败对手。这的确能反映出一个人"为他人着想"的品格和胸怀。愿我们的"精神长相"与外在长相一样，也能日渐美丽起来。

> 外表与内在还有一点不同，外表基本上是父母给的，而且容颜易老。随着年岁渐长，个子会变矮，皱纹会爬上脸庞。"精神长相"也会变，但造成这种变化的因素，与年龄关系不大，取决于社会环境的熏染和个人的修炼。

像龙虾脱壳，
每一年

◇吴淡如

每一年，都该送自己一个礼物才好，才能记得那一年没有白白地活。

为了要记住什么，让这一年显得有意义，我通常会想出一些以前没有做过的事情。

例如，有一年去南极，有一年去北非，今年送自己的礼物是奈良马拉松。

其实这个礼物本来有一点儿赌气的成分，因为我已经是第四年在东京马拉松的抽奖选拔中落选了。

2018年年底，我送自己的礼物是奈良马拉松，全马。几个月前，为了弥补失落感，我替自己报了不需要抽奖，只看先来后到的奈良马拉松。

秋天和春天的温带地区是跑马拉松最宜人的季节，冬天肯定是严苛挑战，特别是在以阴湿闻名的古都奈良。在报名时我当然没想这么多。

前一天在东京把公司该开的会都开完（我的小公司设址东京），下午才急奔奈良。到达时连车站都是"几无人烟"，依规定在前一天一定要完成马拉松报到，走进会场领号码牌时我真敬佩那些在刺骨冷风中还热情招呼的义工。

奈良马拉松，得绕过一整座山，6小时要完成42公里，传说中就是场硬仗，特别是气温平均只有三摄氏度，冷风灌进肺里有如醍醐灌顶，前5公里我就不断地"撞墙"，冷空气都在肺里，脚趾像冰棍，心中有两个人不断对话："放弃吧，跑10公里就好，去奈良公园喂鹿？""让我想想。""放弃吧，跑半马就好，回东京晒太阳。""让我想想。""其实，根本没有人在意你是否跑完，你没跟朋友来，没有面子问题。""不行，再跑12公里就完成了，看时间走也走得完。"然后在不断挣扎攻防中，看到终点之门。

我看来是个意志力坚强的人，只有自己能说服自己，但未尝没有犹豫和却步时。只是，通常那个站在面向阳光处劝进的声音比较容易成功。

劝进，然后像龙虾脱壳。龙虾是这世界上最辛苦的生物之一，想长大就要脱壳，有的一年脱个20次，不脱也会死在老壳里。如果自己脱壳失败，也就表示呜呼哀哉。人，比它幸运得多。

我猜，脱壳其实是很痛苦的吧。在冰冷的空气中跑马拉松比较起来不算什么。我一路为自己想得到的所有人祈福，包括生者与逝者，终于完成这个充满痛与快乐的新年礼物。

有什么比路程单调又冗长的马拉松时间更能彻底和自己对话呢？完成等于自我更新。我，又脱了一次壳。

感觉去了半条命，但是，多么值得对自己说：新年幸福，新生快乐！◉

> 我看来是个意志力坚强的人，只有自己能说服自己，但未尝没有犹豫和却步时。只是，通常那个站在面向阳光处劝进的声音比较容易成功。

3

致未来
ZHI WEILAI

愿你千帆过尽，归来仍是少年

我明白你会来，所以我等。——沈从文《雨后》

如果结果不如你所愿，就在尘埃落定前奋力一搏。——《夏目友人帐》

只有用水将心上的雾气淘洗干净，荣光才会照亮最初的梦想。——《百年孤独》

时间的朋友：

人生海海，期待与美好未来携行

在别人的世界里，寻找自己。这是一段关于"你"的未来可能性的一次探索，而这个"你"存在在故事中的任何一段人生旅程里。

未来需要什么样的终身学习者？如何结交比你更优秀的人？你会不会大器晚成呢……全方位呈现有趣、有识、有情的人生，小中见大，启发心智，从心态、生活方式、人生意义等方面教你活得潇洒、精彩。

去热爱，去奔跑，去发现，总有一天，你也会迎来那一阵属于你自己的风。

你会不会大器晚成

◇贝小戎

　　一个多月前，北爱尔兰女作家安娜·伯恩斯凭借《送奶工》获得了2018年英国布克奖。她这部小说的一个特别之处是，故事发生地和人物都没有名字，因而读起来有点儿费劲。本届布克奖另一个引人注目之处是，获奖的安娜·伯恩斯已经56岁了，而另一位入围的黛西·约翰逊只有27岁，是布克奖历史上最年轻的入围者。

　　小说界有许多早熟的天才，好像写作就是要凭借年轻时的锐气。福楼拜29岁开始写《包法利夫人》，5年后写成。托马斯·曼写出《布登勃洛克一家》时才24岁。托尔斯泰34岁开始写《战争与和平》。乔伊斯在30多岁时写《尤利西斯》，之前他已经写了两部书。普鲁斯特算是大器晚成的，因为年轻时他在巴黎的沙龙里蹉跎岁月，但他开始写《追忆似水年华》时也才37岁。卡夫卡写《变形记》时31岁。

　　《纽约时报》说："在迷恋青春的美国，作家更是出道得早。梅尔维尔32岁出版《白鲸记》。'迷惘的一代'早早就开始发声了。菲茨杰拉德28岁写出了《了不起的盖茨比》，海明威27岁时写出了《太阳照常升起》。'二战'后一代的美国作家同样早熟。诺曼·梅勒25岁出版了《裸者与死者》。"菲利普·罗斯和托马斯·品钦也是二十五六岁就震惊了文坛。一位微博有34万粉丝的文字工作者看到这组数字之后很受刺激，让我住嘴。我安慰她说："你可以到50岁时，一下子出两本代表作。"她说："难道要我出《如何成为一名失败者》

（上、下）？"

其实大器晚成的作家也不少：马尔克斯出版《百年孤独》时40岁，马克·吐温出版《汤姆·索亚历险记》时41岁，笛福写出《鲁滨孙漂流记》时已经快60岁了，美国退休教师弗兰克·迈考特出版《安琪拉的灰烬》时已经66岁。大器晚成的不止作家，美国著名厨师茱莉亚·柴尔德37岁才入读厨艺学院；电影导演希区柯克有影响的作品如《后窗》《迷魂记》《惊魂记》等都是他在54岁到61岁之间完成的。

但大器晚成的人也不是一下子就脱颖而出的。美国记者格拉德威尔说，跟毕加索相比，塞尚是大器晚成型的，但塞尚开始画画的时间几乎跟毕加索一样早。大器晚成的人要更加努力，还需要外界的帮助。"天才的一切看起来都轻松无比，一开始就有人吹捧；大器晚成者则备尝辛酸，不但要坚忍，还要有盲目的信心（幸亏塞尚在高中阶段没有遇到这样一类辅导老师，在看了他的早期素描手稿之后劝他不要自不量力，干脆改学会计算了）。"英国设立了一个奖项，专门奖励50岁以后才出版处女作的人。30岁的作家也许已经很老练，50岁的作家也可以很新锐。

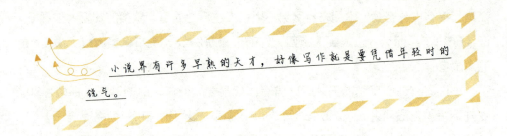

小说界有许多早熟的天才，好像写作就是要凭借年轻时的锐气。

未来需要
什么样的
终身学习者

◇ 韩 焱

怎么科学、高效地学习？为什么阅读是最好的学习方法？人工智能时代更应该珍视哪些人类独特的智能？这些话题探讨到最后，都会指向一个方向——未来到底需要什么样的终身学习者。

终身学习者的高级认识要想获得高级能力，你就需要对能力有高级认识。所有的高级认识，至少符合这样四个标准。

1.它能站在解决问题的角度，把事儿说清楚；2.它能操作和执行；3.它显而易见，但大多数人视而不见。即：它能揭示事物间微妙且有意义的联系；4.它能从不同角度被科学验证。

我一直在寻找符合这些标准的高级认识。最为认同的，是圣塔菲研究所科学家斯科特·佩奇提出的"多样性思维"。

未来需要的，正是有"多样性思维"的终身学习者。

怎样才算一个具有"多样性思维"的人？

要成为"多样性思维"的人，你至少要具备以下四大类能力。

第一大类能力，是你能够变换方式来看待同一个事物，也就是切换视角。换句话说，你能选择不同语言或者不同结构来描述一个事物。

比如，同样在描述一片森林，如果你想让人不迷路，则画张地图；如果你想让人了解它演变的历史，做一张年代表；如果想让人知道你与这片森林的故事，那就写一篇文章。视角选择对了，可以降低待解决问题的难度。

第二大类能力，是你能掌握一系列不同的做事规则。这类能力有个专业说法，叫"启发式"。

你肯定常听到要"跳出框架进行思考"，但此说法很多情况下是错的。你不可能脱离具体情境去寻找一个问题的解决方案。你要想获得更好的答案，要多一些视角，多尝试一些"启发式"，然后选择一个合适的视角，在这个视角框定的范围之内，重新去审视里面包含的东西，再按照一定的做事规则展开自己的行动，就能构建起自己独有的竞争力。

第三大类能力，是你能够把事物做出独特的有意义的分类，这种能力叫作"解释"。

比如，美国总统竞选时，通常是把选民按照欧洲裔、亚洲裔、非洲裔来分类，或者教育水平和收入水平来分类。但是，专家经过研究，认为竞选团队应该重视"足球妈妈"这个选民类别——这就是找到了对选民的一种独特的"解释"。"足球妈妈"在30~40岁之间，有子女，有工作，有配偶，住在郊区，常开着SUV，带着孩子在家和学校，以及运动场之间穿梭，对选票有巨大影响。

第四大类能力，是你面对各种决策时，能够挑选出合适的多种模型，从不同角度对未来的结果做出预测。这种能力叫作"模型思考"。

股神巴菲特和搭档芒格，就创造了自己的"心智模型网格"。说白了就是一个包含了很多投资高手，以及他们的心智模型的团队。那些多样性的模型就是他们投资决策中可以动用的群体智慧。

如果要完成非常难的任务，那么，拥有多个预测模型的普通人要比仅掌握少数几个维度的专家，准确性要高很多。即使专家与专家之间，谁拥有更丰富的视角，谁就更能胜出。

"多样性思维"对组织的启发是，要追求"君子和而不同"，聚拢价值观一致，但是各怀绝技的人才。这样，才能获得多样性思维带来的最大红利。●

你要想获得更好的答案，要多一些视角，多尝试一些"启发式"，然后选择一个合适的视角，在这个视角框定的范围之内，重新去审视里面包含的东西，再按照一定的做事规则展开自己的行动，就能构建起自己独有的竞争力。

请不要
搞砸
我的葬礼

◇陆洋

很少有人总是想象自己未来的葬礼是什么样子。

豆瓣社区有一条提问：你希望自己的葬礼是什么样的？排名第一的评论是，还是不要搞葬礼了，我的遗体也是很"社恐"的……

前些日子，社交媒体被老布什的葬礼刷屏了。据说，老布什想要拥有一个愉快的葬礼，并提前很久就开始安排了。他让老朋友、美国前参议员阿兰·辛普森早早拟好悼词，并叮嘱他，"希望你可以讲得幽默一点儿"。他在 3 年前就邀请了加拿大前总理布莱恩·穆罗尼参加葬礼。儿子小布什也答应他，这一天会是快乐的。

现实如他所愿——2018年12月5日的华盛顿，美国前总统老布什的国葬仪式上，没有眼泪。87岁的阿兰·辛普森颤颤巍巍地走上台，环视现场一周，第一句话"放轻松，乔治说我只有10分钟时间"就惹得台下哄堂大笑。最后一位发言者小布什创造了至少十次全场笑声。

阿兰·辛普森说，老布什喜欢听笑话，越多越好。活到第94个年头，老病相侵，帕金森症、肺炎与支气管炎、血液感染交替光临，但他仍愉快地活到了人生的最后一天。弥留之际，老布什依然保有幽默。老朋友詹姆斯·贝克（曾任美国国务卿、白宫办公厅主任）的妻子当时走上前，把手放在老布什的额头上，对他说："我们非常爱你，首长。"老布什睁开一只眼睛，俏皮地回复："好吧，你最好快点儿。"最后时分，他接到了小布什打来的电话，留下了人生最后一句话："我也爱你。"

这样的人当然值得拥有一个温暖而美好的葬礼。

皮克斯的动画片《寻梦环游记》中，人会经历三次死亡：第一次，身体机能停止运转，在生理上宣告了死亡；第二次，别人来参加葬礼，在社会上宣告了死亡；第三次，当世间再没有人记得他的时候，那才是真正的死亡。若真是这样，老布什的这次葬礼定会为他延迟"真正死亡"的时间，因为葬礼上人们对老布什的回忆简直太打动人了。

美国人与中国人对葬礼的理解大相径庭，中国人的葬礼往往悲恸而热烈。至亲之人的葬礼，我参加过两次，念初中时我外公的，念大学时我祖母的。

初中那次，因为我的外公罹患癌症，去世前受尽病痛折磨。所以当他真的去了，对我的冲击已被早就预见的结果磨平了许多。作为我儿时记忆中最"盛大"的一场葬礼，有些片段永远留在了我的脑海中：人们悲戚的神情，堵满小区街道的花圈和车队，大人们的失声痛哭，以及那一段开往墓地的遥远路程。

在那之后，葬礼对我来说就不仅仅是一个名词了。我时常回想起自己与外公相处的时光，时间长了，我终于知道，那个人再也回不来了，而结点就是那场葬礼。到我祖母的葬礼时，我已经成年，需要参与到葬礼的环节中。但当哀乐响起，悲伤暴露在空气中，已经低落了很久的情绪需要再一次爆发。那一刻，荒诞感油然而生，对逝者的依恋与不舍被迅速抽离。

参加亲友的葬礼，真的是人生中最糟糕的时刻之一。我陆陆续续又参加了一些人的葬礼：同学的父母痛哭着把游戏机和限量版耐克鞋与骨灰瓮一同下葬；在国外因意外逝世的朋友，其葬礼随着家人的晕厥戛然而止；长辈的子孙后代们跪了一路，每个人都需要两三人搀扶……这些悲伤，超越了葬礼的承载，每次参加之后都要缓上好几天。不仅仅是为逝者痛惜，更为了葬礼上释放的悲伤本身。

中国人的葬礼大多是苦的，要极尽悲伤。曾经看过一篇文章，讲的是职业哭丧人的经历。哭灵前，职业哭丧人会专门向逝者亲属询问逝者生前的事迹，为每个逝者"定制"一份专属于他的哭丧词。但哭丧词到底是大同小异：历数逝者一生艰辛，在外打拼、养儿育女的不易……

可一个人的一生怎么能只用几句套话来概括？许多人一生中都回避谈论死亡、思考死亡，所以当死亡真正来临时，也就失去了坦然面对的能力。这个世界正是因为爱和羁绊，才温暖得让人留恋，或许这也是葬礼中最应该被表达的。🌑

大公司到底喜欢什么样的实习生

◇ 鳄鱼姐

每一年来湖南广电的实习生都仿佛过江之鲫，每一个实习生无不想通过漫长的实习期，得到屈指可数的几个留下来的名额。在下笔之前我停滞了很久，我原本计划着告诉那些实习生，如何通过层层竞争脱颖而出，最终得到你深切渴望的职位。

可最近接二连三发生的几件关于实习生的事情，让我忽然慎重起来。也许比起学习如何去争夺，你们更应该了解的是，这个庞大的传媒机构最需要的是什么样的人。

去年的春节假前夕，台里发生了一件大事。每逢春节假都是安全播出的特殊时期，一年365天播出不间断，却也挡不住春节要全家团圆的习俗。每逢这个时候，所有在岗的实习生在经过培训后，都会被编入值班名单。

当时有一个实习生却在值班的时候，在直播间里趴在直播台上睡着了。这件事情说大不大，说小不小，因为肢体触碰到开关，直接打乱了播出系统，造成播出事故。若是平时，如果没有被人看到，就权当没有发生。但很遗憾的是，这个实习生的运气不是很好，那天她正好撞上台长带着各级领导巡视工作。于是那天，我们各岗位轮休的人员忽然收到了紧急通知。除了检讨，大家还必须从天南地北，迎着春运的茫茫人流，想尽一切办法跑回来值班。

《爱情公寓》里，曾小贤在深夜档一个人拿起话筒自嗨；或者在《从你的全世界路过》里，邓超带着妹子在直播间对着话筒骂街的情景，都是不可能在现实中发生的。现实是，主持人通过话筒说出来的每一句话，都不再是代表自己，而是整个平台的立场，需要对此负责。

隔壁大楼的实习生就更多了，每逢下班的时候，浩浩荡荡的实习生从大楼里涌出来，出现在公交车站，或者是骑着共享自行车飞驰而过。马栏山的综艺团队是这个片区一张光鲜的名片，事实上也是最苦最累的工作。综艺组出了名的昏天黑地，在综艺节目录制之前，团队要做大量的案头工作，然后形成文案和台本。在执行期，一个人每天睡觉的时间不足五个小时。

上一次我在综艺组的朋友跟我吐槽了一件大事情。节目在彩排的时候，各位嘉宾先后到场。导演在现场热络地喊："我们的节目即将进入录制，各位准备好。"然后现场的灯光、摄影、导演、场记、化妆师各就各位。

当时录的是一个小剧场，结果几个嘉宾一开口，忽然发现牛头不对马嘴，所有人的台词和对白都是混乱的。导演当即拿了大家的台本一看，发现台本的内页都订错了。回头一查，结果是一个实习生在打印成册的时候给装订错了。

这固然不算什么大事，因为当场就及时发现并解决了错误，但大家的心里已经对实习生有了一番评价。在这样一个高强度节奏的团队里，踏实和靠谱真的比什么都重要。

在我进入广电不太长的时间里，实习生已经换了一拨又一拨。我见过天天从市区提着星巴克咖啡来马栏山送给前辈的实习生；我也见过把一件事情搞砸后甩锅给前辈的实习生……

最新留下来的那个1994年的妹子，来之前还是一个什么都不会的新人。但是在极短的时间里，她自己摸索着学习，不到三个月的时间就已经能把文案、摄影、活动兼节目都照顾到。

我想告诉你们的是，广电留用实习生的标准其实特别简单，完全不像你们想象的那么复杂。

那就是——我们想要能好好干活的实习生。

这固然不算什么大事，因为当场就及时发现并解决了错误，但大家的心里已经对实习生有了一番评价。在这样一个高强度节奏的团队里，踏实和靠谱真的比什么都重要。

她与帝王
为邻

◇ 音乐水果

考古专业的纳兰研究生毕业后，顺利进入汉阳陵工作，吃住也全在陵区内。我们都调侃她："哎哟，你这是住到陵墓里去了？"纳兰反驳："谁住陵墓里了？我明明住在陵墓上面！"

汉阳陵是西汉第四位皇帝汉景帝的陵墓，汉景帝因与其父汉文帝开创了中国君主专政社会第一个治世"文景之治"而闻名。纳兰初入汉阳陵工作，前两年需要轮岗——每天都要进出葬坑和墓园无数次，每次也都怀着敬畏之心。我说："你不害怕吗？"纳兰摇头。

我这才想起，她在本科阶段，时常跟随导师进行考古勘探。那些墓葬地都在偏远的山区，甚至用手机都无法定位；考古现场黄沙漫天，纳兰用围巾包头，仅露出眼睛，虽"武装"严实，但只要一刮风，还是得"吃土"；在墓坑中，她常常一待就是一整天，拿只小刷子仔细清理出土文物，然后绘制一比一的图样，那素描功力完全不输美术专业的学生。

有次他们挖出了一具尸骨，拍照片时为了对比尸骨的身高，需要一个人躺在旁边，纳兰很自觉地躺下，完全不觉得与骷髅躺在一个坑里有什么奇怪；他们还挖出过明代富贵人家陪葬用的玉质耳环，每位考古工作者都凑过来看看，觉得沾了财气之后，考古勘探能更顺利。对于他们来说，古人及其墓葬只是需要"服务"的对象，没有吉利、凶兆之说。

从那时起，我就把纳兰定义为"大胆"的科研工作者。事实上，他们这些住在陵区内的工作人员没有胆子小的，不仅如此，他们还时常吓到非考古工作者。由于汉阳陵不在市区，纳兰和同事要买日用品只能集体拼车去西安市，等到傍晚拼车回汉阳陵时，司机师傅看见是三个小姑娘，起初还有说有笑，可过了会儿，听到她们谈论的都是"武士俑""陪葬品""刑徒墓地""罗经石""墓园"等内容，司机师傅就不敢说话了。

把她们送到目的地后，司机师傅踩着油门逃也似的离开。纳兰见怪不怪，这位司机师傅可比其他师傅好多了，很多司机听到她们要回汉阳陵后，根本不接单。还没走到宿舍，纳兰又接到了司机师傅打来的电话，师傅的声音都在颤抖："见鬼了！我找不到回市区的路了！"纳兰赶紧指路："没见鬼，您别紧张，在右手边有条小路，不是很明显，您别开太快了！"果然，司机师傅找到了路，还在电话里嘀咕："再也不敢晚上来汉阳陵了。"

有人不敢来汉阳陵，也有人吵着嚷着要来汉阳陵。在夏末的午后，总有一个精神不太正常的中年男子会骑着自行车来汉阳陵门口转悠，他并不会强行进入博物馆，而是站在售票处外嚷嚷："我的女儿是长公主！你们叫汉景帝出来见我！"纳兰的同事们都不理会，那人背着手在空地上走圈圈，走了会儿觉得没意思，就骑着自行车离开。

有时候闹得厉害，惹得来参观汉阳陵的游客侧目，在售票处值班的纳兰就出去制止："别叫唤了，汉景帝嫌你吵！"中年男子信以为真："真的？你是谁？"纳兰继续编："我是汉景帝的洗脚婢。"中年男子恍然大悟："难怪觉得你眼熟！快去给我端盆洗脚水！"与此同时，纳兰的同事们赶紧联系中年男子的家人，让其家人将这人领走——他的家人深知此人病得不轻，又看不住这个能走能跑的人，特意留下了联系方式。

在没有认识纳兰之前，我以为考古工作者的工作内容会很单调，但认识纳兰之后，我发现这些科研工作者乐观坚忍，每日都与历史为伴，并以此为乐，其中的幸福感不足为外人道也。

在墓坑中，她常常一待就是一整天，拿只小刷子仔细清理出土文物，然后绘制一比一的图样，那素描功力完全不逊美术专业的学生。

痛苦
与
快乐
乐

◇蔡澜

　　世界上有两种艺术：一种像凡·高，默默耕耘，潦倒穷死也不打紧；一种像达利，拼命宣传自己，名利双收。

　　凡·高的画是不朽的，但是达利也能在绘画历史上占重要的一席。前者的艺术创作在痛苦中产生，后者却吃喝玩乐。两个人截然不同，喜欢哪一种，见仁见智。

　　做一个艺术家实在不是一件容易的事，从学会画画，就拼命地挣扎，想自己的作品走出一种独立的风格，要这风格被大众接受，才能成名。

　　在成名之前这段过程就要人的老命。画没有人赏识就没有人买，没有人买就没有面包。一两个月挨过去，一两年也忍了，后来只有无穷无尽的等待。那时，自己的信心经不经得起考验？以为就此一生默默而终，半途而废的人不计其数。成功的例子被举之前，已有多少个失败者。

　　过程之中，又有多少艺术家开始变成商人。他们要游说投资的画商，要收买刻薄的批评家，要排挤朋友亲人而让自己的画有多一点儿机会成功，这真是太可怕了。

　　即使能做到开一个画展，鞠躬作揖地请什么名流政要来剪彩，参观的人并不一定懂得画家要表达的东西，那便要向他们解释意图。画要人家来买，巴结庸俗的有钱人，赞美他们浅薄的看法，同意他们无理的批评，忍受他们作呕的态度，这一来，艺术是不是已经变质了呢？

成了名，作品上又要求突破，要求走入一个新的阶段，这是多难的事？求新要不断地吸收，吸收多了变成抄袭的例子也不少。就算给你想出一些新意，但这新意是否会被人接受？那是大问题。

　　突破成功，过了几年，又需要另一个突破，是否能一直保持在高峰的水准？新的一代已经挤出头来，不能持久等于艺术生命的夭逝。

　　不单是画家，所有做艺术工作的人都有这种苦恼。如果走上这条路，就要选择。最重要的还是，先对得起自己。

成功的例子被举之前，已有多少个失败者。

感情
不幸福
是因为
缺乏单身力

◇ 欧阳宇诺

在美国作家普拉姆·赛克斯的一部小说中，达芙妮要为女主角举办一场订婚派对，但是女主角的未婚夫情绪很糟糕，在派对前一直在工作，看电视新闻，收发邮件，冷落了女主角。

女主角向达芙妮哭诉，想取消订婚派对，达芙妮说："不能取消！我老公布莱德利已经让公司的飞机把切克餐厅的食物空运来了！关于不理睬你这一点，别担心！布莱德利几乎从来不和我说话，男人言简意赅、沉思不语的时候最性感了！"

当派对在达芙妮位于比弗利山的西班牙风格的大房子里举办时，女主角又啜泣着告诉达芙妮，未婚夫没有给她买订婚戒指。此时，达芙妮告诉她："听着，布莱德利到尼尔巷去给我买订婚戒指，可是在好莱坞每个人都去那儿买，那说明不了什么。朱莉娅·罗伯茨有大概15枚从那里买来的戒指，但是你看看她那些未婚夫都跑哪儿去了。你知道布莱德利怎么表达对我的爱吗？我生病卧床的时候他给我端茶送水，即使那个病像'非典'那么容易传染。要从细节着眼。"

虽然达芙妮不是小说里的主要人物，但她真是令我印象深刻，因为她拥有一份"婚姻状态中的强大单身力"。情感上不过分依赖布莱德利，就算他几乎从不和达芙妮说话，在达芙妮看来也没有什么。

她有主见地从自己在乎的细节着眼，去体会布莱德利表达爱意的方式：就算达芙妮患上了传染性极强的病导致卧床不起，布莱德利依然为她端茶送水。

前不久我看了一部电影，女主角从事家政服务养活自己，认为人生中只要有威士忌、香烟和男友就足够。她的男友也很穷，为了看场电影，两个人一起去献血领票券。在房东上涨房租后，女主角也不肯放弃威士忌和香烟，只是打包行李，退掉房子，去找以前一起组乐队的老友们。

在同住的请求被现实无情击碎，男友也要去国外工作后，女主角依然坚持自我，在酒吧里喝完一杯酒价也无情上涨的威士忌后，回到了她的住所：立交桥下的一顶红色帐篷里。这位女主角身上具备的自我生活能力及坚持力，应该算是单身力中的强大核心。

无论男女，在恋爱或婚姻中，如果感觉不够幸福，大部分琐碎的原因都可以归纳为：缺乏单身力。反复验证对方爱不爱你，这是情感上不够自信，过度依赖对方的外在表达；指望对方在经济上给予你更多的付出，那多半是你自己的经济实力和你的购买欲望不成正比；对方劈腿或提出分手时，沉迷于痛苦无法自拔，那是因为你缺乏说再见的力量和开始一段新恋情的勇气……要知道，就算我们恋爱或结婚了，我们每个人依然是独立的个体，我们依然要持续拥有单身生活的能力，将自己照顾妥当，让自己快乐。

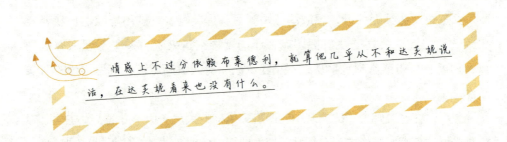

情感上不过分依赖布莱德利，就算他几乎从不和达芙妮说话，在达芙妮看来也没有什么。

有没有一个时刻，让你忽然长大

◇李尚龙

一

从姐姐怀孕三十九周起，我就开始每天往她家跑，每天起床的第一件事就是敲响她家的门。

我不会做饭，也不知道能做什么，有时候帮着点外卖，有时候做做家务，陪她玩玩游戏。虽不知道具体能做什么，但我明白，陪伴是我唯一能做的事情。

我和姐姐是双胞胎，一起长大，从出生开始算，她已经陪伴我二十七年了。

她生产时，我正在上课，不知怎么了，讲过几百遍的课就是不停地犯错，段子讲不出来，知识点卡在嘴边，心堵得慌。

于是我拨通了姐姐的电话，她焦急地喊着："别来，帮不上忙。"

我还是去了，那堂课少上了二十分钟。对我来说，工作可以没有，姐姐只有一个。

她最重要的时刻，我必须在身边，就像我每个最重要的时刻，她永远在身边支持着我一样。

产房外，家人无法进入，从门缝里能看到医生和姐姐的背影。

我情绪焦躁，母亲多次端来水，我拿着杯子，然后放在桌子上。

六小时，病房里没动静，医生索性关上了门，一条门缝也没留，关闭了我所有的信息通道。

后来我才知道，一切并不顺利。姐夫情绪激动，甚至影响了医生。好在医生很耐心，一直陪着姐姐。

六小时里我无能为力，只能祈祷着：神啊，少让我姐受点儿苦吧，如果可能，都放在我身上，我来扛。

我不知道神有没有听到我的祈祷，但至少母亲听到了，她说："别瞎胡说，你哪有那个功能？"

终于，凌晨2点33分，孩子诞生。七斤半，男孩，姐夫发了条微信：母子平安。

从门缝里，我听到了孩子的哭声，生命的声音瞬间穿透我的灵魂，一转头，泪流满面。

妈妈拿出手帕，拭去我的泪，说："我说都会没事吧。"

我倔强地说："你什么时候说了？"

说完，我笑了，妈妈也笑了。

回家的路上，已经是凌晨。我望着北京的高楼，望着霓虹灯下的一切，想起这些年的种种。忽然，我开始明白，孩子啼哭的刹那，为什么我会泪流满面。因为那一刻，我意识到我们这代人已经长大了。

生命面前，什么都显得渺小，谁出生的时候都是哭着的，无法改变哭着出生的事实。如果可以，至少做到不留遗憾，笑着离开吧。

二

长大意味着独立，意味着承担，也意味着改变。

我的朋友小虎也是这样。他是个功夫演员，年轻的时候，从不怕做各种动作。导演让他从什么地方跳，他就从什么地方跳，摔骨折过，甚至半个月没有下过床。

他的大胆，在电影圈出了名，直到有一天，导演让他从一个烂尾楼的二层往下跳。他站在窗台上，迟迟不敢跳。导演几次喊了开始，接着又喊了停。

他跟导演说："我不敢跳了。"

导演问为什么。他忽然哭了。

后来他说，那一刻，他忽然意识到自己的青春过了，不敢跳了，不知道为什么，就是不敢了。

人的一生中都会经历一件标志性的事情，当它发生时，令你热泪盈眶，令你感叹时光的流逝，令你感觉到自己不再年轻。

我们控制不了时间，唯一能控制的，只有自己的心态和心情。

后来几次课上，都有学生给我留言，说："老师，你好像什么都知道。"

我说："才不是呢。"

他说："那我看你从来都很淡定、不焦虑的样子。"

我笑了笑，说："可不是嘛，我上知天文下知地理！"

可那天晚上，我在日记本上写了一段话：年轻的时候什么都想知道，所以焦虑地读书、认人、看世界，然后随着时间的流逝，你忽然发现，人不焦虑了。不焦虑了不是因为什么都知道，相反，还是有很多东西不知道，但就是不焦虑了，焦虑没了，青春也就过了。

三

我知道有人又要说我矫情了。

可是我想说：至少我快三十岁了，还知道矫情，你一个十多岁的孩子，整天无欲无求的样子，看着别人看书，就说在看鸡汤；看着别人学习，你质疑是否有用；看着别人努力改变，你安慰自己平平淡淡才是真……

一个人，连基本的情绪都没了，基本动力都没了，还叫人吗？

这些年让我很感动的是，微博、微信后台，每天都有很多人给我留言，说自己的故事。

我很少回复，不是因为没看到，而是有时候不知道回复什么。说实话，我很羡慕那些还知道感动，还知道分手痛苦，还知道未来迷茫，还知道焦虑的孩子，因为他们的未来还有无数的可能性。

因为他们还在努力，还在寻求答案。

但我更羡慕那些人到中年还在努力学习，还对世界充满热情，不愿意成为油腻大叔的中年人。

他们更了不起。

其实我们都有一天会成为中年人，也会有一天成为父亲母亲，会有一个时刻，感觉到自己长大了。

那时，会不会后悔青春有些疯狂的事情没做？

如果没做，现在也不晚呢。

我曾经写过：年少时缺钱，年长时缺情，难得的是年少时赚够了钱，年长时依旧多情。所以到今天，我珍惜身边那些人到中年，依旧会有一个瞬间矫情的人。

我曾与一位大我十多岁的兄长喝酒，喝到半截，他忽然哭了。

他说："看到你，想到了当年的自己，如果当年，我也能像你这样，大胆地做自己想做的事情，现在会不会过得更坦然，更不后悔？"

我说："现在也不晚啊！"

他说："晚了晚了，老了。"

我干掉杯中的酒，说："说句冒昧的话，如果你的生命只有最后几天了呢？"

他也喝完了杯中酒，然后笑了笑说："这么想，也不晚，对吧？"

我说："可不是。"

他笑得很开心，像个孩子一样。

那是我认识他这么久，第一次看到他露出孩子般的微笑。

笑得很美，很单纯。🌰

生命面前，什么都显得那小，谁出生的时候都是哭着的，无法改变哭着出生的事实。如果可以，至少做到不留遗憾，笑着离开吧。

穿透最深沉的黑暗

◇ 张达明

　　从1997年起，兰迪·波许就一直在美国卡内基·梅隆大学任电脑科学系教授，他还撰写了《世界百科全书》的"虚拟科技"条目，被称为"虚拟科技的先锋"。

　　2007年8月，兰迪突然患病，不久竟被确诊患有严重的胰腺癌，最多只能再活6个月。

　　按照卡内基·梅隆大学的传统，一个教授如果要退休，会讲授职业生涯的最后一课，内容为：回望来路，把人生的智慧留给世人。兰迪决定提前开讲，并于2007年9月18日走上了讲台。面对400名学生、同事及朋友，他开始讲授这特殊的一课，主题定为"真正实现你的童年梦想"。

　　他几乎是跳上演讲台的，展现给人们一个大大的笑容，完全不像一个绝症患者。

　　"我希望能为年幼的孩子留下一份影像留存的记忆，让他们日后能像在海滩上找到瓶中信一样，重新发现自己过早离世的父亲。"

　　兰迪的话音刚落，课堂上就响起了啜泣声。他却面带微笑地打开幻灯片，播放自己的肿瘤扫描照片，介绍病情。随后，他又播放了成长历程中的一系列照片，讲述自己如何为梦想而不懈奋斗。在76分钟的讲座中，兰迪始终积极幽默，讲述梦想的美妙，讲述了孩子般的好奇心的重要性，还讲述了他如何争分夺秒撰写《世界百科全书》中的条目等。他说："我大部分的梦想已经实现，那些没有实现的梦想，却让我学习到了更多的东西。我们无法改变命运，只能决定要如何过日子……我呼吁，所有认识我的人，在我死后继续前进，做伟大的事！"

每个人都在兰迪贯穿始终的微笑前哽咽落泪，然后又努力露出微笑。

兰迪在比医生所预测的时间多活了5个月后，于2008年7月25日在维吉尼亚州的家中因病情恶化抢救无效而去世，年仅47岁。

美国《时代》杂志将兰迪选入世界最有影响力的100人之列，美国广播公司也将他选为2007年三大年度人物之一。《华盛顿邮报》的专栏作家杰弗里·查斯洛是报道兰迪"最后一课"的第一人，他感慨地说："兰迪教授的人生就是我们的人生，只不过他的更短，像是在快进。"

兰迪的朋友们这样评价他："与兰迪教授的学术和创业成就相比，他的博爱和每天给学生、同事带去的热忱更加可贵。"

兰迪至死深怀理想，在日益恶化的身体状况下，力所能及地宣传生命和梦想之美好，让他人在眼含热泪的同时，为生命感到至高无上的骄傲。

一个人持续终生的阳光心态，能够穿透最深沉的黑暗。

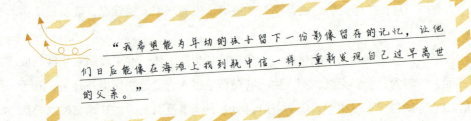

"我希望能为年幼的孩子留下一份影像留存的记忆，让他们日后能像在海滩上找到瓶中信一样，重新发现自己过早离世的父亲。"

等到你成熟时，就会起变化

◇ 蔡 澜

　　小朋友问我："我总不能填满那四百字的稿纸，不是太长，就是太短，怎么办？"

　　"这样吧，"我回答，"不如把那四百字分为四个部分，一个部分一百字。"

　　"你是不是开我的玩笑？"小朋友恼了。

　　"不，不，我是正经的。"我说，"文章结构，总有起、承、转、合，刚好是四段。"

　　"那不是太过刻板吗？"小朋友不服气。

　　"基本训练，总是刻板，所有基础没有一样是有趣的。等到你成熟时，就会起变化。"

　　"怎样的变化？"

　　"起、承、转、合。"我说，"可以变成合、转、承、起。或者任何一个秩序都行，只要言之有物。"

　　小朋友说："我明白了。如果将'转'放在最后，就变成了一个意外结局，等于你常说的棺材钉。"

　　"你真聪明，一点就会。"我赞许。

　　"那么每一段不必是一百字也行？"小朋友还想确定一下。

　　"那是打个比喻。"我说，"先解决你写得太长或太短的疑问。"

　　"但是有时还犯这毛病呀！"小朋友说。

"那么，你尽量写长一点儿。修改时，左删右删，文字更是简洁。"

　　"有时不知道要写些什么才好。"

　　"我也是一样呀！"我说，"所以要不停地观察人生，不断地把主题储藏起来。"

　　"有了主题有时也写不出呀！"

　　"那么你先要坐下来，坐到你写得出为止。这也是一种基本功，最枯燥了。写呀写呀，神来之笔就会出现。"我说。

　　小朋友不太相信，露出像我开始写的时候，不太相信前辈所讲的表情，我笑了。🌰

　　　　　　"基本训练，总是刻板，所有基础没有一样是有趣的。等
　　到你成熟时，就会起变化。"

老虎的
哲学

◇尤今

我属相是虎，常常有人问我："你是白天还是晚上出生的？"

据说日生虎猛而夜生虎威，然而，童年的我，身子孱弱，瘦得好像一只缺粮的壁虎，哪有一丝半点的虎劲虎威？

就读小学时，除了语文一科高居榜首之外，其他成绩一塌糊涂。每回爸爸翻开我"满江红"的成绩册，总生出一种"生虎不成反类犬"的悲哀。我就在这种"虎的期待"与"犬的窝囊"中，矛盾地成长。

成年之后才发现，自诩为"万物之灵"的人类，对于"万兽之王"的老虎，有着一种错综复杂的感情。爱它，也怕它；崇拜它，又忌讳它。瞧，虎背熊腰、生龙活虎、如虎添翼、虎踞龙盘，有哪一个成语不是威风凛凛的？然而，再来看看，谈虎色变、虎口拔牙、养虎遗患、虎视鹰瞵，又有哪一个成语不是杀气腾腾的？

当年，施耐庵撰写《水浒传》时，为了能够将打虎的情景栩栩如生地描绘出来，经常到深山野岭中，爬上大树，静待虎踪。老虎出现后，他再屏息静观老虎扑杀猎物的实况。之后，他深入访问当地的老猎人，要求他们讲述与虎搏斗的真实经历。等搜集了齐全的资料而下笔为文时，不论是写解氏兄弟猎虎、武松景阳冈打虎，还是写李逵沂岭杀虎，字字句句都虎虎生风，令人读时心跳如鼓，读后依然历历在目。读者看到书中英雄制服老虎而大叫痛快，是因为一般人都把老虎看成是杀人不眨眼的恶兽，英雄冒着生命危险去捕虎、打虎、杀虎，当然应该鼓掌喝彩。

最近，到尼泊尔的野生动物园去，出游之前，导游慎重嘱咐我："万一在林中与老虎不期而遇，切切记得伫立不动以保性命；一旦你跑动，它以为你要袭击它，为了自保，它当然要出尽全力扑噬你，就算你有三头六臂，也难逃虎掌啊！"

啊，原来"人不犯我，我不犯人"是老虎的处世哲学。在现实世界里，许多人读不懂这无声的哲学，惹来杀身之祸，是咎由自取呵！

每回爸爸翻开我"满江红"的成绩册，总生出一种"生虎不成反类犬"的悲哀。我就在这种"虎的期待"与"犬的窝囊"中，矛盾地成长。

餐馆里的
哲理课

◇倪涛

在南非开普敦伍德斯托克市区一个不起眼的角落，有一家名为星尘的剧场餐厅。这家经营地中海菜肴的餐厅，在全球知名旅行社区猫途鹰网站上，常年被游客评为开普敦地区最受欢迎的餐厅之一。餐厅内，除了整齐排开的餐桌和餐椅外，一个10平方米左右的舞台，简单却不失大方，音响、灯光、乐器一应俱全；屋顶上，一台倒挂的钢琴和粘贴在屋顶的五线谱及各类音符，为整个餐厅营造出浓厚的音乐氛围。

用餐时，可以欣赏到艺术表演的餐厅不算稀奇。不过，我还是充满了期待：会是什么样的一群艺术家，来这里表演呢？

晚上7点，入座后不久，一位漂亮的服务生过来跟我和同桌的朋友寒暄。她自我介绍说叫莎莉萨，确认了我们点的餐后，便开始摆放前餐所用的餐具。言谈举止中，一股超乎寻常的自信和灵气，吸引了大家的目光。仔细观察，其他服务生大多也在20岁上下，青春靓丽是他们的共同特点，这似乎也成了餐厅的一道风景线。

直到晚上8点，当莎莉萨拿着话筒，走上舞台，用一首欢快的英文歌曲点燃了整个餐厅的热情后，我才明白，一直等待的"艺术家"，原来就是身旁的这群服务生。从前餐到正餐，再到甜点，十来名服务生轮番上阵，他们表演了风格迥异的独唱、合唱、乐器演奏和舞蹈等。尽管表演会让前餐、正餐和甜点之间的间隔时间拖长，但饥饿的肚子已经完全被精彩的表演驯服，人们没有丝毫怨言。

餐厅经理利夫特尔告诉我，这些服务生几乎都是专业院校的在校生或毕业生。在这里工作，他们首先需要通过表演面试，之后，餐厅会有两周左右的培训，包括熟悉电脑操作系统、菜单等。对于这些普遍具备高学历和表演才艺的优质服务生，餐厅也会充分尊重每一个人的服务风格。比如，一个唱饶舌歌曲的人，可能比较外向，能和顾客侃侃而谈；而一个跳芭蕾舞的演员，可能比较害羞，不愿多说话。22岁的埃文，目前是开普敦大学法律系的研究生，他已经在星尘餐厅工作了4年。他出过唱片，拿过本土音乐奖项，目前还有自己的乐队。23岁的马瑟尔也曾是开普敦大学心理系的一名学生，不过他为了追求音乐梦想而休学。前一分钟，他们还在厨房和过道奔波，忙着为客人送餐；下一分钟，他们已经站在聚光灯下，在舞台上绽放着各自的魅力。舞台上，他们是受人崇拜、吸引眼球的未来之星；舞台下，他们是迎客上菜的服务生。角色快速转换，他们没有任何不适感，台上与台下的笑容，同样令人心怡。

　　马瑟尔告诉我，在刚进入餐厅时，特别是在7点到8点之间，表演还没有开始的时间里，有些第一次来的顾客，以为他只是普通的服务生，有时因为等待表演时间较长有些情绪，这使他在自我"身份"的认同上，一度出现挣扎。但每次当他上台表演完毕后，这些顾客的态度会有很大的转变。时间一长，这点不适也转变成了他非常享受的地方。靠自己的才艺，赢得别人的尊重，让他备感自豪。埃文告诉我，每一个人在人生旅途中，都会经历高峰和低谷。一个放不下身段的人，是很难成为生活的强者的。在这里工作，他能积累表演的经验，还能在与人的交往中，寻找创作的灵感，他很享受。

　　我离开时，发现餐厅的招牌"星尘"在屋外的墙上格外显眼。"星星"的光芒与"尘土"的黯淡，一个令人瞩目，一个被人无视。这也就像是人在生活中会碰到的两种状态：成功或平淡。但这或许都不是最重要的，关键是要以平常心享受生活。"星尘"之行，不只是一次就餐经历，还是一堂意料之外的哲理课。

> 舞台上，他们是受人崇拜、吸引眼球的未来之星；舞台下，他们是迎客上菜的服务生。角色快速转换，他们没有任何不适感，台上与台下的笑容，同样令人心怡。

不要教
下一代
做人

◇王烁

　　"弗林效应"讲，过去100年来全世界人的智商都在变得越来越高。以美国为例，平均每年智商上升0.3个点，已经持续了50年。如果100年前的美国普通人穿越到今天，其智商比今天的美国普通人低30个点。荷兰人更夸张，从1952年到1982年，荷兰人的智商30年涨了22个点，每年平均超过0.7个点。弗林本人认为智商提升的终极原因是工业化，而直接起作用的是工业化带来的社会整体变化：更普及的学校教育，日常工作乃至生活对认知能力要求提高，家长与孩子在一起的时间更长，等等。

　　智商只是可测的指标，真正重要的是想用它来反映的智力，特别是通用智力，简称g。如果一个人做某件事很行但做别的不行，那么他只是擅长做某件事而已，人不见得聪明；但如果他做什么都行，那么他多半比较聪明，就是说g值高。同一人在不同任务中的表现，有一半左右可用g值来解释。

　　没有谁是天生的音乐家、棋手、数学家，或者其他。这些技能出现得太晚，时间太短，进化还来不及重新搭建专门的大脑回路。这些人有天生的高g智力，但不是必然只能在特定的领域成功，换个领域，努力程度不变的话，一样成功。

　　智商测试有多个模块，对通用智力的要求有差别，分解"弗林效应"，发现主要发生在对通用智力要求不太高的模块里，而对通用智力要求较高的模块影响很小。智商研究界由此分成两派，一派认为百年来人类智商涨分没有实际意义，因为通用智力没有变化。弗林代表的另一派则这样回应：如果问题是"我们出生时的大脑是不是比祖先的更有潜能"？答案是"否"；如果问题是"我们是否面对比祖先更宽广的认知挑战，并发展出新的认知技巧以应对这些挑战"？答案是"是"。

弗林说，人类百米短跑早已跑过10秒大关，跳高则几无变化。人的体质没有发生重大变化，只是社会更重视百米跑，所以成绩主要出在这里。但难道破10秒就没有意义？同样，智商提升的那些测试模块，对应着人们抽象能力的提升。我们的先辈习惯具象，较少抽象。今人则不然，对抽象思维的训练和挑战不仅在课堂，早已渗透到社会与家庭的所有方面：学习，工作，乃至娱乐。电影、电视和电游也是这一代人智商提升的重要环境因素。几十年前的经典电影，回头看常常会觉得太幼稚，并非偶然。

所以说，代沟是真实存在的，坚实地存在于代际之间的认知能力差别，不是说一代人如何调节对另一代人的态度就能化解，我们觉得上一两代人像弱智，下一两代人觉得我们像弱智，简直是没有办法的事情。

对代沟最好的尊重，就是对上一代人好一点儿，因为他们智商比你低；不要教下一代做人，因为他们智商比你高。

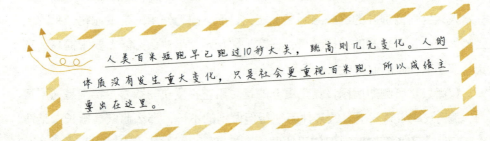

人类百米短跑早已跑过10秒大关，跳高则几无变化。人的体质没有发生重大变化，只是社会更重视百米跑，所以成绩主要出在这里。

你还有机会过好你的一生

◇ 荆　棘

　　爸妈从小逼你做个学霸，你就也想做个学霸。好不容易数学语文英语考了98分，却总有人考100分，得老师的小红花，受小朋友们的追捧。看过了所有中学生必读名著，憋得脸红便秘一般憋出一篇华丽美文，60分满分老师只给你50分，总有人好像不费吹灰之力就得了58分。你通宵达旦预习复习，终于在考试中勇夺年级前20名，年级前几名又去搞奥林匹克竞赛了。你自习补，周末补，找专门奥赛教练天天补，可算拿了省一等奖、省二等奖，可以参加大学的自主招生了，小伙伴们已经拿了国际金牌银牌了。终于，你不得不承认，在学霸这条路上总有人比你好，你只是个平庸的人，你要如何度过你的一生呢？

　　从小爸妈让你学乐器，学书法，学绘画，学舞蹈。学舞蹈，你不敢翻跟头，下不去腰，劈不下腿；学书法，你连怎么让笔尖在写字的时候不会分叉都不会。总算钢琴学得不错，练到可以参加钢琴比赛，可琴凳坐偏了，起手就弹高了一个八度，弹着弹着弹到钢琴外面去了！回家你气哼哼地把参赛的衣服直接扔了。就算没有发挥失误，你也总是只拿第二名，总有个人笑眯眯毫不紧张地就拿了第一名，评委老师亲切地拍他的头，给他送花，给他发奖，你只能尴尬地在旁边站着，拿跟第一名差了十万八千里的奖品。你考完七级考八级，考完九级考十级，结果上了高中，班里钢琴十级的大概有一打，而且人家从来没坐偏过琴凳。终于，你不得不承认，在演奏家这条路上总有人比你好，你只是个平庸的人，你要如何度过你的一生呢？

悲催的你倒是也长大了，知道美了。不管是小学初中高中还是大学，班里系里院里，总有那么几个班花校花，班草校草，无论你怎么摆弄你那几根刘海，头发扎出了花，穿大衣羽绒服从来不系扣，大冬天从来不穿秋裤，也没人多看你一眼。看上你的尽是些一万年不洗头的闷骚男，满脸是痘穿凉鞋还穿短丝袜的恐龙女。想以可爱制胜，人家说你装嫩；想以气质制胜，人家说你做作。你整天减肥健身，总有人天天吃炸鸡也比你瘦。你整天敷面膜喝美容粥，总有人拿水洗脸也比你皮肤好。终于，你不得不承认，在颜值这个问题上总有人比你好，你只是个平庸的人，你要如何度过你的一生呢？

　　既然学霸当不成，你就想当个艺术家。找名师学了一年的画画，连画一画整天照镜子看到的自己都画不像。拿着名画整天临摹，总算大家都称赞你画得好哦，但那都是你"抄袭"的啊！终于下定决心把画册一合，拿起笔想自己画点什么，发现竟然一笔都画不出来。画画没天赋，嗓子还不错，说不定唱歌好呢？对着视频教程开始学唱歌，好不容易懂了怎么呼吸怎么运气怎么飙高音，每天早上晚上冲澡的时候狂吼，终于敢和小伙伴去KTV显摆了，没想到隔壁同事一个张嘴就唱《青藏高原》，一个张嘴就唱林俊杰，无奈的你还没张嘴，就只能静静直接打开手机铃声，拿起手机假装有个紧急电话，跟同事说家里有事儿，赶紧走人了。唱歌不如人，说不定写歌好呢？上网下载了一堆作曲软件，又找名师学了一年的作词作曲，终于写出了一首歌，自己一唱，难听出天际。终于，你不得不承认，在艺术家这条路上，你只是个平庸的人，你要如何度过你的一生呢？

　　艺术家当不成，既然看过不少书，不如当个作家吧。连有什么高大上的写作软件你都不知道，只能打开土得掉渣的word（办公软件），开始想给自己的小说起个什么题目好。想了一天，没想出来，还是先写吧，名字最后再起。写了一天，字数统计一下，1000字。看看自己书架上的小说，最薄的一本，90000字。按这个进度，写了三个月，每天累得饭量增加了一倍，体重增加了十斤，终于写完了。一校对，第一篇儿就有20个错别字。你一边骂word没有中文校对功能，一边吭哧吭哧地校对，一个星期又过去了。终于可以投稿了！可是你这样平庸的人能去哪儿投稿呢？上网开始搜索，"如何投稿"，发现一堆乱七八糟的投稿邮箱，批量添加收件人，终于把你的小说投出去了。呼……松了一口气。下一步就是等邮箱爆炸，等出版商乌泱乌泱地来求你出书吧？做梦吧！一个月过去了，没有任何人理你。说不定连载到博客上有人看呢？于是你一天天煞有介事地（一）（二）（三）（四）地连载，然后就是守在电脑前刷新点击量，最后发现每篇都是可怜的个位数。终于，你只能把word存一下档，放到你命名为"原创小说"的文件夹里，再也不想打开，也再没第二个文件存进去。终于，你不得不承认，你永远无法成为知名作家，你只是个平庸的人，你要如何度过你的一生呢？

晴雯其人，论美貌才学比不上林妹妹，论为人处世八面玲珑比不上袭人，论出身背景她更只是一个普通丫鬟，但一辈子心比天高，以为宝玉喜欢自己，放纵自傲，她最可悲的是不肯承认自己只是个平庸的人，所以她过不好一生，死得比哪个丫鬟都惨。

当然这世界也有特例。论写作的才华，村上春树在日本文坛不能算是才华横溢，直至今日却誉满天下、名利双收，为什么呢？他能做到33岁放弃一切执意成为职业小说家，他能做到每天写十页稿纸，跑十公里，是每天，每天，他是神。你能做到吗？你能工作一天累成狗，回家还不一屁股躺床上吗？一位喜欢村上的闺蜜说得真好："每当想到人和神的必然差别时，我就放弃了。"

所以，在你承认你只是一个平庸的人的时候，你还有机会过好你的一生。●

终于，你不得不承认，在颜值这个问题上总有人比你好，你只是个平庸的人，你要如何度过你的一生呢？

内在的
洁净

◇毕淑敏

现在的女子，对于服装的要求越来越多了。每年都有流行色，如果你还穿着去年的流行色，那就是落伍，就是老土，就是搁浅在时代潮流沙滩上的孤独苦蚌。

有一次，我得到一个邀请，担当某服装委员会的顾问。我说，你有没有搞错啊，我是个连流行色都一问三不知的人，哪里能担当服装顾问？只有谢绝这份信任了。他们说，就是愿意吸收各行各业的人都来关注服装，所以是外行并不要紧。我还是坚辞不受。本以为这件事就这样结束了，不想几天以后，他们又曲线救国，约了一位我所熟识的朋友来做说客。那朋友说，一个作家，就应该与五行八作的人都说得上话。你对服装没有研究，正好借这个机会长长见识，何乐而不为？再说啦，人家还发你一套衣服，蛮合算的啦！

倒不是看在那套衣服的分儿上，实在是朋友这番话的前半部分说服了我，我出席了那天的会议。会上，坐在邻座的是一位对服装颇有研究的先生，我和他聊起来，问，你们每年的权威发布，都依照什么原则呢？

那位先生一笑，说，毕作家，你太认真了。流行色并没有你想象的那样复杂，不过就是一个概念。你想啊，服装这个东西，是要提前做准备的。不能天气已经很热了，才做薄薄夏衣；也不能寒风刺骨了，才张罗棉袄。特别是面料，更要有提前量。那么，大家根据什么来制订计划呢？简单地说，就是要开一个会，大家坐在一起，讨论一番，定一个主色调，然后还有一些辅助的色系，最后就按这个原则去生产了。到了那个季节，街上就都是这种色系的衣服，流行色就开始流行了。

我听得似懂非懂，说，那么如果这个色彩今年流行不起来怎么办呢？那位先生可能觉得我冥顽不化，蔼然教导说，这怎么可能呢？大家都要穿新衣服，新衣服是从哪里出来的？还不是厂家做出来的吗？只要所有的厂家都齐心合力，都出产这个颜色的衣服，当然就会流行起来了啊！再有，我们既然制订了这个策略，就会大张旗鼓地宣传，比如说环保啦，沙漠啦，海洋啦，太空啦……找概念啊，开动一切机器来轰炸。另外还有一个法宝，就是让偶像代言。年轻人喜欢从众，一看他们心仪的艺人都穿上这个衣服了，当然会纷纷效仿……

听到这里，我只有拼命点头的份儿了，我就是再愚笨，也明白在这样强大的攻势之下，流行色当然生命力蓬勃。

那位先生看我茅塞顿开的样子，表示满意，说，如果你是生产厂家，你会怎样想？

我说，那还用问？当然是希望买我衣服的人越多越好。

那位先生说，对啊，人心同理。要是谁都新三年旧三年，缝缝补补又三年，服装厂还不得关门？所以，每年的流行色一定要和上一年的有所不同，让你不能以旧充新，鱼目混珠。再有就是造舆论，让你觉得自己穿的不是流行色，就有一种自卑感，不入流，被社会抛弃……这样的舆论氛围一旦形成，从众心理浓厚的人，就会被裹挟而进，成了流行色的俘虏，厂家就会微笑。

我说，如果我硬是不买流行色，你们能怎么样呢？

那位先生和气地笑起来，说，那我们一点儿办法也没有。不跟着流行色走的人，通常分两类。一种是特别贫穷，他们原本就没有能力不停地置换服装，所以，也不是服装行业的消费者，基本可以忽略不计。再有一种，就是特别有品位的人，他们不在乎流行什么，只在乎什么东西对自己是最适合的。对这后一种人，我们也是鞭长莫及无可奈何啊！

那一天的会议，让我获益匪浅。这位先生让我获取了关于服装的真实情报。也许对于时尚中人，这些都是常识，但对我这样一个服装盲来说，的确醍醐灌顶。我想，我似乎不能算作买不起衣服的人，但也绝对不是有独立见解、能孤傲地挺立于潮流之外的人。对于我们普通人来说，如何在光怪陆离的现代服装海洋中，安然自得地驾着自己的小船，吟唱渔歌呢？

我想，最好的方式，就是保持衣物的洁净，不追赶时髦。因为流行色的实质，多是商人的利益。它铁定了主意让你总是气喘吁吁手忙脚乱地追赶潮流。我不需要那么多的衣服。如果你的衣服有污渍，无论它多么华贵，在没有清洗干净之前，不要穿着它出门。华贵表达着你的财富，而洁净证明着你的品质。

衣服只是外包装，内在精神的洁净才是最重要的。

我想，最好的方式，就是保持衣物的洁净，不追赶时髦。因为流行色的实质，多是商人的利益。

拦路石也是一道风景

◇ 石 兵

在一处新开发的自然景点，有一块非常不合时宜的石头，挡在了通往更美景色的道路上。游客们来到此处，要沿着陡峭的阶梯绕过它，才能继续走原来的道路。

据说，这块石头是在很久以前从山上滚落下来的，体积非常大。由于此处海拔很高，大型机械上不来，靠人力根本搬不动它，景区经营者没有办法，只得让这块石头在路中央扎下了根。后来，人们在石头两侧修建了陡峭的阶梯。

很多游客来到拦路石前，看看陡峭的阶梯，大都选择了放弃。由于此处正好在半山腰，最美的景点必须越过拦路石才能看到，很多人不得不带着遗憾下了山。后来，拦路石的事情一传十十传百，造成了很坏的影响，这也直接影响了景点的旅游收入，令景区经营者非常着急。

景区经营者想了很多办法，甚至想过动用大量人力，一点儿一点儿把石头敲碎运下山。可是实际操作起来，才发现这块石头实在太大了，这样一点点儿运送，成本过于巨大，而且耗时极长，可能要用十几年的时间才能完成。

眼看着景点的游客越来越少，景区经营者天天愁眉苦脸。

有一天，景区经营者再次召开会议研究对策，正在大家一筹莫展之际，一名负责会场清洁的清洁工突然开口了："我觉得，这块石头既然搬不动移不走，就别在这上面费心思了，还不如在石头上种点花养点草，找些工匠刻一些壁画，让它也成为一道风景，游客们不就不把它当成煞风景的拦路石了吗？"

清洁工的话让景区经营者茅塞顿开，很快，一块雕刻着精美图画周身覆满绿树繁花的大石头出现在了游客的面前。人们纷纷驻足，观赏壁画、欣赏繁花。这时，导游们适时地说出了这样的话语："各位游客，这块石头号称飞来石，据说是从山顶上飞下来的。我们在它脚下只能看到它的一部分，如果沿着两侧的阶梯绕过它，就会看到它的另一面，据说那里有更加精美的石刻与珍贵的植物，而且咱们风景区为大家准备的小礼物就藏在沿途能触摸到的石头上面。更让人期待的是，越过它之后我们再向前走很短的一段路，就能看到这次旅行中最美的景色了。"

　　听了导游的话，所有游客顿时疲惫尽去，一个个兴致勃勃地踏上了阶梯。

　　从此以后，这个景区才真正成了著名的景点，游客纷至沓来，其中一大半都是为了这块曾经的拦路石而来的。

　　其实，在生活中，我们也会遇到很多类似的拦路石。但是，如果换一种思维与角度，将这些拦路石变成追求理想途中一道别致的风景，是不是就有了越过它的勇气与接纳它的智慧了呢？

　　如果换一种思维与角度，将这些拦路石变成追求理想途中一道别致的风景，是不是就有了越过它的勇气与接纳它的智慧了呢？

皮相
与
风骨

◇寇士奇

　　有个人，据其妻子说："论面貌、身段、外面的衣冠等，都不会吸引人的。至多被人扫视一下，留下了淡漠的印象。和在旧时代里的一位迂腐，或者是一个寒碜的人一般，甚至和从乡下初进城的人一般。"

　　他只有161厘米高，而且身体消瘦，面色灰暗，乍一看，似长期吸食鸦片的瘾君子。1927年9月，他和妻子途经香港，香港的海关人员还真把他当鸦片贩子搜查了一番。这些人如狼似虎扑来，把他的书籍和皮箱翻了个底朝天，甚至撕碎装鱼肝油的纸匣，最后收了二十块钱的贿赂，才放过他。另有一次，他去一饭店拜访朋友，竟被门房当作下人，死活不让进。

　　还有一个人，因为长相，受过美国著名作家萧伯纳的称赞。甚至在他死去多年后，还被有专业眼光的中国画家陈丹青极力赞美。他说："我喜欢看他的照片，他的样子，我以为他长得真好看。"陈丹青把民国中的所有文化名人的照片放在一起，看来看去，认为这个人的样子最好看。他又拿这个人的相貌和西方文豪比，称这个人"真是文气逼人"。他甚至认为：这个人非得那么矮小，那么瘦弱，才好；要是他长得跟萧伯纳一般高大，像巴尔扎克那么壮硕，便是一个致命的错误。

　　这是两个人吧？他们是一个人。这个人就是鲁迅。

　　从来没有一个人的长相，产生过如此截然相反的印象。是其中一方看错了吗？没有看错。他们说得都对。只是，前者看的是皮相，后者看的是风骨。●

电梯
阴影

◇ 步迪

我曾经非常恐惧电梯，直到现在这阴影依旧盘旋。

一切要从初二那年的一个中午说起。我像往常一样，中午在家吃饭睡午觉后，按部就班收拾好自己去上学。来到电梯前，回想起母亲昨天在我耳边叨叨不休："家就住3楼还要天天乘电梯，也不知道走一走，锻炼一下身体。"想到这，我回头望一眼身后于我像是万丈高山的楼梯，不以为然地将妈妈的话抛之脑后。

"叮"，电梯声响，我双脚迈入。"嘟嘟嘟"，电梯门在合上的一刹那发出了以往从未出现过的声音，右上方小小的显示屏上，炫目而鲜红的几个字映入眼中——"出现故障，暂停使用！"我条件反射地去按开门键，显然这是没有用的，又尝试去按顶端的警报键，警报发出微弱的"丁零零"声，仿佛是个摆设，只容我一人听到。

瞬间无数可怕的猜想在我脑中炸开，新闻上数不清的电梯惨案一一浮现，狭小而静谧的空间，沉闷的空气似乎也变得灼热起来。一切想要出去的方法尝试殆尽，夺眶而出的泪水伴随冲口而出的"救命"，在这狭小的空间里营造出诡秘绝望的气氛。我喊了10多分钟，毫无作用。

20分钟后终于听到从楼梯边传来了说话声，嘀咕这该死的电梯带来了步行下9层的烦恼。这声音让我欣喜若狂。我大声拍门呼救，门外两个好心的男孩听见了我的声音，但我们都是第一次遇见这种情况，没有什么经验，三人只能合力硬生生将封住的电梯门扒了开来。后来看到新闻上说强扒电梯门是极危险的处理方法，每每回想起那次的鲁莽举动还是一身冷汗，万幸我逃过了一劫。

但恐惧就此开始，我对电梯的定义不再是一个给人提供方便的简单工具，更像是一个随时会带来危险的"吃人"的轿厢。那时我刚刚13岁，现在我23岁，恐惧依旧存在。

初二到大学毕业的10年中，起初我发誓不再乘坐任何地方的电梯。朋友家住13楼，我能步行上下几个来回。自家住在3层更是用不着光顾这个"牢笼"，现在换成我劝阻爸妈别乘电梯多运动了。当然也有心思松动的时候，比如和家人一起乘电梯，心中虽然恐惧，但还是可以竭力压下。上了大学后，教学楼的电梯也只在有人时，我才会进去。夜晚，一个个关于电梯的光怪陆离的梦总是缠着我，有时它可以向上飞奔到896层，有时它像矿车一样横向穿行于楼层之中。一半是梦境，一半是现实，我对电梯更恐惧了。

后来，家里搬去了17层，这个数字可以轻而易举地打败我步行上楼的积极性。更多时候，我身边没有"随行人员"陪伴我，这个"随行人员"一般指我的父母，或者比我小很多的、总是笑话我下楼买菜都要他们陪的弟弟妹妹。一个人在电梯里可以干什么呢？如果把我的一举一动拍下来，那大概是一部黑色幽默电影——时而戴上耳机嘴里念念有词，这样做的好处是防止听到电梯运行的声音。哪怕是听到一点儿杂音，我心中都会慌乱不止；时而闭上眼睛轻微晃动身体，因为不敢感受轿厢的晃动和下坠上升时的一点儿异常。

所有人都告诉我这样下去不行，你应该做出改变，可没有人懂得我内心的恐惧时常肆意蔓延到全身，连头发丝也不放过。我也似乎一直在选择逃避，这么些年从未试图改变这种"电梯恐惧"。这可能是需要契机的，我想。

就在前段时间，我经历了人生中一次较大的挫折，郁闷、自责，无数种情绪夹杂于心，纠结痛苦中我不断地反思自己，是什么养成我胆小、逃避、懒惰的性格？是什么使我在努力想做好一件事时往往不能按照预期的设想去实现，去发展？如果改变我该从哪里开始？如果想要摆脱以前的自己，该怎样去绘制一幅切实可行的蓝图？

又一次独坐电梯，我双脚迈入，看着电梯门在我眼前慢慢合上。收起怪异举动，摘下耳机，闭上嘴巴，将下意识摇晃的四肢收回安放，静立在电梯里，回到最初乘坐它时的状态。似乎也不是那么难。不过17层高度，感受锁链奋力向上攀爬，感受轿厢轻微的很寻常的晃动，感受电梯爬行到某一固定高度自然会有的颤抖，感受右上方屏幕跳动的数字有序地增加而并不会一下子跳到896。一次、两次过后，曾经困扰我、折磨我的电梯噩梦和呈指数级爆炸增长的恐惧感终于减轻了。

当我出离恐惧之后，是有更多收获的。这种"里程碑式"的自我改变，在他人眼里或许不值一提，甚至是矫情无用的，但因为它使我意识到还有更多值得我去改变、去规划的事情，所以就变得格外有意义。或许对电梯的恐惧仍旧残存那么一点儿，但我总该做些什么来使自己变得更好，征服那些隐秘在内心的恐惧抑或是懒惰。

> 这种"里程碑式"的自我改变，在他人眼里或许不值一提，甚至是矫情无用的，但因为它使我意识到还有更多值得我去改变、去规划的事情，所以就变得格外有意义。

夏目友人帐：不可结缘，徒增寂寞

◇ 李晓芳

　　高中生夏目贵志是个有点儿不一样的小孩，他能看到许许多多的妖怪，恐怖的、美丽的、温柔的、孤独的，而这一切在看不到的人眼中只能称之为古怪。他双亲早逝，寄人篱下，又因为这古怪的天赋，不断被人嫌弃，辗转流浪于各种远亲家中。直到有一天，他被一户温柔善良的亲戚收留，来到了外祖母夏目玲子曾经生活过的土地，也意外得到了她留下的一本破旧的，写满各种妖怪名字的本子，故事便从这本"友人帐"开始。

　　2003年，漫画作者绿川幸开始在漫画杂志《LaLa》上连载自己的作品《夏目友人帐》。2008年，《夏目友人帐》成功制作成动画作品，一播就是十年。2019年3月7日，电影版《夏目友人帐》正式在中国内地上映，那个有着浅栗色头发和温柔眼眸的少年依旧行走在苍蓝的天空下，和各种妖怪擦肩而过。

　　《夏目友人帐》是众多动漫迷心中最温柔治愈的作品。故事的开头，夏目被一只高大的呼喊着想要回自己名字的妖怪追赶，却不慎撞破封印结界，放出了大妖怪斑，它的肉身是呆萌的招财猫，实际上灵力高强，也是漫画中的高人气角色，国内粉丝戏称它为"娘口三三"，即日文"猫咪老师"的音译。夏目希望能将名字还给妖怪们，而为了争夺能号令众多妖怪的友人帐，斑最终答应以保镖身份待在夏目身边，等他去世后继承友人帐。

　　漫画中的各个故事总是萦绕着淡淡的孤独与寂寞，每个看似恐怖的妖怪背后都有一段与人类的羁绊，或让人微笑，或令人动容。

夏目能看到妖怪的能力遗传自外祖母夏目玲子，玲子从小也不被人类社会所容纳，但因为天生灵力，她开始挑战各种妖怪，让落败的妖怪将名字写在友人帐上。开头那个追着夏目要自己名字的恐怖妖怪，孤独游荡在世间，没有同伴，天天喊着"我好寂寞"，直到遇见了夏目玲子，把名字写在友人帐上，以为自己攥住了一点儿温暖，日复一日地等着玲子呼唤自己的名字，然而它始终没等到，最终绝望地追着与玲子面容相似的夏目贵志喊："既然你不需要我，那就把名字还给我。"

　　《夏目友人帐》的温柔面纱下，其实是一个最残酷的道理：这世间没有谁能陪你到永远，所有相遇的结局或早或晚都是分离。

　　玲子与寂寞妖怪是一刹那的擦肩而过。第六季第四话中，讲述了这样一个故事：除妖人拓间与自己的两只式神曾是最亲密的伙伴，但有一天他突然失去了看到妖怪的能力，式神也被女儿无意中挡在了门外。式神以为自己被抛弃而心理扭曲，想给拓间的家带来麻烦，但其实它们只是想引来灾祸后再祛除，把自己的能力展示给拓间看，以求重新进入曾经的家，尽管拓间再也看不见它们，甚至不会知道它们就在身边。陪伴就在骤然间失去。

　　夏目与小狐狸的相遇是众多粉丝心中念念不忘的经典场面，年幼弱小又遭遇母亲去世的小狐妖偶然遇到了夏目，同样孤独的小狐妖在相处下慢慢地产生了永远和夏目在一起的想法，而岩石的化身塞神对它说："世间的一切都有属于他们自己的时间，且绝不相同，人有人的，妖怪也有妖怪的。"小狐妖当时不懂，结局却告诉它心愿终究不可能达成。

　　有些分离人类甚至无所察觉。夏目的朋友多轨看不到妖怪，一天用祖父留下的阵法看到了被困在自己家中的多毛怪，善良的多轨虽然很害怕，却还是给多毛怪指明了出去的道路，多毛怪出去后却迟迟不愿离开，与多轨的相遇是它第一次在人类的眼中看到自己，心生眷恋也自知缘分仅止于此。那一集的名字叫"不可结缘"。

　　夏目早就已经接受类似的结局，与小狐妖道别的那刻，他想，"虽然只是在短短一瞬中擦肩而过，相遇与分离，即便如此，我还是想珍惜这一切"。

　　多毛怪曾遗憾地在黑板上写下多轨永远无法看到的一段话："你帮助了迷路的我。如果能实现，我想带你去看绚丽的山岚，去看秀丽的溪谷。这份心情，人类是如何称呼的呢？"每个人都只能陪我们走过生命的其中一段，何不在相遇时好好陪伴，在分离时珍重道别。🌰

我在故宫
「篡改历史」

◇罗婷

　　刘思麟是故宫博物院里传说中的"修文物的女孩儿"。工作的主要内容是对文物的伤况进行二维和三维的信息采集。和大多数同事一样，她低调慎言，不对外说具体的工作内容。

　　但不同之处也很明显。走在人群里你准能一眼认出刘思麟——秋天她一头金发，冬天又染成绿色，自然蓬松，一根橡皮筋松松地扎着。她说自己染的，因为冬天灰秃秃的，没什么绿色了，她就创造一点儿。衣服也穿得和别人不同，皮衣皮靴，外面罩撞色的大袍子，挽起袖子揣着兜。上班时间早，7点30分得起床，但她还是要花7分钟化一个妆，给自己一点儿颜色。

　　每天下午5点下了班，到晚上12点睡觉之前，还有七八个小时。她的白天与夜晚呈现出完全不同的面貌——白天在故宫这样严肃的一座历史圣殿工作，晚上她却热衷于用摄影创作去解构历史。

　　你很可能见过她的艺术作品。这组叫作《我无处不在》的作品中，她把自己和20世纪的许多大人物P在了一张照片里。她把蒋介石P掉，自己站在了宋美龄旁边；也曾把萨特P掉，把手搭上波伏娃的肩膀。她还曾与戴安娜王妃、玛丽莲·梦露、安迪·沃霍尔、弗里达"同框"。每一张照片看着幽默又和谐。故宫里她的同事知道这些，常打趣儿，喊她"艺术家"。

　　21岁时，刘思麟开始做第一张照片。最开始是为了好玩儿，看到妈妈的一张老照片，短发，穿着衬衫，很干练，酷酷的。她觉得和当下的妈妈一点儿也不像，就P了一张图，把自己和年轻时的妈妈放在一起。

这种自娱自乐渐渐变成一种严肃的创作。她从海量的名人照片里，选择她最想表达自己态度的照片进行创作。那时她的人生疑问是，想成为一个什么样的人。于是她就去找世界上最伟大的女性，和她们"合影"。过了两年这个问题解决了，她开始寻找潜意识里艺术梦想的根源，就开始做文化相关的人物。

每一次，她都要构思自己以什么身份介入，再根据时代背景选定服装、动作和表情。在和戴安娜王妃的合影里，她站在王妃身边，翻了个白眼。"我觉得她是一个朋克，所以做了翻白眼的表情。如果她不是王妃的身份，可能就会这样非常真实地表达自己"。

她观察这些图片被传播的过程。她与张爱玲、李香兰的合影，就被记者看到了，还真做了一番考据，记者请教了张爱玲研究专家止庵、两位摄影师和一位图片编辑，大家都认为是伪造。后来多番搜索，才发现是刘思麟的作品。还有一次，有公众号发文讲毕加索生平，用了她与毕加索的合影——他们也信以为真了。她向对方说明这是自己的创作。后来这个公众号还发表了一个声明，专门介绍了她。

她觉得这很有趣。"我是一个网络世界成长起来的年轻小孩，通过创作了解这个大众文化影响下的时代。过去只有极少数的精英阶层才能影响社会和时代，而今天的网络环境给了每个人展示的舞台，我们有了平等的机会去创造、传播和表达。"有人问她，照片流传出去，被误以为真怎么办。她说："那我的目的从某种程度上讲就达到了，平等的传播就是今天图像的命运。"

到了26岁，她这一组作品拿下了2016年的"集美·阿尔勒发现奖"。有媒体说，这个奖项被称为摄影界的奥斯卡。这些作品随后在欧洲许多国家展出和获奖。很多人问，这算艺术吗？当时推荐她作品的策展人这样写道："无论是在静态摄影还是目前被广泛使用的网络直播之中，刘思麟把自己的形象当作一种传播介质，亲身试探和演绎互联网时代中图像的多舛命运。"

她不是在传统文化里长大的孩子，喜欢涂鸦，喜欢安迪·沃霍尔，喜欢波普。这是她的精神世界。对她而言，到故宫工作完全是出人意料的选择——"我这代人，从流行文化里成长起来。再稍微大点儿，就无缝链接到网络时代。但总觉得忽略了自己的文化基因，所以想回到这个文化土壤，而故宫也许是最能直接给我这种感受的地方。"

工作与艺术创作的一些技艺是共通的。她用摄影透光的方法拍古代书画，能看到它们内部的信息和伤况。作为一个本质上非常个人主义的艺术家，她也逐渐觉得，"其实每个人所做的一切，都能影响别人的生活"。

但艺术观念的融合需要时间。最初她来故宫，是希望获得创作的灵感。后来她发现，传统文化与她做的当代艺术，严肃的工作与她解构的创作方式，东方与西方，严谨与自由，还是不一样。

好在她还有许多漫长的夜晚，那都是她一个人的创作时间。每一个作品都很复杂。一张海明威的照片，她已经做了3年。那张照片里，海明威坐在家里的沙发前逗猫，穿一件白色T恤，看起来很放松。她喜欢他这种状态，也穿了件睡衣，扎个辫子，想像他女儿一样。她分析了光线、景别、透视，但就是看着别扭，"不知道哪里不对，就是没有找到原因"。

但她觉得《老人与海》好，不想放弃这张照片。"小时候不理解海明威，觉得《老人与海》就是捕鱼，就是搏斗一下，幸存了。长大了会发现，和平凡做抗争，是每个人的宿命"。

作为一个本质上非常个人主义的艺术家，她也逐渐觉得，"其实每个人所做的一切，都能影响别人的生活"。

方向

◇倪匡

爱，一天比一天浓，也是变。

大多数男女之情，都会有各种各样、程度不同、方式不一、情况互异、表现不一的变异。这种种变异，并不代表是什么人错了，或是什么人对了，只不过是由于人处在宇宙必变的铁律之中的一种现象而已。

正由于这个原因，所以，男女之间，若是有至死不渝的爱情，终他们一生，在爱情上始终没有过变易的情形，就极其珍贵，十分罕有，难得至极，值得用各种形式去歌之颂之，流传千古。

人的寿命相当短，从开始相爱的那一天起，若是在生命中有什么意外，导致生命提前结束，自然，爱情上变化的可能性也少得多。那只是一种特殊的情形，若是男女双方真的到了白头偕老仍然热爱对方，那才是真正的永恒爱情。

不是说宇宙间的一切全在变，没有任何事物可以摆脱变化的铁律吗？怎么又会有永恒的爱情呢？其实，永恒只是一个形容词，这一类珍贵罕有的爱情，还是在变的——一天比一天浓，一天比一天热烈。

所谓"我爱你多于昨天，少于明天"，就是这个意思。

还是在变，只是变的方向不同。

文章不过二三斤

◇王太生

搬家，整理出旧书报，拿到废品收购站去卖，其中有一捆载有我文章的旧报，收废品的人一过秤，竟有十几斤。那十几斤旧报，上面的文字，大多是我前些年的一些职业文字，平时随手扔在那儿，这回要搬家了，没地方放，就作废品处理了。

我很惊讶，在我的职业生涯中，有一段时间，写了这么多，连同那些标点符号在内，长长短短、短短长长的方块字，排列、组合，看上去很美，但转念一想，又感到沧桑：这些年，我所写的文字，挤去水分，肯定还达不到这个数字。

十几斤旧报所承载的东西太少，现在的文章不值钱，稿费收入也就很低。这要是放在从前，靠写文字吃饭，还不得饿死。这样就想到，有个朋友在介绍自己作品时，说他已发表了几百万字。他那纸上的几百万字，有多少斤？从前古人的文字是刻在石头上、写在竹简上的，文字不多，却很重。有质量的文字，应该都很沉。

我曾经跟人吹牛：写文章的人，文章要上"北上广"，你如果连这几个城市的报刊都上不了，谈何写文章？当然，我卖了旧报，却收藏了它们的电子版。那些登在纸上的文章，它们离我而去，文字们都非常气愤：你不该这样对待我们！其实，我并不是真的丢弃它们，而是准备把它们集中放在一本书里，给它们安一个家，一座有屋顶的漂亮房子，不让那些文字在外面日晒雨淋、四处流浪。

现在，话又说回来，我这些年所写的文字，就这些吗？一个声音替我回答：就这么多，也就十几斤。这恐怕是一个真实的数字，用重量来衡量一个人的文字。

我卖了废品的那些文字，上面还有别人的文章，被我一同卖掉，剔除别人被我卖掉的重量和我的一些没有舍得卖掉的纸张，两者加起来，也就十几斤。

我文字斤两的分布大概是这样的：年少时，发在某城某报的那些文字，大概只有2斤，后来，我写文章的这门手艺逐渐荒废，直到39岁时重拾旧笔。之前的文字，大多是职业的，我为很多人歌功颂德过，其中有教师、官员、农民和老板；高贵的与卑微的，骄傲的与矜持的，老人与少年，读书人与手艺人，厨师与美女，以及其他一些职业的人……赢得过一些尊敬，也走过一些江湖，认识了我以前无法接近的人。

一个人，一辈子，能写多少文字，这些字印在纸上，究竟有多少斤？这样就想起作家萧伯纳。他恐怕是这个世界比较长寿的作家之一，这位出生于爱尔兰的剧作家，活到94岁，他一生写过许多作品，留下了50多部戏剧，这些作品中，分量比较重的有《华伦夫人的职业》《苹果车》《卖花女》，可惜我都没有读过，不知道堆放在一起会有多少斤。

我45岁以后的文字，才是自己的文字，想到什么写什么，随性而为，节奏舒缓，像一头拉磨的驴子。以为自己写了很多，直到搬家时，才发现只有毛重十几斤文字。十几斤文字中，有许多是我不满意的，过一段时间，还会把它们处理掉，所剩下来的文字，打个对折，也就四五斤。四五斤，我不清楚，它们是纸张的重量，还是文字的重量？如果再剔除一些，像择菜择去杂草黄叶，那一个人留在文字里的思想重量，会有多少？

文章不过二三斤。

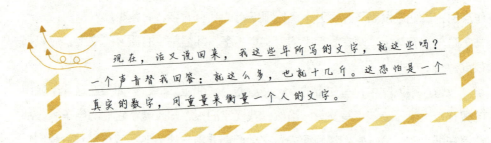

现在，话又说回来，我这些年所写的文字，就这些吗？一个声音替我回答：就这么多，也就十几斤。这恐怕是一个真实的数字，用重量来衡量一个人的文字。

瞄准

◇ 孙道荣

他弓着腰，低着头，蹑手蹑脚，向芦苇深处走去。

风从江边吹来，干枯的芦苇沙沙作响。虽然已是隆冬，但是阳光还是将大地烘得暖融融的。气候变暖了，连南迁的候鸟，不知道从哪年开始，飞到这儿也停下了，不再往南飞。而以前，这里只是它们迁徙过程中的一个休息站。现在，这片湿地，成了众多从北方飞来的鸟儿的越冬地。

他找到一块稍高一点儿的干地，蹲伏下来。

望过去，不远处就是河滩，鸟儿们此刻都在那儿戏水、觅食、打盹或者互相梳理羽毛。午后的阳光，将河滩之上的鸟儿们，晒得暖洋洋。

他的目光，在鸟堆里逡巡。

最多的是野鸭，好看的绿头鸭，调皮的翘鼻麻鸭，贪吃的斑嘴鸭，还有叫声响亮的瑟嘴鸭，他认得它们，就像熟悉的邻居。此外，还有几只大雁，悠闲地踱着方步，甚至还有几只色彩斑斓的黄鹂鸟。他的目光从它们身上掠过。这些，都不是他今天的目标。

他继续在江涂上搜寻。它们应该就在这儿啊。

突然，他的眼睛一亮。在一撮芦苇边，他看到了几个细细高高的身影，没错，就是它们。热血一下子涌了上来。他揉揉眼睛，确认就是它们。一二三，四，对，果然是四只，他们告诉他，总共四只。它们埋头在河滩上觅食，对他浑然不觉。他一只只看过去，真是太美了，身上是白色的羽毛，翅膀却是黑色的，展开来，就像一幅黑白水墨画，而细长的脚，则像高挑的舞者，性感，美艳。没错，就是它们，东方白鹳，地球上不足3000只，它们比白金还珍贵啊！

他将目光缓缓地从它们身上收回，熟练地从背上卸下猎枪，擦擦枪管，推上子弹，然后，装上消音器。

他端起猎枪，瞄准。十字准星，从河滩上划过。一只鸟，又一只鸟。准星所及，无不打了个寒战，似乎它们能够感受到来自芦苇丛中的枪管冷冰冰的力量。

枪口在那群东方白鹳的身上，停了下来。

一只东方白鹳，又一只东方白鹳。他犹豫着，不知道瞄准哪一只。最后，他的目光和枪口，同时落在了最后一只东方白鹳身上，它一会儿低头觅食，一会儿警觉地抬起头，它看起来比另外几只东方白鹳显得紧张。

他把枪口向空中抬抬，直指蓝天，那将是鸟儿振翅飞起来时的高度。这也是被他瞄准的鸟儿，最后能够飞起的高度。

做好了这一切，他长吸一口气，然后，捡起一块土疙瘩，向河滩上扔去。

鸟儿都惊恐地飞了起来。

东方白鹳也都惊恐地飞向空中。那只他瞄准的东方白鹳，也拼命地扇动翅膀，向前奔跑，企图飞起来。它细长的腿上，坠着一件东西。这使它奔跑起来很别扭，也很困难。他看清楚了，那是一只金属鸟夹。它的生命力可真强啊，被鸟夹夹上后，它竟然能够拖着鸟夹，逃开了。

他沉着地、缓缓地抬起枪，枪管移动的速度，与它向上升腾的速度，完美地一致。

另外三只东方白鹳在空中盘旋，等待着它们的伙伴。它吃力地飞向它们。

他再一次瞄准，然后，右手食指轻轻地、冷冷地扣动了扳机。

"砰——"消音器掩盖下的枪声，像一粒豆子，在炒锅里炸响。

子弹划破空气，如丝绸破裂。

突然，它一个趔趄。打中了！一个黑影，从半空坠落。正是那只金属鸟夹。子弹将鸟夹与东方白鹳的脚的连线，击断了。

东方白鹳，鸣叫着向天空飞去。它的细长的双腿，有力振动的翅膀，在空中，划出优美的曲线。

他收起枪，仰视天空。多么蓝的天啊。🍂

考上了北大、哈佛，"以后"怎样呢

◇秦春华

上了北大或哈佛之后怎么办？难道自此之后人生皆成坦途，再不会遇到诸般烦恼困厄艰难？北大院长面试学霸的灵魂拷问，值得我们每一个人深思。教育的价值就在于帮助我们找到隐藏在体内的特殊使命和注定要做的那一件事情。

|

我去上海面试学生。学生们做了非常认真的准备，一个个光鲜亮丽，就像他（她）们提供的申请材料一样。无一例外，每个学生都是学习成绩优异——至少位于年级前5％；艺术特长突出——至少会一种乐器；获得过各级科技创新奖励——至少是市级二等奖；热心公益事业——至少去敬老院给老人洗过一次脚；等等。

在慨叹上海学生综合素质高的同时，我隐隐有一丝遗憾：他（她）们看上去太完美了，似乎看不出有任何缺点；他（她）们看起来也太像了，就像是一个模具打造出来的一组"家具"一样。包括他（她）们在面试中的表现也很相像。一个个正襟危坐，面带微笑而不露齿；说话时吐字清晰，抑扬顿挫，仿佛在深情地朗诵一首诗。

一个学生上来就说"子曰……"我打断他，问他叫什么名字，他告诉我之后，接着说"子曰"，我再次打断他，告诉他我不关心子怎么曰，我关心的是你想说什么。他却涨红了脸，一句话也说不上来。还有一个学生自信满满地坐在我面前，等着我问各种可能的问题，仿佛一切尽在掌握之中。我说："我没有什么问题问你，你有什么问题要问我吗？"

她完全没有料到我会提出这种问题，顿时惊慌失措、张口结舌，几乎要哭出来。

显然，所有的学生在来之前都经过了某种程度的面试培训，至少看过一点儿如何应对面试的"宝典"，但可能没有人告诉他（她）们，我并不感兴趣他（她）们表现出来的是谁，我感兴趣的是真实的他（她）们是谁。最令我吃惊的是，当我问他（她）们，你希望自己未来成为什么样的人时，很少有人能答上来。学生们告诉我，他（她）们压根儿就没有想过这个问题。真的是从来没有想过吗？其实不是。这个问题他（她）们曾经想过的，只不过那是在很久很久以前，久到连他（她）们自己都忘记了而已。

小时候，每当大人问孩子，你长大了想当什么呀？

孩子们总是兴高采烈地回答：科学家、宇航员、飞行员、警察叔叔（阿姨）……

然而，当孩子们上学之后，这些问题就再也不曾被提起了，仿佛从来就没有出现过。

上课听讲，回家做作业，上辅导班，这些才是学生生活的全部。至于孩子的兴趣是什么，长大后要成为一个什么样的人，过一种怎样的生活，似乎并没有人关心，即便孩子自己也不关心。几乎所有的老师、家长和学生只关心一件事：考了多少分，能上什么学校。

一个被公认为好学生的成长轨迹，或者家长想象中的完美教育路线图看起来是这样的：

上当地最好的幼儿园；在上小学之前已经认识很多汉字，会做复杂的数学题，能够大段背诵很多经典名篇，讲一口流利的英语；之后上当地最好的小学和中学；考上中国最好的大学——北大、清华；本科毕业后去世界最好的大学——哈佛……当然，也有不少人从初中开始就瞄准了伊顿、埃克塞特等名校。且不说这些目标不是每一个人都能实现的，即使全部实现了，那之后呢？人生的目标又在哪里？

2

我很想问一句：考上北大以后怎样？

这不是我的想象。这些年来，我在世界各地见过很多优秀的孩子，他（她）们个个天资聪颖，勤奋刻苦，一路过关斩将，从未失手，总是处于同龄人最顶尖的群体之中，挑选最好的学校和最好的班级，是其他人艳羡的"别人家的孩子"。

然而，几乎很少有人能体察他（她）们内心深处的痛苦和迷茫。

有不少北大或哈佛的学生告诉我，上北大或哈佛是他（她）们从小树立的目标，但有一天当他（她）们真的置身于无数次在梦中出现的校园时，却常常会陷入深深的焦虑之中：接下来又该做什么呢？仿佛一个登山运动员在珠穆朗玛峰上的困惑：下一座山在哪里？

人生需要目标，但社会、学校和家庭都没有教会孩子如何去寻找树立自己的目标。

我们对人生和教育的理解太过单一，而且缺乏想象力。

我们总是要求孩子要成功，要比别人强，要考上最好的学校，但很少告诉他（她）们成功意味着什么，生活的幸福源自何处，什么是最适合自己的。

教育被简化成了一条升学直线。所有的过程只为那个最后结果而存在：上北大或上哈佛。

没有人告诉这些孩子，上了北大或哈佛之后怎么办？难道自此之后人生皆成坦途，再不会遇到诸般烦恼困厄艰难？

1923年，鲁迅先生曾经发人深省地问道："娜拉走后怎样？"我也很想问一句："考上北大以后怎样？"上学是为了接受好的教育，但正如储蓄不能自动转化为投资一样，上学也并不意味着一定能接受到好的教育。我们之所以送孩子上学，并不是因为孩子必须要上学，而是因为他（她）们要为未来的生活做好充分的准备。

上学是一个人为了实现人生目标而必须经历的过程。在这个过程中，最重要的也是首要的一件事是，认识到你未来会成为一个什么样的人。

做到这一点并不容易。每个人来到世间，都肩负了一个独特的使命，这是独立的个人之所以存在的价值。区别在于，有的人能够发现自己的使命，最终成就一番宏图伟业；有的人没有发现自己的使命，最终碌碌无为，苟且一生。

就像婚姻一样，"一个萝卜一个坑"，冥冥之中每个人都有自己的"唯一"。有的人找到了和自己相匹配的"唯一"，婚姻就幸福；有的人没有找到，婚姻就不幸福，至少不快乐。

人的一生虽然漫长，可做的事情看似很多，但其实真正能做的，不过只有一件而已。这件事就是一个人来到世间的使命。发现使命不能依靠"天启"——虽然很多人的确是在梦中或灵光一闪之间突然意识到自己的使命——教育是最重要也是最根本的手段。

教育的价值就在于唤醒每一个孩子心中的潜能，帮助他（她）们找到隐藏在体内的特殊使命和注定要做的那一件事情。这是每一所学校、每一个家庭在教育问题上所面临的真正挑战。和上哪所学校，考多少分相比，知道自己未来将成为一个什么样的人是更为重要和根本的目标。回避或忽略这个问题，只是忙于给孩子找什么样的学校，找什么样的老师，为孩子提供什么样的条件，教给学生多少知识，提高学生多少分数，这些都是偷懒的做法，也在事实上放弃了作为家长和教师的教育责任。

实际上，一旦一个孩子认识到自己未来将成为什么样的人，就会从内心激发出无穷的动力去努力实现自己的目标。无数的研究结果已经证明，对于人的成长而言，这种内生性的驱动力要远比外部强加的力量大得多，也有效得多。

我们应该清醒地认识到，人生不是一场由他人设计好程序的游戏，只要投入时间和金钱，配置更强大的"装备"就可以通关。一旦通关完成，游戏结束，人生就会立即面临无路可走的境地。人生是一段发现自我的旅程，路要靠自己一步一步走出来。认识到自己未来会成为一个什么样的人，就像是远方的一座灯塔，能够不断照亮前进的道路。

3

了解自己喜欢什么。先列一个负面清单。那么，怎样才能知道自己未来会成为一个什么样的人呢？换句话说，如何才能发现自己生命中的特殊潜质呢？

每个人的方法可能都不同，但最重要的是要像那个只为苹果而生的乔布斯一样，倾听自己内心深处的声音，找到自己的真正兴趣所在，意识到你的一生将为何而来。

一般来说，优秀的人做任何事的结果都不会太差，真正困难的是要辨别这件事是不是你真正喜欢的事情。判断是真喜欢还是假喜欢的方法很简单，就是看你是否为之痴迷，是否能够心甘情愿不计功利地为之付出时间和精力并始终坚持。真的痴迷是一种相思之态，白天想，夜里想，连做梦也在想，想到他（她）就情不自禁地笑起来，见到任何东西都会想起他（她），和别人说话的内容也全都是他（她），为之兴奋，为之发狂，甚至为之疯魔。

那是一种沉浸在幸福中的状态。

"不疯魔不成活"，如果达不到这种状态，就算不上痴迷，也就不是真正的兴趣所在。

我建议，每一个学生，无论课业有多么繁重，每天一定要抽出一点儿时间来独处，给自己的心灵留出一点儿温柔的空间，在完全放松的状态下，听听内心深处的渴望。

有时候，也可以拿出一张白纸，把自己的想法写下来。无论这些想法看上去多么幼稚，多么可笑，甚至骇人听闻都没关系，反正这是写给自己看的，与他人无关。

有人说，我就是对任何事情都没有感觉，不知道自己喜欢什么，甚至不知道自己不喜欢什么，那该怎么办？一个好办法是试错。

不停地尝试所有的事情，在尝试的过程中不断去掉那些不喜欢的事情。给自己列一个负面清单。不要害怕失败。对于学生来说，失败的成本很小，只要没有被开除或退学，大不了还可以重新回到课堂，一切从头再来。

对自己要有足够的耐心。不是每个人都一定能够找到自己的"真命天子"，那需要花费时间和心力。找不到的时候不要着急，慢慢来，但必须要坚持不懈地不停地寻找。找了不一定能找到，但不找就一定找不到。同时，还要对自己充满信心。既然你为这件事而来，那就谁也偷不走它，早一点儿晚一点儿找到都没关系，重要的是你要发自内心地喜欢。

还记得美国那位77岁时才拿起画笔的摩西奶奶吗？她的故事告诉我们：只要你真正喜欢做一件事，那么在任何时候开始都来得及，哪怕你已经80岁了。

人生不仅是一段生命，还应当是一段有质量的生命。判断一段生命是不是有质量，就看每一天是不是你真正想过的日子。"朝闻道，夕死可矣"。只要找到了你真正喜欢的事情，即使只有一天，那也是幸福的和有质量的生命。

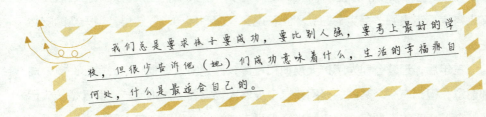

我们总是要求孩子要成功，要比别人强，要考上最好的学校，但很少告诉他（她）们成功意味着什么，生活的幸福源自何处，什么是最适合自己的。

没有问题

◇ 程 刚

1993年，《泰晤士报》为了迎接2000年的到来，举办了一场别开生面的设计大赛，报名参赛者要提出足够大胆的、现实能够操作的作品，迎接新世纪的到来。

马克夫妇经营着一家建筑设计公司，他们决定参与活动，大胆提出了建造全球最大摩天轮的设想，并提供了设计小样，最终通过专家评审立项，由伦敦市政府出资建设。

16个月后，一座伟大的建筑闪亮矗立在泰晤士河面上，伦敦眼，引来了世界惊叹的目光，也给伦敦市政府带来了巨大收益。一年后，鉴于收益可观，伦敦市议会决定，这座计划运营5年的建筑再运行20年，相关人员找马克夫妇咨询可能性。马克夫妇斩钉截铁地回答说："没有问题。"

一日，伦敦眼收到超级订单，一所学校为了50年校庆，计划全校800名学生同乘摩天轮。运营公司有些犹豫，伦敦眼从运行以来，最多同时坐过317人，可800人的数量伦敦眼能撑住吗？况且公司查了一下天气，当天有大风。运营公司又来咨询马克夫妇，马克夫妇立即回答说："没有问题。"结果，当天真的安然无恙。

三年后，运营公司为了扩大规模和宣传，计划招入一批股东，虽然许多公司都愿意，但都有一个共同的疑问：这个庞然大物需要不停地旋转，而且是长久运行，金属疲劳的问题怎么解决？当征求马克夫妇的意见时，二人同样说："没有问题。"

....

随着咨询的不断提出，马克夫妇有点儿坐不住了，这一天，他们召开了一个奇特的新闻发布会，发布会现场摆着一台电脑和重达数千斤的档案材料。发布会上，马克对众记者说："我们要打造一座跨时代的建筑，就要有跨时代的计算，为了它我们共做了3700万次风险计算。你们所有的疑问我们都曾预想过，都可以在这里找到数据支撑，所有问题都不是问题。"说完，发布会一片掌声。

至今，伦敦眼依然惊艳着泰晤士河南畔，这座曾经世界上最大的观景摩天轮，早已成为伦敦地标性建筑。有人说这座令人惊叹的建筑是数学上的奇迹，而奇迹背后的力量，正是创造精品的匠心与追求，这也是成功最核心的智慧。

这座曾经世界上最大的观景摩天轮，早已成为伦敦地标性建筑。

留给对手10%

◇ 侯美玲

20世纪70年代，日本经济进入萧条期，NITORI家居店濒临破产。

为了让企业起死回生，社长似鸟昭雄专程前往美国考察。回国前，考察团一行来到洛杉矶一家服装店购买礼物。似鸟昭雄和其他人早早选好了服装，可年轻职员浅冈仍然没有挑到心仪的衣服。结账时，浅冈指着一位顾客的衣服问："你们店里有这个款式的裙子吗？"店员摇摇头说："这里是品牌专卖店，那件衣服是从别的门店购买的。"浅冈大失所望，似鸟昭雄的心里却有了一个好主意。

回到日本，除了借鉴美国家具的种类和品质外，似鸟昭雄还特意颁布了一项改革令，在卖场留出10%的空间给其他品牌。听闻消息，竞争对手乐开了怀，抢着将最好的产品送进NITORI家居店销售。

看着对手的家具和自有品牌摆在一起，员工们打心眼里不情愿，副社长白井俊之也很抵触，他当面问社长："卖场是我们花高价租来的，为什么要留给别人，何况是我们的竞争对手？"似鸟昭雄拍拍他的肩膀，说："以前，我们卖场100%的商品为自有品牌，看似整齐划一的背后却隐藏着极大风险。首先，产品单一，设计难度不断增大。其次，它切断了我们同优秀厂家的合作通道。现在，留10%给对手，不但可以减轻设计人员的压力，还可以用对手的商品测试市场反应，从而找到优秀的合作伙伴，可谓一举三得。"

在似鸟昭雄的坚持下，NITORI家居店一直为对手留出10%的空间。经过不断发展，2016年，NITORI家居销量稳居日本市场第一。☕

考拉从不死抱着一棵树

◇ 赵盛基

考拉几乎一年四季都居住在桉树上，而且很少活动，多数时间都慵懒地抱着树枝趴在树上。考拉一天用20个小时睡觉，2个小时吃树叶，2个小时发呆。它呆萌的样子十分可爱，非常招人喜欢。

考拉的饭量不是很大，每天只吃500克桉树叶，但它们的领地意识极强，自己的领地绝不允许别的考拉或其他动物染指。当然，它们内部的规矩也都能各自遵守，不会轻易进入别人的领地，即使一个领地的考拉死去许久，别的考拉也不会贸然进入。因为死者的气味信息尚存，不去冒犯，或许这就是生者对死者的尊重吧。

难道考拉就这样一直待在树上不下地吗？不是，考拉下地的次数的确很少，但也有从树上下来的时候，它们是懒惰的，但有时也是很勤快的，那就是从一棵桉树转移到另一棵桉树上的时候。这是它们下地最多的时候，在这件事上它们从不偷懒。它们从不死抱在一棵树上，而是经常换树。

为什么要经常换树？是所在树上的叶子吃光了吗？不是，考拉从不把一棵树上的叶子吃光，它们换树是为了给桉树足够的时间，让桉树的叶子得以再生。

可见，考拉也懂得保护生态。只有保护好生态，才能保住生命之粮源源不断。

凝视黑洞，愿你此生不必颠沛流离

◇王钟的

人类历史上首张黑洞照片公布的消息，让许多人彻夜难眠。这张意料之中模模糊糊的照片，在充斥着娱乐八卦小道消息的自媒体平台上遗世独立，迅速攀上了热搜榜头名。现在，网上已经开启了一场PS黑洞照片大赛，网友们大开脑洞，将黑洞照片安插在各种场景下。这并非简单的恶搞，而是以互联网的方式，对这张来之不易的照片致以最高的敬意。

2018年美国Space X公司的猎鹰重型火箭发射成功的时候，网络舆论场也掀起过类似的感动。Space X公司创始人马斯克别出心裁地将自己的特斯拉跑车发射进了太空，还在跑车上全程播放1969年英国歌手大卫·鲍伊的《太空怪人》——一首讲述宇航员与太空飞船故事的歌曲。在太空极客眼里，这种煽情的画面实在让人忍不住潸然泪下！

科学是性感的，空间科学无疑是其中最性感的领域。遥望头顶的星空，有的光线历经成千上万年才来到地球，被我们的眼睛看到——这种看到"过去"的体验，无疑是天文给人留下的极大魅力。

当然，作为非天文专业的人，尤其是文科生，对太空的想象大概也就止步于此。我有点沮丧地看到一位作家在社交平台上这么说：不要试图用人类的常识去理解黑洞，它只能用数学去理解，人脑不具备理解这个尺度物体的能力。尽管这番言论在这个举世欢庆的夜晚多少显得有点儿不合时宜，但我也不得不承认，任何对太空的文艺想象，其实都只是在掩盖我们对宇宙真相的理解力不足。

人类为什么对这些遥远到难以用普通距离单位测量的天体产生兴趣？对未知事物的天然好奇心，固然是重要的一方面，从某种意义上说，人类文明正是被自己的好奇心推动前行的。但另一个不容忽视的事实是，遥望星空，也是为了观照我们脚下的大地。人类对自身生存环境的忧虑，对属于我们的唯一一个蓝色行星的担忧，都促使我们把目光放得更远。在许许多多太空类科幻影视片中，其母题并非无忧无虑的探索，而是对濒临破碎的家园的逃离。

《星际穿越》如此，《流浪地球》也如此，尽管东西方文化存在差异，但是对人类命运共同体的深切担忧都是殊途同归的。在有生之年，我们或许不会经历这些空间尺度的颠沛流离，但环境污染、恐怖主义、文明冲突等各种不安定因素，都在持续不断地给小小的地球增添难以承受之重。

令人乐观的是，人类在科幻作品中的部分想象，正在逐步成为现实。在公布首张黑洞照片的时刻，最让我感动的不是那个被红色光芒包裹的黑洞照片（这红色不过是后期处理代表不可见光的区域而已），而是在比利时布鲁塞尔、智利圣地亚哥、日本东京、美国华盛顿、中国的上海和台北六地召开的新闻发布会。

八处大型天文望远镜，从南到北横跨7000公里，最偏远的一台望远镜甚至在冰天雪地的南极，它们组成了口径相当于地球直径的"虚拟"望远镜。在那一刻，我仿佛看到了刘慈欣笔下全球共建的掌握人类命脉的"行星发动机"，又仿佛看到电影《火星救援》中当NASA（美国国家航空航天局）无力发射救援飞船时，中国航天部门雪中送炭，提供高性能发送机的场景。

很多人说科学是无国界的，在现实中，由于利益纠葛和壁垒，科学技术并非全然没有国界。然而，空间科学似乎成了少有的例外，在国际合作探索外太空事业上，国际合作是常态而非特例。自美国停飞航天飞机以后，美国航天员只能搭乘俄罗斯联盟号飞船前往国际空间站，此后，尽管美俄不断发生政治摩擦和争端，都没有影响两国在航天领域的合作。

探索遥远的宇宙，或许对绝大多数人的生活不产生直接影响，但基于人类命运共同体，美俄共同从事太空探索，树立了互利互惠、容忍差异、和平共处的国际合作范式。

黑洞照片终于发布了。从此以后，人类在演绎黑洞形象时，终于有了一个科学的模板，但这并不是最重要的。重要的是，人类在凝视黑洞的时候，实际上也在凝视自己，回望属于人类自己的蓝色行星。对未知事物的渴望，源于对当下的忧虑和彷徨。在真正的星际旅行成为现实，在我们找到足以承载人类文明的新家园之前，请守护好自己脚下的这片土地。

不让
一只
蝴蝶
干扰自己

◇连岳

扔硬币？你可能觉得我在开玩笑。我不是开玩笑，我是当真的。

你知道蝴蝶效应：一只南美洲亚马孙河流域热带雨林中的蝴蝶，偶尔扇动几下翅膀，可以在两周以后引起美国得克萨斯州的一场龙卷风。因为这优美和戏剧性的描述，我们对微小事物有了更多的尊重。

但是不要尊重得过度，那会让我们陷入惊恐，在选择困难中无法脱身。亚马孙雨林中，不只有一只蝴蝶，会飞的昆虫也无比多，事实上，任何一次翅膀的扇动都没有那么重要，都是可有可无的小事。生活中大多数选择也是如此，像这位博士一样，选A也行，选B也行，各有各的好处，半斤八两。

人是理性动物，需要因果关系喂养，做一个选择，因果不明确，就会难受，有饥饿感。一位姑娘，今天要穿裙子还是穿裤子，犹豫半个小时，选择了裤子，又在黑裤子与灰裤子间为难，拿不定主意，又回到裙子中选择。任何一个潜在选择，都有其魅力，不想放弃，这造成了选择困难。

挑选衣服的选择困难，还给姑娘带来一定的愉悦感。大多数琐碎的选择，是让人痛苦的。"你中午想吃什么？""随便"，你一听就火大："不许随便！"然后，就在吃饭还是吃面，肯德基还是麦当劳这种选择中耗费时间，最后莫名其妙吵一架都有可能，生命这样浪费掉，很可惜。

这类半斤八两式的选择，不能随便，那毕竟会让问话的人抓狂，如果恰巧又是你的女朋友，后果就会很严重，真会生成龙卷风。一定要给出一个肯定的、意志坚决的答案。

这时候，扔硬币法能助你脱困。A与B两种选择不相上下，那就让一个细微的因素增加其中一种的权重，硬币选了A，你就专注描述A的好处。你想赋予这种选择其他含义，比如命运、第六感、超自然的启示，我都不反对，它似乎听起来更神秘，但实际上并没有，它只是让一种混沌的状态明确，强行给予意义，停止它消耗自己的脑力。

当然，在外扔硬币也不方便，这时候有变通的方法。

周六看电影还是周日看电影？周六！

假期去香港玩儿还是去上海玩儿？香港！

我们喝茶还是喝咖啡？茶！

上面几个问答的规律是，都选择排在第一位的选项，你定下这个原则，然后告诉自己理由：它之所以排在第一位，是潜意识觉得它更重要。这样就没有选择困难了。当然，你也可以专门选最后一个选项，也可以给理由：它之所以排在最后一位，是理性让它最后显现。理由不重要，重要的是你给了自己理由，并且毫不犹豫。

人生宝贵，不要浪费在无关紧要的选择当中。罗马帝国有法条，禁止行政长官过问鸡毛蒜皮的小事，否则要问责。关注点太琐碎，就会失去大格局，于帝国不利。你自己的人生，比罗马帝国重要，你就是自己的帝国，生活中有大量鸡毛蒜皮的小事，有无数半斤八两的选择，学会不给予过多关注，迅速从中脱身，是很重要的技能。

挑选衣服的选择困难，还给姑娘带来一定的愉悦感。大多数琐碎的选择，是让人痛苦的。

如何结交
比你更优秀的人？
给你 14 条
黄金建议

◇罗辑思维

今天，我们来解决一个问题：

如何结交比你更优秀的人？

商业哲学家吉米·罗恩曾经提出著名的"密友五次元理论"——与你亲密交往的5个朋友，你的财富和智慧就是他们的平均值。正如我们常说的"下棋找高手""物以类聚，人以群分"。

想要提升自我价值，一个有效的方法，就是结识比你更优秀的人，并与他们做朋友。

人生一切难题，知识给你答案。

今天这篇清单，就和你分享和高手打交道的法则。

1. 想要结交比你更优秀的人，前提就是查理·芒格所说的那句话："想要得到某样东西的最好方法，就是让自己配得上它。"

2. 如果你在与高人交往时，会感到不自信，那你需要学会"假装自信"。根据心理学的具身认知原理，教你一个高能量姿势：双腿分开与肩同宽，双手叉腰，挺胸抬头。研究表明，你只要持续这个动作两分钟，就能让体内的睾酮水平提升，皮质醇水平降低，变得更自信和坚定。

3. 找到和对方的连接点。你要从一切可能的渠道了解对方，包括他的籍贯、职业背景、业余爱好等。这能帮你找到和对方的共同点，比如你们是校友、同乡、都爱打篮球等。共同点是人与人有效连接的第一步，能让对方感觉你是"自己人"。当然，如果你们有共同朋友，经过中间人推荐认识是捷径，对方会对你多一重信任。

4. 准备一个30秒的自我介绍。自我介绍的目的是让人记住你，有和你继续交往的动力。推荐两个不错的开场白：①"我可以用几个词总结自己……"简洁抓人；②"了解我的人都说我是……"这能告诉别人你对自身的认识。平时你可以有意识地对着镜子反复练习，根据见面对象的不同，把开场白做少许改变，直到你的笑容、声音、语气都充满自信，自然顺畅。

5. 真诚地为对方提供价值。互惠互利是维持长久社交关系的基石。你可以在聊天时用心记下对方的目标，之后遇到有助于他实现目标的东西，随时分享给对方。比如，你听说对方的小孩正准备申请一所名校，那么你之后看到特别靠谱的名校申请指南，或者遇到有这方面经验的人，就可以介绍给他。

6. 学会阶梯形社交。很多时候我们很难立马结交到想认识的人，这时阶梯形社交往往更有效：先联系比你高一层的人，再通过他接触比他高一层的人。比如你是新员工，想找公司的大老板做导师几乎不可能，那么不妨先做好本职工作，成为自己领导的得力助手，这样你的直属上司就能在合适的场合把你引荐给更高级别的领导认识。

7. 成为主动的那个人。主动与对方打招呼，握手致意，主动获取对方的联系方式，主动制造持续见面的理由，主动帮对方介绍朋友等。这一系列主动的行为，既能让你有掌控感，也能在对方的脑海中留下积极、深刻的印象。

8. 带个朋友一起参加活动。如果你对社交感到有负担，那么不妨邀请一个朋友和你一起参加活动。这样既不会陷入孤单的境地，而且两个人一起加入其他人的谈话也更容易。你可以通过介绍你的朋友给大家，增加和别人发生连接的机会。

9. 主动麻烦别人。这听上去反常识，但其实比你优秀的人需要你的机会比较少，主动麻烦他反而是建立互惠关系的第一步，这也能让你获得一个回报他的机会，让你们之间有可能成为互惠关系。当然，做这种事要注意三点：①不要让对方真的给你帮太大的忙；②不要涉及金钱；③在他擅长的领域请求帮忙。

10. 拜访大咖时带一个小礼品。这个礼品一定不要贵重，但要有心意。因为这个赠礼行为的目的不是"给对方好处"，而是"给对方关注"。比如说他喜欢艺术，你可以送一个世界著名博物馆的画册；他喜欢历史，你可以送一本好的历史传记；他经常出差，你可以送一个提高旅行舒适感的小工具。

11. 脸皮厚一点儿。如果大咖拒绝了你加微信或电话的请求，通常是你没有给他可以连接的点。这时候你不要觉得气馁，适当放低自己的心理预期，比如，你可以请求留一个邮箱。这种要求通常对方都会同意，因为邮箱是一个非即时沟通工具，对方不会觉得有压力。你可以通过邮件的方式，多去找和大咖的连接点，或者给对方提供价值，逐渐推动关系的进展。

12. 复盘总结。你在每次参加完活动，与大咖见面回家后，要留给自己独处的时间，对这次的经历进行复盘梳理，哪些做得好，哪些有进步，哪些下次注意弥补。把每次与人相处和搭建人脉的经历，都当作你的宝贵财富。比如，这次没有和活动主办人打招呼，明天要发邮件表示感谢。

13. 定期与帮助过你的人保持联系。人生中遇到贵人相助，切忌在得到帮助后就失去联系。你可以时常邀请他们参与到你的成功中，分享你的心得和困扰，在更高的平台上为这些贵人提供你的价值，这对维护你的人脉非常关键。

14. 最后记住一点，人脉不是搞关系，而是创造你的命运共同体。我们作为网络中的节点，都应该去发挥价值，并且分享价值。

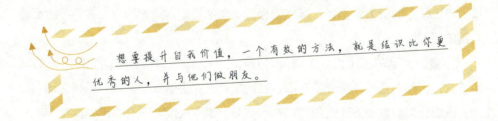

想要提升自我价值，一个有效的方法，就是结识比你更优秀的人，并与他们做朋友。

当收藏式生活遇上拖延症

◇蔡敏乐

年后，几位文友一起约写征文，或大或小的各种文学活动链接总往群里发。没工夫仔细琢磨，每次看到都匆匆扫上两眼，点上收藏，心安理得地等，哪一天有时间再好好研究。事实上，那一天好久好久以后才来。

那天是因为手机老卡，系统提醒内存不足，特意抽出时间清理。打开微信收藏时，才发现，好多公众号已经搬迁了；好多文章已经被删除无法查看了；好多征文活动已经错过投稿时间了。特别是听说，奖金丰厚的"某个杯"文友们都已经投稿完毕了，真是后悔得想捶胸顿足。虽然，即便我按期投稿了，获奖的可能性也是微乎其微，但那种遗憾感好像连赛场都没上去，就直接把入场券扔了。

跟一位朋友倾诉拖延的失误，朋友一点儿也不同情我，反而打趣说我是收藏式写作，还问我要不要来一场收藏式减肥。搞什么东西？赶紧去微博里充电，学习新词语。

"收藏式的吃"，具体操作为：但凡看到好看食物的图片就兴奋地保存进收藏夹里，看得多了就饱了；去某宝疯狂搜索一切想吃的商品，一股脑儿加入购物车，然后关掉，假装自己吃过了；关注各路吃播，有时间就看主播扑在饕餮盛宴上的大快朵颐状……直看到反胃，就不想吃了。

看罢，真是满腔愤慨，恨不得仰天长啸。这词乍看挺优雅，纯属糊弄人，去皮拆骨一看，赤裸裸地嘲讽啊。说什么看多了就能饱，前提是她已经吃饱了。说什么收藏过就假装吃过，前提是她对吃向来没兴趣。看别人猛吃会反胃？那也要因人而异，因时而异。如我，每每半夜，指望着看百万粉丝的主播吃东西来解馋时，只会馋到无法抑制，再怎么挣扎，最后都难逃意志力毁于一刻的悲惨结果——食欲被挑拨得旺盛蓬勃，再懒也有力气从床上腾空跃起，像贼似的溜到厨房，饿狼一般地扫荡，直把胃塞得严严实实才能消停去睡觉。

古有望梅止渴，画饼充饥，今有收藏式的吃，暂时性地在一定程度上减缓了焦虑感，但需求若一直得不到满足，屡屡遭到压制，那么它的反噬力强得吓人。在运动场上，假动作是用来迷惑对方。在减肥事业中，收藏式的吃只是自欺欺人，让人腰粗到无法衡量。

继续刷手机，惊讶地发现，除了收藏式吃，还有收藏式运动、收藏式旅游、收藏式阅读、收藏式交友……那么多美女跳操的视频、美丽的风景、好看的故事、有趣的人，只要放进收藏夹，就可以假装已经运动过、欣赏过、翻阅过、接触过了？这种虚妄的"收藏式生活"如果成为流行趋势，现实生活该虚弱到多么可怕的地步！那些收藏夹但凡翻起，人们对食物的贪婪、运动的懒惰、无法出行的穷困、文化的贫乏以及无人联系的孤独，皆无所遁形。

不是不赞成收藏，只是收藏的动作不该是生活的完结，而应是美好生活的开始。收藏各种健身美女的图片与视频，在恨死了运动时，用来鼓舞斗志；收藏各国各地的旅游胜地高清图，用来做旅游攻略，一年逛一两个地方也不嫌少，好过根本没走出去；收藏国内外的名家名篇，等车时看几页，临睡前还能翻几页，碎片时间攻克大部头最有成就感了，甚至收藏在书签里的"编剧的66条基本规则"都能拿来当成写作指南……问题的关键在于你是否因为收藏而行动。收藏着梦想，要用行动插上翅膀，生活才能飞翔。若是给收藏配上拖延症，那么祝贺你，你可能永远无法到达你所梦想的生活。

不是不赞成收藏，只是收藏的动作不该是生活的完结，而应是美好生活的开始。